KB265376

참살앎

참살앎

초판 1쇄 인쇄일_2007년 7월 15일
초판 1쇄 발행일_2007년 7월 21일

지은이_토우
펴낸이_최길주

펴낸곳_도서출판 BG북갤러리
등록일자_2003년 11월 5일(제318-2003-00130호)
주소_서울시 영등포구 여의도동 14-5 아크로폴리스 406호
전화_02)761-7005(代) ㅣ 팩스_02)761-7995
홈페이지_http://www.bookgallery.co.kr
E-mail_cgjpower@yahoo.co.kr

값 10,000원

* 저자와 협의에 의해 인지는 생략합니다.
* 잘못된 책은 바꾸어 드립니다.

ISBN 978-89-91177-40-6 03810

BIG 북갤러리

참 삶 앎

참된 삶과 참된 사랑과 참된 사람과

그리고 모든 이의 깨달음을 위하여

| 토우 | 지음

BIG 북갤러리

프롤로그

당신이 내게 무언가 묻는다면 대답할 말이 있을지도 모르지만 지금 일부러 당신께 말을 하고자 하니 떠오르는 말이 없다. 유난히도 더운 폭염 속에서도 매미는 정신없이 울고, 일꾼들은 여전히 일을 하고 있다. 가끔씩 불어오는 바람에 창문 밖으로 보이는 아카시아 나뭇잎이 흔들리고 있다. 나는 여기에 있으며, 혼자 있는 시간은 그냥 무심하다. 어쩌다가 책을 내기로 하였는지. 벌써 다 잊어버린 것을 가지고 씨름을 하려니 일이 더디다.

"아, 인생 별거 있어?" 요즘 나오는 어느 개그 프로그램에서 내 마음에 들어온 대사이다. 사는 거 별거 있어? 그냥 살면 되는 거지. 그냥 마음 편하게 살면 되는 거다. 그런데 그녀의 고단한 얼굴, 그이의 피로한 얼굴, 그 사람의 화난 얼굴이 내 마음을 아리게 한다. 서로 사랑하지 못하고 지금 여기가 편안하지 못하며, 이 현실이 만족스럽지 못한 사람들에게 내가 깨달은 것을 나누고 싶다.

화날 일이 무엇이고, 싸울 일이 무엇인가.

깨닫고 보면 우리는 다 그 하나인 본성이며, 나와 남은 단지 나뉨일 뿐 다름은 아닌 것을 알 것이다. 한 알의 나로 나서 사는 것이 '살'이고, 살을 아는 것이 '살 앎' 즉, 사람이니 사람은 모두 그 '나'이다.

내가 무엇인지, 어디에서 왔는지, 어디로 가는지를 알기 위해서 우리는 수련하여야 한다. 그것을 다 알지만 내가 왜 왔는가를 알고 싶다면 당신은 역시 수련하여야 한다. 그래서 당신이 그 해답을 구하시라.

인생 뭐 별거 있어? 그냥 즐겁게 살면 되지. 그런데 즐겁게 살고 있지 못하다면 우리는 힘들고 어려운 시간을 돌아, 다시 그 자리에 돌아갈 것이다. '나는 어디서 왔는가? 나는 누구인가? 나는 어디로 가는가?'로.

　내가 아는 모든 이의 얼굴에서 진리의 빛이 충만하기를 바라며, 참사람으로 거듭나서 참세상에서 함께 살기를 기원한다.

　아울러 언제나 내가 지금 여기에 빛으로 온전히 깨어있기를 기원한다.

2007년

토우

“나는 어디서 왔는가?”
“나는 누구인가?”
“나는 어디로 가는가?”를 묻는 이들에게

변화하기를 바라는 이들과
변화하기를 바라는 이가 있는 이들에게

마음의 자유와 평온을 바라는 이들에게

또한 나와 인연이 있는 모든 이들에게
이 책을 바칩니다.

차례

제2부 | 참살리기

제1부_참살알기

사는 이야기

저녁밥을 먹으면서 콩이 참 맛있다고 느꼈다. 아, 밥이 참 맛있네. 무엇 무엇이 들었는지 헤아려 보았다. 우선 쌀이 들었고, 보리와 기장, 탄 찰옥수수, 쌀과 흑미 그리고 콩과 수수가 들었다. 거기에 참쌀까지. 오늘은 특별히 쌀이 두 컵이라면 잡곡은 네댓 컵이 들어갔다.

반찬은 뭐니? 미역국과 딸애가 좋아하는 무장아찌, 미역 줄거리볶음, 쑥 캘 때 논둑과 길가에 많이 있는 것이 눈에 띄어 캐온 고들빼기 무침, 지난 가을 조리사님을 따라가 마을 아주머니네서 따온 고춧잎을 말려서 만든 고춧잎장아찌가 오늘의 상차림이다.

나는 거의 육식을 하지 않는다. 딸애의 말을 빌리자면 고기를 사다먹는 것이 우리 집에서는 연중행사란다. 그 정도로 우리 식탁에는 육식이 올라오지 않는다. 내 식성이 채식을 유난히 좋아하기 때문이다. 그럼에도 불구하고 나는 '뚱땡이' 이다. 주위에서는 신경을 쓰라고 하는데, 별로 신경이 쓰이지 않는다. 앗, 내가 또 무슨 생각을 하고 있나? 나는 지금 밥을 먹는 중이지.

나는 다시 밥맛을 느낀다. 다른 생각을 하는 동안에는 밥의 맛을 느끼지 못하고 있었다. 밥이 참 고소하다. 그냥 밥만 먹어도 충분히 맛있게 먹을 수 있을 것 같다. 그러면서 또 생각한다. 어째서 밥 먹는 동안에도 나는 수시로 이 시간과 이 공간을 떠나서 부유하는 것이냐, 도대체. 왜 사람이 깨어있기가 이다지도 어려운 것이란 말이냐!

아이가 자고 있으니 이런 시간도 가질 수가 있지. 저 애와 함께 밥을 먹었더라면 밥 먹기에 깨어있기보다는 아마도 이야기를 하느라고 밥의 맛을 충분히 느끼지 못했을 것이다. 이야기가 학교며, 피아노 학원으로 이어져도 온전히 밥맛을 느낄 수 있을까? 만약 먹는 것에 좀 더 신중하다면 다른 시간과 장소를 이야기하면서도 지금 여기에 온전히 깨어 있을 수 있을까? 조금은 어려울 것이다. 그래서 우리의 옛 풍속으로는 밥 먹을 때 이야기를 하지 말라고 하였나보다. 어렸을 때 밥 먹는 시간에는 수다를 떨지 말라는 말씀을 아버지로부터 들었었는데, 언제부터인지 식사시간은 이야기를 나누는 시간이 되었다. 그리고 이야기를 하면서 즐겁게 밥을 먹어야 소화도 잘된다는 이론이 어디서, 어떻게 주입이 되었는지 모르지만, 내면화되어있었던 것을 느끼며 새삼 의아스럽다.

사실 딸아이와 나는 식사를 하면서는 거의 식사에 대한 이야기를 한다. 이것 맛있니? 어떤 맛인데? 이건 맛이 어때? 그렇다고 해서 시점이 항상 지금인 것은 아니다. 외할머니가 해주시던 무장아찌가 더 맛있었어. 또는 할머니가 해주신 장아찌가 더 맛있어. 그건 시장에서 사온 것이고, 외할머니가 해주신 것은 장에 넣어서 만든 진짜 '외할머니표' 야. 할머니표는 이것과 똑같아. 이건 장에서 사온 간장절임 장아찌거든. 등등. 생각해보면 밥을 먹으면서 깨어있기만 하다면 다른 이야기로 밥맛이 흩어지지 않을 것이라고 확신한다. 그러나 온전히 깨어있으려면 아무래도 먹는 것에 집중하는 편이 가장 좋은 방법일 것이다. 쌀 맛, 콩 맛, 소금 맛 등을 음미하면서.

이제 나는 내가 하고 싶은 이야기를 시작하려고 한다. 나는 어쩌면 이 이야기를 하기 위해서 이 땅에서 태어났다고 생각한다. 나는 이 이야기를 하기 위해서 지금까지의 생을 살았다. 그러나 이야기를 하기에 앞서 염려되는 것도 있다. 서두르는 사람들을 위하여 혹은 빨리 이루고자 하는 사람들, 빨리 되고자 하는 사람들을 위하여 정말로 간곡히 당부하고 싶다.

절대 서두르지 마십시오.

왜냐하면 서두르는 사람은 실패하기 때문이다. 사람이 육신을 보존하고 살아가는 데에 필요한 밥 먹는 것 하나를 보더라도 우리는 서두른다고 하여 목표물을 단시간 내에 얻을 수는 없다. 밥을 먹기 위해서는 우선 모를 심어야 하고, 모가 나서 적당히 자라면 모를 내야 한다. 모를 심었다고 해도 그것이 쌀이 되기 위해서는 모가 크는 시간이 필요하고, 꽃이 핀 다음 벼가 달리는 시간이 필요하고, 벼가 여무는 시간이 필요하다. 그리고 추수를 해서 도정하여 쌀로 만드는 시간이 필요하고, 쌀이 된 다음에도 그것이 익어서 밥이 되는 시간이 필요하고, 밥이 된 다음에도 상을 차리는 시간이 필요하다. 시간뿐이랴. 그 기간 동안에는 사람의 정성이 항상 함께 하여야 하는 것이다. 어떤 이는 돈을 가지고 마켓에 가면 순식간에 쌀을 살 수 있다고 이야기할 수도 있다. 그러나 쌀 자체에는 그만한 정성과 시간이 들어 있고, 당신의 돈 역시 원하는 그 순간에 항상 당신의 손에 쥐어져있는 것은 아니다.

귀신 이야기에 끌리는 이유

사람들은 왜 귀신 이야기에 흥미 있어 할까? 학교 상담공부를 할 때 우리는 거의 매일 점심을 먹은 다음 오후 강의에 들어가기 전, 휴게실에 모여 시간을 보냈다. 그 중 한 사람이 집안 어른 중에 무속인이 있어 종종 귀신이 화제가 되곤 했는데, 그때마다 내가 느꼈던 것은 귀신 이야기를 개인적으로 무서워하거나 재미있어 하거나간에 사람들은 그 주제에 무척 많은 에너지를 투여한다는 것이었다. 즉, 부정적이든 긍정적이든 관심을 가지고 있다는 것이다. 그런데 그러한 현상은 그 자리에 있던 사람들만의 특징이 아니라 통계적인 수치를 증거로 댈 수는 없지만, 동서고금과 남녀노소를 가리지 않고 인류에게 공통으로 상당히 이끌리는 주제가 아닌가 싶었다. 무서워서 싫다고 하면서도 눈을 가리고 귀신이 나오는 공포영화를 보는 사람들을 보시라. 그리고 해마다 여름이면 오싹한 귀신 영화가 나오지 않는 해가 없다.

왜, 사람들은 귀신에 대하여 많은 에너지를 투여하는 것일까? 다른 사람의 마음은 모르는 것이니 알고 있는 내 마음만을 가지고 이야기하자면 나는 귀신 이야기가 매우 흥미로웠다. 사람들이 하는 귀신 이야기가 재미있었고 질이 달라지기는 하였지만, 지금도 그렇다. 그렇다고 내가 귀신을 본 적이 있는 것은 아니다. 귀신을 굳이 만나고 싶지도 않지만 내 눈에 보인다면 그것 또한 인연일 것이다. 귀신이라는 존재의 있다, 없다를 논하라면 나는 모른다고 대답하련다. 내가 만나본 적이 있다면 나는 '분명히 있다' 라고 하겠지만, 아직 만나본 적이 없다. 그렇다고 '없다' 고 말할 수도 없다. 왜냐하면 경험이 존재를 증명하는 유일한 방법이라고 한다면 나는 그것을 보았다거나 본다는 사람들의 이야기를 들어본 경험이 많이 있기 때문이다. 그러니 나는 모른다고 할 수밖에. 하지만 나는 귀신의 존재가 무엇인지 안다.

어쨌거나 귀신 이야기는 참 재미있다. 나는 내가 귀신 이야기에 흥미를 느끼는 이유는 그것이 영혼에 관련되어 있기 때문이라고 생각한다. 육체를 벗어난 존재. 죽은 다음의 어떤 인격체. 어쨌거나 사람이 육체를 소멸한 다음의 존재. 나는 본질적으로 그것에 끌리기 때문에 내가 왜 귀신 이야기에 그렇게 관심이 많고 재미있어 하는지를 의식하기 이전에, 무의식적으로 귀신 이야기에 많은 에너지를 투사한다고 본다. 즉, 인간은 누구를 막론하고 육체를 벗어난 존재에 관심이 있다는 것이다. 자신이 인정을 하든지 말든지 간에.

이것은 우리에게 내재되어 있는 근본적인 방향성이다. 몸이 본능을 의식적으로 아는 것이 아니라 그냥 느껴서 알듯, 마음은 본성을 그냥 느껴서 안다. 그것은 굴광성을 지닌 식물이 태양을 향하듯 무의식적으로 향하게 되는 우리 마음의 본질적인 요구인 것이다. 가을걷이가 끝난 들녘에 떨어지는 한낮의 졸음 낀 햇살 속에서 가슴에 아리게 물들어오는 현기증 같은, 또는 낙엽이 지는 바람을 맞으며 땅거미 지는 어스름 녘에 느끼는 아슴한 귀향의 느낌 같은 까닭모를 서글픔처럼 거부할 수 없는 그리움이다. 그것은 사춘기에 저절로 갖게 되는 이성에 대한 관심보다도 더욱 은근하고 강렬한, 근원적인 관심인 것이다. 자신이 인정하든지 말든지 간에.

인연 따라 만난 시간

어느 날, 나는 2퍼센트가 부족하다고 느꼈다. 나 자신이 부족함을 알고 있었고 언젠가는 다 되리라는 신념을 가지고 있었지만, 나는 그것이 언제가 될지는 알지 못했다. 오리무중으로 살면서 이번 생은 아닌가 보다고 생각하였다. 더 해야 한다는 것을 알고 있었지만, 어떻게 해야 하는지는 알지 못했다. 내가 ○○명상센터의 원주 명상센터 강사님께 2프로 부족함을 느낀다고 했을 때의 그 2프로는 농담이었다. 다만 부족함을 느끼고 있었는데, 그때 한창 유행하던 2프로라는 이온음료의 CF를 많이 보았기 때문에 은연중에 그렇게 표현하였던 것이다. 나중에 가서야 2프로는 단순한 브랜드명이나 어떤 학술적인 이론이 아니라 우리로 하여금 행동을 취하게 하는 원동력이라는 것을 알았다. 이것은 진실이다. 생명체는 대부분 부족함을 행동의 동기로 삼는다. 나는 그 2프로의 부족함으로 인하여 나의 길을 찾아가고 있었다.

십 수 년 전 나는 단전호흡 수련을 했었다. 그때 새벽에 삼칠일(21일) 동안 하는 '영기통 수련'을 받았었는데, 아마도 영(靈)과 기(氣)를 통하게 한다는 수련이었나 보다. 그 수련 단체가 그 수련으로 인하여 사이비 종교 시비에 걸러들었다. 내가 영기통 수련을 시작하고 아마도 열하루쯤 지났을 무렵 그 수련은 금지되었고, 더 이상 할 수가 없었다. 며칠 안 되는 수련이었지만 그 수련은 나에게 아주 큰 경험이었다. 나는 그 수련을 통하여 나의 본질을 알았다고 확신한다. 그러나 알음으로 알았던 것이다. 앎. 그것은 깨달음이 아니다. 단지 아는 것일 뿐. 그래서 나는 늘 덜 됨을 느껴야 했었다.

그러나 나의 본질을 안다는 것만으로도 나의 생활은 이전과 아주 많이 다를 수 있었다. 나의 생활은 좀 더 느긋하고 여유로울 수 있었고, 좀 더 정견(正見)할 수 있었고, 좀 더 정사(正思)할 수 있었고, 좀 더 정행(正行)할 수 있었다고 생각한다. 좀 더 지금여기에 충실할 수 있었으며, 좀 더 객관적으로 살 수 있었다. 처음 만나는 사람들에게서도 나는 오래 사귄 사람처럼 친숙하게 느껴진다는 소리를 자주 듣곤 하였다.

때도 인연에 의하여 온다. 때는 어떤 시간이다. 어떤 시간. 자신과 인연이 있는 어떤 시간에 이르러서야 우리는 비로소 그 시간을 만난다. 시간이란 변화의 척도이다. 그러나 그것은 우리가 일반적으로 알고 있는 것과 같이 순간이라는 점이 집적된 일직선으로 그려지는 그런 것은 아닌가 보다. 내게서 삶이 철저히 내가 선택한 것임을 알고 그러한 마음으로 살면서, 어느 때에 이르자 몇 차례의 비슷한 느낌이 드는 시행착오를 겪으면서 어떤 기시감을 갖게 되었다. 나는 시간은 원인과 결과가 일직선상에 전후로 이어지는 그런 개념이 아닌가 보다고 느끼기 시작하였다. 어떤 사건의 원인과 결과가 있고 그 둘이 시간상으로 많은 거리를 가지고 있을 때, 그것과는 상관이 없는 임의의 개입이 결과와 시간차를 가까이 두고 그 앞에서 일어나는 경우에 마치 그 개입이 없었더라면 결과가 실제로 일어난 것과는 달랐을 것 같은 느낌이 들기 시작하였다. 그 개입으로 인하여 결과가 초래한 것과 같은 기분이 들었던 것이다. 원인 또한 그 개입에 의하여 이미 일어난 것과는 다르게 변형되어진 듯한 느낌을 받고 있었다. 그래서 사건 자체가 그 임의의 개입에 의하여 시간과는 관계없이 초래되는 것 같은 묘한 인상을 받으면서 나에게서 시간의 개념이 모호해지고 있었다. 그러면서 결과는 더욱더 인과응보의 원리를 따라가고 있었다. 심리학적인 병적 증상이 아니라 삶에 대한 하나의 다른 시각이 이루어지고 있었던 것이다. 그럴 즈음에 이르러 아마도 시간이 무르익었나 보다. 이를테면 준비가 다 되어가고 있었던 것이다. 그러나 나는 가람원에 가서 수련을 시작하기 전까지는 그 이유를 몰랐었다. 그렇게 생활 속에서 많은 깨달음을 이루었어도 다다르지 못한 이유가 무엇인지 알 수 없었다. 어쨌거나 드디어 2프로가 부족하기에 이르렀다. 나는 그 부족함을 깨달았던 것이다.

인연은 신비로운 경로를 통하여 어쩔 수 없이 그렇게 되어지도록 설정되는가 보다. 운명적이라고 하는 말의 어감 말이다. 나는 지나고 나서야 그 절묘함에 감탄한다. 어찌 그렇게 되어졌는지 참으로 절묘하지 않은가! 되어지는 때가 너무나 정확하다. 그 되어지는 때는 그저 시간 보내기로 만나는 때가 아니다. 살이 되고 피가 되는 영양가 있는 시간을 만들어가야 시간이 무르익는다. 그러니 우리는 서둘러서는 안 된다. 다 되어질 때까지 그냥 묵묵히 성실하게 진심으로 살아야 한다.

성실 : 정성스럽고 참되게(한컴사전). 혹은 무소의 뿔처럼 묵묵히 혼자서 가라는 말이다. 지루하고 힘들고 어려워도 묵묵히 가다보면 닿아 있음을 알게 되겠지만, 마음만 급하여 단숨에 닿으려고 서두르면 결코 닿을 수가 없다. 이것이 수련하는 사람의 기본자세이다. 곡식은 익을 때가 되어야 익는 법이다. 이것이 자연의 이치이다. 다 익음, 그것은 곡식의 완성이다. 그와 마찬가지로 수련하는 사람의 목적은 오로지 완성이다. 거의 대부분의 사람들이 건강 때문에 혹은 근심과 걱정으로 인한 마음의 짐이나 병 때문에 수련을 시작하지만, 시작하는 인연은 그러했을지라도 수련하는 자의 목적은 완성이다. 며칠이 걸릴지, 몇 달이 걸릴지, 몇 년이 걸릴지, 몇 생이 걸릴지 모르지만 모든 이의 수련의 목적은 바로 완성인 것이다. 어떤 완성? 자아의 완성. 즉, 나의 완성이다.

만약에 당신이 수련을 시작하였다면 또는 수련 중에 있다면 의심하지 마십시오. 당신은 완성을 이룰 것입니다.

우리 학교 운영위원장님의 딸아이는 부모님의 과외나 학원 등의 뒷바라지에도 불구하고 성적이 형편없었다. 2학년이 되면서 학원에 보냈고, 그러면서 성적이 오르리라고 기대를 가졌었는데, 아이는 변함없이 하위권을 벗어나지 못하고 있었다. 성적표가 집으로 배달된 날 아이는 아빠한테 혼쭐이 났다. 화가 날대로 난 아빠는 아이를 학교에도 보내지 않았다. 벌을 준 것이다. 이튿날 교장선생님으로부터 전화가 갔고, 아이는 다시 학교에 나왔다. 중간고사를 치르고 한 달쯤 지난 후 관내 학교행사로 인하여 공설운동장에 나갔을 때 격려차 들리신 운영위원장님께 아이 이야기를 하였다.

"아이에게는 과외나 학원이 급한 게 아닌 듯해요. 그보다 먼저 학습동기를 부여해주어야 하지 않을까 생각되는데요."

"맞는 말씀입니다. 그런데 어떻게 하여야 할지 이제는 정말 모르겠습니다."

"아이들에게 동기부여를 해줄 수 있는 좋은 방법이 있습니다. 들어보실래요?"

"방법만 있다면야 다 들어야지요."

"우리가 몰라서 활용을 못해서 그렇지, 훌륭한 심성훈련 프로그램들이 많이 있습니다. 인내심도 길러주고 집중력도 길러주고 그리고 무엇보다도 마음공부가 되지요."

"어, 그런 것이 있습니까? 그런 것이 있으면 좀 자세히 알려주세요. 우리 아이가 친구들과 휩쓸려 마음도 못 잡는 것 같으니 저는 우선 그 애들과 우리 아이를 떼어놓고 싶습니다. 기간도 최대한 긴 것으로 골라 주세요."

"그러지요. 알맞은 프로그램을 찾는 대로 멕으로 자료를 보내드리겠습니다."

나는 그 다음 날로 내가 아는 정보를 바탕으로 하여 인터넷을 뒤졌다. 내가 처음 심성수련을 받은 곳은 단전호흡 수련을 하던 단체에서였다. 1박 2일 일정으로 받은 수련이었는데, 그야말로 '대박'이었다. 정말이지 그보다 더 좋을 수는 없었다. 나는 그 수련에서 내 마음의 먹장을 걷어냈다. 반미치광이가 되어갔던 마음속의 갈등을 그 수련을 통하여 쏟아버렸다. 단전호흡 수련은 호흡으로 하는 수련이다. 호흡으로써 심신을 이완시키고 기운을 축적한다. 그리고 많은 기(氣)수련 단체에서 경원시하기도 하는 기 감각을 훈련한다. 그곳에서 나는 심성수련을 좀 늦게 받은 편이었다. 수련원에 등록하고 수련을 받기 시작하여 한두 달만 지나면 벌써 심성수련에 갈 것을 재촉하는데, 나는 그것이 못미더웠다. 왜냐하면 우선 1박 2일의 수련인데 비용이 그 당시에 20만 원이나 했을 뿐 아니라, 다녀온 사람들이 나눔의 시간을 통하여 다녀온 소감을 발표하면서 한결같이 좋았다는 말만을 할 뿐, 수련의 방법이 어떻던가를 물으면 대답을 해주지 않았던 것이다. 나는 잽싸게 눈치를 챘다. 아, 뭔가 비리가 있구나. 다 짜고 하는가 보다. 그렇지 않고서야 그렇게 좋다는 것을 가르쳐주지 않을리가 있겠어? 20만 원이면 뉘 집 개 이름도 아니고….

머리가 별로 좋은 것도 아니면서 왜 그렇게 영특한 척을 했던지, 똑똑한 나는 절대로 넘어가지 않으리라는 다짐을 했다. 그래서 끈덕진 권유에도 불구하고 2년여를 버틴 다음에 오로지 비리를 밝히겠다는 일념으로 거금을 투자했던 것이었다. 그런데 나도 다녀와서 나눔의 시간을 가졌고, 심성수련 선배들과 마찬가지로 좋았다는 말밖에는 할 수가 없었다. 왜냐하면 방법을 알고 가면 참여도가 낮아지게 되고, 그렇게 되면 되어가지고 오는 바가 덜할 것임을 알았기 때문이다. 수련 마지막 날 명상음악을 틀어놓고 눈을 감은 채 수련을 하고 있었다. 수련 도중에 나는 저절로 일어나 기운이 이끄는 대로 몸을 움직였다. 단무(丹舞)였다.

수련하는 사람들은 이것을 단무가 터졌다고 말한다. 심성수련에 가기 전에도 나는 진동을 경험하였었다. 진동이란 지감(止感)수련을 하다보면 기혈이 뚫리면서 기의 흐름에 따라 저절로 몸이 떨리거나 움직이는 것을 말한다. 기혈이 막힌 곳이 더 많이 떨린다고 하는데, 처음 겪는 기적 경험이어서 매우 신기로웠다. 그리고 앉아서 수련을 하면 팔이 저절로 기를 따라 움직이며, 춤사위가 되는 정도의 단무를 하고 있었다. 그런데 나는 일어나서 돌아다니면서 춤을 추었던 것이다. 마음은 구름 위를 날고 있는 듯 가벼웠다. 온 세상이 근심과 걱정 없이 투명한 그리고 기쁜, 그런 기분. 더욱 신기한 것은 130명 남짓한 인원이 무릎과 무릎 사이가 거의 한 뼘 정도의 좁은 간격으로 앉아서 모두 눈을 감고 수련을 하고 있었음에도 불구하고 눈을 감은 상태에서 일어서서, 그것도 돌아다니며 단무를 추고 있었는데 나와 부딪히는 사람이 없었다는 것이다. 사실 눈을 감고 있었기 때문에 모두가 일어나 있었는지는 모르겠다. 그러나 수련하는 모든 사람들이 눈을 감은 채로 일어나라는 구령도 없이 일어났다면 그것 또한 기적일 것이다.

다른 사람과 접촉한 것은 기껏해야 손등을 스쳐가는 정도가 고작이었다. 앉아 있는 사람도 있었으련만 발끝에 부딪히는 사람도 없었다. 나중에 안내하는 법사님 말씀이 그것이 바로 조화라고 하셨다. 사람과 사람과의 완전한 조화. 나는 정말로 조화를 경험하였고, 신비로움보다 더 진한 감동이 물밀듯 밀려왔다. 조용히 뜨거운 눈물이 볼을 타고 흘렀다. 왜 사람들은 이만큼 서로 조화될 수 있음을 알지 못하는 것인지. 왜 나는 여태껏 이러한 조화를 몰랐던 것인지. 아, 이 조화로움은 당연한 것이었다. 그런데도 나는 왜 그것을 모르고 살았던지. 나는 사람과 사람, 생명과 생명, 물질과 생명, 물질과 물질 등등의 이 완전한 조화로움을 이미 알고 있다는 느낌이었다. 알면서 모르고 지냈다는 느낌이었다. 그러면서 그렇게 당연한 것을 모르고 산 것에 대하여 가슴 한 켠은 또 얼마나 애석하던지. 말로 표현하기 어려운 비감이 한편으로 젖어오고 있었다. 숙연한 그리고 아주 진한 침묵의 감정이었다.

기 감각을 익힌 것은 개인적으로 참 잘한 일이라고 생각한다. 수련의 목적을 잊지 않는다면 기 감각을 일깨우고 살려내는 것은 유용하다. 그것으로 나는 나뿐만 아니라 타인에게 도움이 되기도 하였다. 그리고 나중에 명상수련을 할 때 내가 기운이라는 것을 알고 있었고, 지감수련으로 기 감각을 터득한 것으로 인하여 이상한 기적인 현상이 수반될 때에도 흔들리지 않고 수련에 임할 수 있었던 것이다.

'기간이 되도록 긴 여름방학의 청소년 캠프라…'

한국심성교육개발원이며, 한국인성개발연구원이며, 내가 아는 곳은 죄다 뒤졌다. 그러나 길어야 5일짜리가 고작이었다. 그러던 차에 공문을 하나 받았다. 평소에 내 돈 내고 찾아다니며 내가 좋아하는 분야의 연수를 받았었기 때문에 동료들이 '연수맨'이라고 불러주고 있던 터라, 내가 좋아할만한 주제의 연수 공문이 도착하자 곧바로 가져온 것이다. 그것이 바로 ○○명상센터에서 하는 직무연수 공문 이었다. 거기에는 청소년을 위한 25일짜리 수련캠프가 딸려있었다. 25일에 비용은 80만 원이었다. 나는 구미가 당겼다. 이 정도면 학부 모님이 찾으셨던 조건에 충분하다는 판단이었다. 곧 운영위원장님께 전화를 하였다. 아이에게는 홍보물을 건네주었다. 그리고 나서 ○○ 명상센터의 청소년 캠프 담당자님과 통화를 하였다. 나는 80만 원이 라는 거금에 관하여 신경이 쓰였다. 이곳은 강원도 벽지의 농촌지역 이라 일반 가정에서 80만 원이라는 돈을 아이의 방학 캠프 비용으로 쓰기에는 적지 않은 것이기 때문이다. 그래도 효과만 확실하다면야. 내가 경험해본 수련은 효과가 없었던 적이 한번도 없었다. 그러나 효과라는 것은 사람마다 다른 법이다. 똑같은 영화를 보았다 하더라 도 어떤 이는 재미있게 보았는가 하면 어떤 이는 그저 그렇다고 할 수도 있는 거니까.

나는 확인이 필요했다. 명상센터로 전화를 걸었다. 전화를 받은 이 는 확고했다. 이건 확실한 수련이라는 것이다. 그 신념이 다소 불쾌했 다. 어느 수련은 확실하지 않다는 건가? 방법은 믿을 만한가를 물었 다. 다른 곳에서는 동기를 부여해 준다든지 마음을 고요하게 가라앉 히는 수련을 하지만, 여기서는 가라앉아 있는 마음까지 들춰내서 모두 '버리는 수련'을 한다고 하였다. 그 확신에 찬 긴 설명에 짜증이 났다. 여자 분이었는데 내가 하고자 하는 말을 잘 들어주지 않는다는 느낌과 함께 나를 무시하는 것 같은 기분이 들었던 것이다.

"모든 심성수련이 다 버리는 수련이 아니던가요?"

나는 톡 쏘아붙였다. 여자는 아랑곳하지 않고 여전히 힘주어 말했다.

"여기는 다른 데와는 다릅니다."

단전호흡을 하는 수련원에서는 지원장을 법사님이라고 불렀다. 그리고 수련지도를 해주는 사람을 사범님이라고 불렀다. 아무래도 이 여자는 사범인가 보다. 원래 기 수련하는 곳은 종교색을 띤 곳도 많이 있다. 나는 실제로 어떤 기 수련을 하는 종교단체에 입문해본 적도 있었다. 동생이 먼저 입문하여 신유라고 하는 일종의 기치료를 받았는데 너무나 몸이 가뿐하다는 것이었다. 아침마다 몸이 천근이었는데 새털처럼 가볍게 일어난다나. 그러면서 여기는 꼭 다녀야 될 곳이라고 했다. 병자는 병이 낫고자 하는 일심을 가졌기 때문에 쉽게 믿음에 빠질 수 있다. 의학적으로 나을 수 없나던 병이 낫는 기적(奇蹟)을 체험하게 되면 의심의 여지없이 믿음을 수용한다. 체험을 어떻게 의심할 수 있겠는가. 나았다더라는 귀로 들은 경험이 아닌 실제적인 체험을 의심하는 것은 무의미해 보인다. 그러나 진실을 말하자면 사람의 병 나음은 다른 사람이 해주는 것이 아니다. 그들은 도왔을 뿐 실제로 낫게 한 것은 병자 자신임을 알아야 한다. 병을 앓는 이도 그이며, 그 병으로부터 벗어나는 이도 그이다. 신유를 해준 사람의 능력이 그를 낫게 한 것이라기보다는 신유를 받은 이의 능력인 것이다. 병 낫게 함은 하나의 인연일 뿐.

　동생은 한번의 신유로 말미암아 그 종교에 정신없이 심취했었다. 단전호흡을 하던 그곳에서도 종교색을 띠지는 않았으나, 지원장이나 사범님은 창시자라고 하는 스승님을 은근히 신격시하는 성향을 보였었다. 이를테면 수련실이 아닌 사무실이기는 하였지만, 창시자의 사진을 걸어놓고 이렇게 귀한 공부를 하게 해주셨으니 절을 하라고 했던 기억이 난다. 여기도 그런 모양이다. 뭐야, 그 오랜 세월 수련해온 사람을 이렇게 무시해도 되는 거야! 그래도 일단 25일이라는 기간이 학생의 부모님이 요구하시는 조건에 맞았으므로 추천을 하기로 했다. 이름이 비슷한 수련단체를 알고 있었기 때문에 반신반의에서 반보다는 높은 신뢰 점수를 주기로 하였다. 일단 종교색은 전혀 없다니 안심이고 버리는 수련이라니 믿을 만하지 않은가.

　아이는 그날로 등록하였다고 했다. 그 즈음 나는 우리 딸아이의 집중하여 공부하지 못하는 모습이나 아득바득 말대꾸하는 모습, 정리정돈 못하는 모습들이 마음을 거스르고 있었다. 이참에 우리 아이도 보내봐? 그래 지금 5학년이면 아주 적기일 수 있어. 보내야겠다. 그렇게 마음먹고 아이에게 말했더니 25일씩이나 그것도 방학 동안에 떨어져 있어야 한다는 말에 대번 싫다고 하였다. 그러나 사람이 이 세상에 왜 태어났으며, 네가 다른 사람이 아닌 나의 딸로 태어난 것은 어떤 인연이며 등등으로 거창하게 어르고 달랜 끝에 결국 가겠다는 말을 받아냈다. 호흡 수련을 하러 다닐 때 어린 딸아이도 함께 다녔었기 때문에 딸아이에게 수련이라는 말이 낯설지 않은 것이 참으로 다행이었다. 차일피일 미루다가 마감에 임박하여 등록을 하였다. 등록하던 날 저녁에 퇴근하여 딸애에게 청소년수련 여름방학 캠프에 등록하였다고 이야기를 했더니 아이는 노발대발 그야말로 난리법석이었다. 딸애는 이박 삼일은 울었나 보다. 결국 다녀오면 5만 원을 주겠다는 소리에 순전히 아르바이트 조로 가기로 마음을 굳혔다.

인연은 역시 따로 있는가 보다. 처음 보내려고 했던 학생은 돈까지 다 냈었건만, 운동을 한다는 이유로 환불하고 가지 않았다. 우리 딸은 원주 명상센터를 통하여 설악산 청소년 명상센터에 다녀왔다. 돌아오던 날, 나는 내가 심성수련을 받았던 경험을 생각하여 근사한 꽃다발을 준비해가지고 원주 명상센터로 갔다. 마음이 설레었다. 얼마나 얻어가지고 왔을까. 얼마나 되어 가지고 왔을까. 막상 만났을 때 아이는 꽃다발에 대해서 시큰둥했다.

"너 엄마 안보고 싶었어?"

"보고 싶었지."

"아빠는?"

"보고 싶었어."

대충 그 정도의 인사가 오갔다. 상봉이 뜻밖으로 너무 싱거웠다. 별 말은 없었지만 표정은 밝아보였다. 캠프에 함께 다녀온 아이들과 강사님, 그 밖의 일행들과 작별의 인사를 나누고 돌아오는 차 안에서 아이는 창문을 열고 소리소리 지르며 노래를 불러댔다. 놀랄 만큼 목이 트여 목소리에 힘이 있고 윤기가 흘렀다. 저것이 수련을 하기는 했구나. 생기발랄 그 자체였다. 개학하고 돌아왔을 때 나는 아이의 달라진 모습을 느낄 수 있었다. 전에는 지지 않으려고 눈에 쌍심지를 켜고 대들던 모습이 사라진 것이다.

사람이 변한다는 것은 여간 어려운 일이 아니다. 아주 쉬운 일임에도 불구하고 긍정적인 방향으로 변하는 이가 흔하지 않고, 대부분 어려워한다. 모두 다른 사람이 달라지기를 원할 뿐 자신이 달라져야 한다는 사실을 깨닫는 사람을 만나기도 참 어렵다. 다른 사람이 달라지기를 원한다면 자신이 변해야 한다. 자신의 마음으로 움직일 수 있는 것은 오직 자신뿐이다. 내 생각으로 다른 사람을 움직일 수는 없기 때문이다. 사람이 긍정적으로 변화하는 것은 성장을 의미한다. 의식의 성장, 혼의 성장, 뭐 내면의 성장이라고 해도 좋다. 어쨌거나 마음이 큰다는 것은 실로 '낙타가 바늘구멍으로 들어가는 것' 만큼 어려운 일이다. 그런 것을 알기에 딸애의 변화는 ○○명상센터를 긍정적으로 평가하는 계기가 되었다. 더욱이 원주 명상센터의 강사님과의 통화는 내 마음을 완전히 개방하게 만들었다. 내가 영기통 수련에서 얻었던 알음에 대하여 처음으로 대화를 나눈 사람이었다. 나는 아무에게도 내가 깨우친 것을 말할 수가 없었다. 내 주변에는 그런 것에 관심을 기울이는 사람도 없었고, 그만큼 이룬 도우(道友)도 없었던 것이다. 나는 강사님께 내가 무엇인지 알고는 있으나 경험을 하지 못했다고 말하였고, 강사님은 그것이 무슨 뜻인지를 알고 계셨다. 그리고 당신은 그것을 다 보았다고 하였다. 본다는 것은 경험이다.

언젠가 항아가 내게 물었다. 아는 것과 깨닫는 것이 다른 거냐고. 그때 나는 대답하였다. 그 둘은 경험의 차이라고. 경험하지는 못했어도 머리로 이해하였다면 그것은 아는 것이고, 경험으로 이해하였다면 그것은 깨달음이라고. 인생은 남가지몽(南柯之夢)이라고 했을 때 한낱 꿈인 것을 이해하였다면 그것은 아는 것이다. 그러나 인생이 꿈인 것을 경험하였다면 그것은 인생은 남가지몽인 것을 깨달은 것이다. 자, 당신이 인생은 허망한 꿈인 것을 깨달았다고 생각한다면 그 꿈에서 깨어나 보시라. 그 꿈에서 깨어나 보니 당신의 어머니가 누구이던가? 누군 누구야 우리 엄마지. 이런 대답이 나왔으면 당신은 깨달았다고 생각할 뿐이지 결코 깨달은 사람이 아니다. 그러니 함부로 깨달았다고 생각할 일이 아니다. 인생은 한낱 지난밤에 꾼 꿈에 불과함을 깨달아 그 깨달은 바대로 사는 것, 이것은 깨달음의 첫 번째 관문이다.

지금은 항아에게 이렇게 이야기하고 싶다. 알고는 있으되 아직 행동으로 하지는 못한다면 그것은 그냥 '아는 것'이고, 아는 그것을 일상생활에서 자연스럽게 행동으로 실천하면서 살고 있다면 그것은 '깨달음'이라고.

지금 당장 꿈에서 깨어나십시오.

인연 따라 만난 수련

겨울방학 전에 딸아이는 7·8코스 청소년 캠프에 가야 한다고 보챘다. 이번에는 말 안 들으면 보내주지 않겠다고 내가 딸에게 협박하는 처지가 되었다. 물론 그럴리는 없었다. 나는 수련 애호가였다. 수련 예찬론자이고 수련 중독자였다. 자진하여 하겠다는데 말릴 이유가 어디 있겠는가. 아이를 초급심화코스 청소년캠프에 등록하고 나서 나는 교원직무연수에 신청을 하였다. 내가 먼저 가람원에 들어갔다. 아이는 나보다 늦게 들어가 끝나는 기간도 나보다 늦었다. 그렇게 시간이 인연을 따라왔다. 내가 다다른 시간은 하나의 경계였고 그리고 그곳은 변화가 시작되는 자리였다. 2005년 마지막 날 나는 직무연수로 신청한 명상수련을 하기 위하여 지리산에 있는 ○○명상센터의 본산인 가람원으로 향했다.

그날 새벽같이 남편은 대전에 있는 치과에 간다고 나갔다. 나는 평소보다 조금 일찍 일어났다. 아이가 할머니한테 가 있었기 때문에 먼저 딸과 남편에게 메모처럼 간단하게 편지를 남겼다.

♡ TO. 혜강

잘 다녀와.
*챙길 것 : 세면도구, 수건, 런닝, 팬티, 브래지어, 군청 추리닝, 양말, 세면도구, 수건, 머리빗, 드라이기, 슬리퍼 등
*크레파스, 스케치북 사갈 것
*아빠가 사준 잠바 입고 갈 것
혜강, 알라뷰!

♡ TO. 남편

새해 첫날을 같이 맞지 못하네요. 당신에게 좋은 일만 생기는 한 해가 되기를 기원하며, 늘 건강하기를 바래요.
그러기 위해 금연하심은 어떨지. ^^
알라뷰!

단전호흡 수련원에서 심성수련을 받았던 경험을 되살려 틈틈이 운동도 하지 않을까 기대하고 두꺼운 운동복이며, 운동화까지 챙겼다. 명상수련 1, 2코스는 기간이 각각 일주일씩이었다. 딸이 하드케이스로 된 여행가방을 가지고 가겠다고 하여 나는 스포츠가방에 짐을 꾸렸다. 에구, 여름에 갈걸. 겨울옷은 두꺼워서 짐이 장난이 아니

다. 가족들과 작별을 하고 그 무거운 스포츠가방을 크로스로 메고 집을 나섰다. 우선 원주 명상센터로 향했다. 가는 길에 가볍게 입을 스포츠 룩도 샀다. 짐이 더 늘었다. 낑낑거리며 지역 명상센터에 닿았을 때는 점심때였다. 나는 잠깐 살 것이 있다면서 명상센터 앞에 있는 슈퍼마켓으로 갔다. 미처 챙겨오지 못한 세면도구를 사고 속옷도 좀 샀으나, 실내화를 사지 못했다. 돌아와 보니 사모님께서 일품요리를 근사하게 차려주셨다. 어찌나 맛이 있던지 많이도 먹었다. 실내화를 사지 못했다고 하니 강사님은 명상센터에서 쓰는 실내화를 내어주셨다. 함께 맛있는 밥을 먹은 분이 계셨다. 인상이 아주 선해 보이는 남자 분이었다. 나보다 나이가 많아 보였다. 오십대 쯤? 어떤 여자 분은 가람원 수련에 갈까말까를 놓고 무척 망설이셨다. 남편이 반대한다는 것이다. 식사도 안하고 수련실에서 울었던가 보다. 그분은 결국 포기하고 말았다.

식사가 끝나고 조금 기다리자 우리를 가람원까지 데려다준다는 사람이 도착했다. 그분은 어쩌면 나보다 젊거나 비슷해 보이는 남자 분이었다. 사복을 하여 미처 알아보지 못했는데, 군인이라고 하였다. 나는 40대 후반이다. 12월생이니 굳이 따지자면 서양 나이로는 두 살이나 더 젊다. 나이. 나는 생활에서 그것을 거의 잊어버리고 산다. 딸애가 챙겨주지 않으면 내가 몇 살인지 생각할 일도 없이 살 것이다.

집에서 떠날 때가 아침 8시 정도였을 텐데 원주 명상센터에서 떠나던 시간은 2시경이었다. 원주까지는 버스로 갔다. 원주 명상센터에서 수원에 사신다는 그 군인아저씨 차를 타고 지리산 기슭의 가람원까지

갔다. 송림을 지나고 다솔사 표지판이 있는 곳을 지나 쌍계사 안내 표지판을 따라 들어갔다. 이 가까이에 쌍계사가 있나 보다.

원주에서 떠날 때였다. 5층에 있는 명상센터에서 내려와 주차해놓은 차로 다가가니 왁살스럽게 생긴 중년 남자가 다가와 군인아저씨한테 다짜고짜 고함을 쳤다.

"아, 이거 당신차야?"

"예, 그런데요."

군인아저씨가 대답했다.

"이것도 주차라고 해놓은 거야!"

남자의 눈에서는 불똥이 튀고 있었고, 그 주변에는 그의 가족인 듯 보이는 여자와 고등학생쯤 되어 보이는 사내아이가 있었다. 남자는 한창 싸움을 하고 있는 싸움닭처럼 어깨가 부풀어 있었고 얼굴은 상기되어 씩씩거리고 있었다. 한판 붙어야겠다는 기세였다. 군인아저씨가 대답을 하기도 전에 배웅하러 같이 내려오신 사모님이 말하였다.

"에구, 정말 화가 나셨겠네요. 차를 이따위로 대놓다니. 야단 좀 더 치세요" 하면서 남자의 편을 들어 주었다.

차는 씩씩거리는 남자가 대어놓은 승용차 뒤에 주차되어 남자의 승용차가 빠져나갈 수가 없었던 것이다. 그 지역은 주차난이 심각하여 주차할 곳이 마땅치 않았다. 군인아저씨는 잠깐 들어갔다가 나오리라는 예상으로 남의 차 뒤에 대어놓고 들어갔던 것인데, 한 15분 내지 20분을 지체하고 말았다.

'그렇게 오래 있지도 않았을 텐데 저 남자 왜 저래! 벌써 동행이라고 편을 먹었나?' 나는 남자가 매우 불쾌했다. 군인아저씨도 기분이 좋지는 않은 눈치이다. 얼핏 보기에도 군인아저씨는 수련을 했기에 망정이지 매우 다혈질이었을 것으로 보였다. 그러나 역시 수련하는 사람의 자세를 보여주고 계셨다. 내가 놀란 것은 사모님의 태도였다. 넉살도 좋지. 나는 발끈 화가 났었다. 내색을 하지는 못했지만 속에서 불뚝밸이 솟아올랐다. 그런데 강사님 사모님은 얼른 "그러게요. 저 사람이 잘못 했네요. 차를 이렇게 대다니. 에이, 좀 더 야단쳐 주세요. 나쁜 사람이네요, 아주"하면서 완전히 싸우겠다고 달려드는 사람의 편을 들어주는 것이었다. 도반님의 차 때문에 차를 뺄 수 없었던 사람이 화가 많이 날 수 있는 상황이기는 하지만, 보통 사람들은 이런 때 "아무리 그래도 그렇지. 그렇다고 그렇게까지 화를 낼 수 있어!" 하면서 기분 나빠하고 맞장 뜰 일이 아니겠는가.

우리는 대인관계에 있어서 대부분 이처럼 대응한다. 내 잘못을 인정하고 사과하는 것으로 끝나지 않는다. 내 잘못에 대한 사과보다는 내 더러워진 기분을 내어놓는다. 자극에 반응하는 자세에서 감정에 초점을 맞추기보다는 바르게 보고 바르게 생각하여 판단하는 자세가 필요하다. 네가 이렇게 했으니까 거기에 대한 나의 감정을 표출하기에 앞서 상대방이 그렇게 행동하게 만든 나의 행동을 먼저 살펴보고 행동하여야 한다. 거기까지만 하여야 한다. 이것이 보다 넓은 안목이다. 그러나 이것은 우리가 아직 경험해 보지 못한 방법이라서 실천하기가 매우 어렵다. 그러나 대인관계에서 표현의 관점은 나에게 반응해오는 그 사람이 아니라 철저히 나 자신이 되어야 한다. 이것이

관계형성의 한 차원 높은 테크닉이고 좋은 관계를 형성하는 정석이
며, 해법인 것이다. 왜 그의 잘잘못이 먼저 문제가 되어야 하는가. 내
몸으로 행할 수 있는 것은 오로지 '나' 일 뿐이다. 그의 잘못된 행동
을 내가 뉘라서 감히 수정할 수 있을 것인가.

  사모님이 그렇게 나오자 화를 내던 사람은 더 이상 화를 내지 못
하고 말았다. 아 글쎄, 차를 이 따위로 대놓아서 못나오고 어쩌구 하
고는 더 이상 시비를 걸지는 않았다. 나는 떠나오면서 생각하였다.
이것이 바로 '된 자'의 자세이구나. 내 안에는 아직 버리지 못한 마
음이 많이 있구나. 어쨌거나 이 강사님은 자신이 빛인 것을 확연히
보았다고 했다. 나도 내가 빛이라는 인식을 얻었지만 보지는 못하였
기 때문에, 나는 나 자신의 겪음으로 그것을 알아야 했다. 그렇지 않
고서야 내가 어찌 진짜 빛인지 아닌지 확신할 수 있으랴. 그 험악한
상황에서 불도저처럼 싸우자고 달려드는 남자를 단 몇 마디의 말로
가라앉히다니. 진정으로 깨달은 사람의 모습이 아닌가. 거기서도 나
는 향기를 맡았다. 깨달음의 향기.

  운전하시는 군인아저씨와 지고한 선의 분위기를 풍기는 남자분이
앞좌석에 자리를 잡고, 나는 뒷좌석에 앉았다. 군인아저씨는 6코스를
하고 있는 분이시고 남자 분은 12코스를 마친 분이라고 하였다. 어
떤 수련을 할까. 가람원은 또 어떨까. 궁금한 것이 많이 있었으나, 나
는 하나도 물어볼 수가 없었다. 두 분이 다 침묵하고 계셨으므로. 나
는 이런 침묵이 어색하지 않았다. 나도 내 마음껏 침묵하는 법을 알
고 있으니까.

"참 잘 오셨습니다. 이렇게 준비가 된 때에 오신 것은 참으로 복이십니다."

남자 분이 해주신 축언이었다.

지금 생각해보니 두 분은 가람 주말수련에 참석하셨던가 보다. 12코스를 마쳤다는 분은 아내가 수련 중이라고 하였다. 그 먼 길을 친절하게 데려다 주신 두 분께 감사한다. 그 먼 길을 태워다 주신 수원의 군인아저씨께 감사드리고, 12코스를 다 마치셨다는 그분께도 감사드린다. 그분은 나의 쓸데없이 무거운 짐을 끝까지 들어다 주시고 안내해 주셨다. 등록절차 밟는 것을 도와주셨고, 절차를 다 밟고 방에 들어가기 전까지 동행해 주셨다. 그때도 나의 무거운 짐이 참으로 죄송스러웠다. 남의 짐을 들어주는 이. 보통 무거운 게 아니라 아주 무거운 짐을 아무 말 없이 그야말로 생면부지인 나를 위해서 들어주신 이. 그것도 깨달은 자의 자세이다. 나중에 가람원에서 되돌아올 때 나는 나의 무거운 짐이 정말로 쓸데없이 무거운 짐이라는 사실을 더 깊이 깨달았다.

배정받은 방으로 들어가기 전에 핸드폰과 지갑을 다 맡겼다. 이제는 바깥세상과 두절된 시간을 보내야 한다. 다른 사람은 어떠하였는지 모르지만 나는 그것만으로도 무언가 수련다운 수련을 하는 것 같아 신이 났다. 사실은 면벽수도를 할까 하는 생각도 있었던 터라 템플스테이 쪽으로 마음을 두었던 적도 있었기 때문에 이러한 절차가 매우 마음에 들었다. 나는 호흡수련도 좋았지만 명상수련에 더 매력을 느끼고 있었다. 요가수련도 좋고 주문수련도 좋지만, 명

상수련에 푹 빠져보고 싶었던 것이다. 뭔가 이룰 수 있을 것 같은
느낌이 들었다.

입소

그날 저녁은 참 서먹서먹하였다. 나는 사람들의 그 서먹한 침묵이 재미있었다. 이상하게도 같은 방에서 지내게 된 우리 일행이 다들 어디선가 만난 적이 있는 것 같은 친근함이 느껴졌다. 어찌된 영문인지 모르지만 그들은 어색하여 아무 말도 하지 않고 있건만, 나는 그들이 모두 낯이 익었다. 그냥 낯이 익는 것이 아니라 친숙한 느낌이었다. 기분 탓인가?

방으로 들어가니 사물함에 이름이 붙어 있었다. 나는 맨 가장자리의 창가 쪽이었다. 운도 참 좋지. 여름이었으면 더욱 좋았을 자리였다. 창가는 비어있고 그 맞은편이 출입문이다. 그리고 측면으로 양쪽 벽에 개인사물함이 붙어 있었다. 한 쪽에 10명 내외의 인원이었다. 지은지 얼마 되지 않은 건물인지 내부가 깨끗하여 흡족하였다. 나는 창 아래

벽에 기대고 앉아 사람들을 바라보았다. 첫 만남이 어색한지 앉아 있거나 누워있는 사람들 모두 침묵하고 있었다. 저 분들은 이런 모임이 처음인가 보다. 옆에 있는 선생님한테 말을 걸었다. 뜻밖에도 강원도에 근무한 적이 있다고 하였다. 지금은 경기도에 있으며, 첫 발령지가 강원도여서 생각이 많이 난다고도 하였다. 강원도에서 이 연수에 참여한 사람은 오직 나 하나였는지라, 강원도에 살았던 사람을 만난 것만으로도 식구를 만난 것처럼 좋았다. 제주도에서 오신 선생님도 한 분 계시고, 전라도나 경상도 선생님들이 많았다.

순한 양 같은 인상을 지닌 선생님이 들어와 여기에서는 되도록 이야기를 하지 말라는 주의를 주고 가셨다. 우리 방을 담당한 수련 사범님이었다. 아, 저분도 인연이 많은 사람이구나. 나는 직감적으로 그렇게 생각하였다.

직무연수를 받으러 출발하기 전에 짐을 꾸리면서 다이어리를 가방에 넣었다. 나는 수련을 받을 때마다 수련일지를 썼던 것이나. 그 수련일지는 나중에 보아도 나에게 힘이 되었다. 보통 나는 지난 일들은 이미 떠나간 것임을 알기 때문에 기억으로 간직하는 것도 별다른 의미를 두지 않는다. 지난 일은 아무리 좋은 것도 아무리 아쉬운 것조차도 지금은 어찌할 수 있는 것이 아니다. 지난 일에 미련을 두는 사람이 미련한 것이다. 음미해볼 필요도 별로 없다고 본다. 그렇건만 수련일지는 예외였다. 누룽지 같았다. 씹을수록 구수한 맛을 냈다고나 할까. 특히나 영기통 수련을 할 때의 수련일지는 읽어보지 않아도 괜히 마음이 든든한 만족감을 주는 것이었다. 이번 수련은 나에게 있

어 가장 중요한 수련이 되리라고 생각하였고, 그 어느 때보다도 기대
치가 컸다. 단전을 다칠까봐 고려수지압봉을 손가락과 손바닥 그리
고 손등에 덕지덕지 붙이고 분만실로 갔던 것도 생각났다. 서른일곱
에 초산을 하면서 나는 죽어도 순산을 하겠다고 결심하였다. 다른 여
자들도 다 하는 것, 나라고 못할까보냐. 죽기 아니면 까무러치기지.
나는 그때는 그 호흡 수련이 나를 깨달음에 이르게 해줄 거라고 믿었
었기 때문에 죽는 고통이 어떤 건지 경험해보는 것도 괜찮을 거라는
각오로 단전을 지키기로 했던 것이다. 그러나 출산은 생각했던 것만
큼 고통스럽지는 않았다. 애도 조그만 것을 왜 그렇게 잘 낳지 못하
냐고 산부인과 여의사의 타박도 듣고, 출산 바로 직전에 한순간 의식
을 잃기도 했지만 예상보다는 수월했다고 생각한다.

이번 직무연수에서 받는 명상수련은 그런 마음으로 임했다. 내가
무엇인지를 경험으로 확인할 수 있는 방법이라는 데야, 하다가 죽어
도 좋은 일이 아니겠는가. 열심히 하고 또한 잊지 않고 싶었다. 지금
은 내가 왜 그랬는지를 안다. 그때는 미처 깨닫지 못했지만, 지금은
그때 내가 왜 그랬는지를 안다. 그것도 다 이렇게 되어지는 인연이
었던 것을.
이제부터는 그 메모를 보여줄 작정이다. 뜻이 잘 전달될 수 있도
록 수정이 꼭 필요하다 싶은 부분에서는 어쩔 수가 없겠지만 되도록
고치는 것 없이 보여주고 싶다. 그렇더라도 보태지는 것이 있을 것
이다. 그 당시의 심경이라든지 이해를 돕기 위하여 필요한 것들을
좀 더 가미할 생각이다. 그래도 미리 밝혀 두어야 할 것은 내 마음

길의 과정마다에서 닿은 깨달음은, 깨달은 그만큼에서 이야기를 하고 있기 때문에 용어가 적절하게 쓰이지 못했다는 점이다. 처음 무언가를 이루고 나면 그것이 마치 다 이룬 것과 같은 생각을 한다. 왜냐하면 사람은 자신이 깨우친 만큼만 알기 때문이다. 아무리 그 이상을 이야기해 주어도 사람은 자신이 깨달은 그 이상을 절대 알지 못한다. 깨달음이란 된 정도이다. 그러므로 사람은 자신이 된 정도만큼만 말하고, 된 정도만큼만 들을 수 있다. 된 정도만큼만 행동할 수 있고, 된 정도만큼으로 산다. 만약에 당신이 나의 이야기를 도중에 그만두지 않고 다 들어 준다면—나는 독서는 필자의 이야기를 듣는 것이라고 생각한다.—이 수련일지가 끝난 다음에 당신의 수련을 이야기하는 장에서 용어를 다시 정리할 기회가 있을 것이다.

나도 그랬다. 자기가 아는 만큼만 말할 수 있는 것이라서 손톱만큼 되고서도 다 된 줄 알았고, 손마디만큼 되어서도 다 된 줄 알았고, 손바닥만큼 되어서도 다 된 줄 알았던 것이다. 그러므로 용어가 그 단계에 알맞게 쓰이지 못하고 어디서나 다 된 것처럼 부적절하게 쓰였다. 의미를 전달하는데 무리이다 싶은 곳은 어쩔 수 없이 말을 바꿀 것이나, 그 시점에서의 앎과 느낌이 그러하였으므로 될 수 있으면 그대로 옮기고 싶다. 덧붙여 여기서 내가 하고 싶은 말은 우리는 모두 도정(道程)에 있다는 것이다. 출생에서 죽음에 이르기까지의 이생의 어느 지점 또는 더 나아가서 낳아진 다음 돌아가기까지의 도정. 길은 어디에나 있고, 혹은 우리가 가는 길은 그 어디나 길이며, 우리는 그 길 위에 있다. 그리고 누구나 돌아가게 되리라는 것.

누구나 돌아가리라.

나는 이 말을 꼭 하고 싶다. 아울러 우리는 누구나 깨달은 사람이
라는 것도 말하고 싶다. 어떤 이는 손톱만큼 깨닫고 살고, 어떤 이는
손마디만큼 깨닫고 살고, 어떤 이는 손바닥만큼 깨닫고 살고. 또 어떤
이는 하늘만큼 깨닫고 살고, 어떤 이는 우주만큼 깨닫고 살며 또 어떤
이는 그 너머까지 깨닫고 사는 그 정도가 다를 뿐.

하루(일)

생리 3일째. 웬일이냐. 다른 때 같았으면 완전 초죽음인데. 아무리 적어도 약을 이틀은 먹어야 하는데. 일반적으로 이틀간 진통제를 두 알씩 네 차례 내지는 다섯 차례는 먹는다. 그런데 여기는 기운이 좋아서 그런가? 어제 원주 명상센터에서 밥 먹고 약을 두 알 삼킨 후로 아직 안 먹고 있다.

말을 하지 말라는 지시를 받았다. 나눔을 열심히 하라던 다른 수련과의 차이점이다. 오랜만에 수련을 한다니까 그저 신이난다.

상상으로 죽기 → 영혼 되기 → 기억 떠올려 버리기 → 영혼마저 버리기

하고 보니 혜강이가 수련보다는 노는데 관심을 가졌었나 하는 느
낌이 든다.

어쨌거나 참 좋다.

오늘은 이곳의 규칙과 수련방법 등을 익히는 날이다. 우선 산책을
하지 말라고 하였다. 산책을 하면 마음이 가라앉아 수련에 방해가
된다고 한다. 그리고 화난 것들, 마음에 부대낌을 부추겨서 버려야
한다고 하였다. 그것이야 말로 버려야 할 것들이니까.

나는 방 배정을 111호실로 받았다. 방 배정을 받기 전에 핸드폰과
지갑 등을 맡겨야 했다. 1코스 수련이 끝날 때까지는 밖으로 연락도
안 되고 돈을 쓸 수도 없다. 지갑을 맡길 때 그래도 모르니 만 원 정
도는 꺼내 놓았다. 사실 원주 명상센터에 들어가기 전, 가람원에 가
서 수련할 때 입을 요량으로 편한 티셔츠와 스포츠 룩을 사느라고 돈
을 쓰는 바람에 지갑은 거의 빈 거나 다름이 없었다.

방에는 수련 조교가 한 명 있었고, 주로 수련실에서 볼 수 있지만
가끔 방에도 들려주시는 수련 사범이 한 분 계셨다. 코스는 두 명이
다 비슷한 듯하였는데, 어쨌거나 두 분 다 수련 중인 사람들인 것만
은 틀림이 없었다. 아마도 이런 '수련 도우미' 생활이 하나의 수련
코스인 듯했다. 역시 현직 교사인 수련 사범님이 방에 오셔서 주의
사항을 전달하고 불편한 점이 없느냐고 물어보았다. 여기서는 방에
서건 방 밖에서건 이야기를 되도록 하지 말라고 늘 당부한다. '오고
가는 대화 속에 늦어지는 명상수련' 이라는 구호까지 있을 정도이다.
그런데도 나는 자꾸만 이야기를 하게 되었다. 아무도 이야기하지 않

는데서 몇 마디 한다는 것은 많이 하는 것이 아니겠는가. 내가 "시어머니가 스승이라는 것을 알았다"라는 말을 꺼냈을 때 수련 사범님은 힘주어 잘라 말했다.

"그것까지 버리세요"라고.

나는 분명 이곳에 오기 오래 전에 여기서 수련하는 것처럼, 방법은 달랐지만 내 시어머니 때문에 심각하게 마음으로 죽어본 적이 있었다. 그래서 '이 세상의 모든 근심걱정은 죽어서 몸이 없어지면 하나도 남을 것이 없더라' 는 이야기를 하려고 꺼낸 말이었는데, 중간에 단호하게 잘리고 마니 섭섭하고 화가 났다. 그러는 한편 반성하였다. 나 자신을 가만히 들여다보면 거기에는, 나는 벌써 이전에 여기서 가르쳐 주지 않았어도 나 자신이 죽어보는 마음공부를 하였다는 자랑을 하고 싶음이었다. 그것이 거절당하자 내 마음에서 화가 일어났던 것이다. 뭐야, 도대체. 나는 이미 내가 빛이라는 것을 알고 온 사람인데 그것도 몰라보고. 아, 그래서 내 마음이 야속하다 이거지. 이것도 내가 버려야 할 마음이구나. 뭔가 속이 불편하고 서슬리는 그 마음이 뭔지를 알아보고 그리고 그것을 버려야 한다. 마음을 버리는 수련이니까. 내 마음에 떠오르는 불편한 것, 불쾌한 것들은 물론이고 좋은 것까지도 모두 버려야 한다. 담임 수련 사범님과의 대화로 인한 마음 부대낌으로 지금 내가 하는 이 수련은 철저하게 버리는 수련이라는 것을 마음으로 깨닫는 순간이었다.

이틀(월)

어제 저녁에도 원론 강의가 있었지만 오늘 강의를 맡은 강사님은 재미와 적절한 예시를 겸비하여 수준 높은 강의를 해주셨다. 명상수련은 마음을 닦는 수련이다. 마음을 닦는데 언제까지 닦아야 하는가 하면 닦고, 닦고, 닦아도 안 닦아지는 마음만 남을 때까지 닦아야 한다는 것이다. 마음을 닦기 전에 우선 알아야 할 것이 있는데, 그것은 바로 진리이다. 진리란 무엇인가. 진리를 사전에서 찾아보니 참된 이치, 참된 도리라고 나온다. 그리고 만고불변의 진리라고 풀이되어 있다. 영원불변이라는 말을 쓰기도 하는가 보다. 만고불변이나 영원불변이나 이런 것이 있기는 있다는 이야기이다. 그것이 진리라는 것이고.

나는 나의 깨달음으로 여태껏 진리란 이 세상에 변하지 않는 것은 하나도 없다는 바로 그것이라고 믿어왔었는데, 이 명상센터의 강사들은 영원불변의 진리가 있다고 말한다. 그럼 있는 것들이 무엇인가부터 찾아보자고 했다. 우리가 만질 수도 볼 수도 없지만 텅 비어 있는 곳이 있고, 우리는 그것을 공간이라고 한다.

"공간은 무엇인가로 테두리를 둘렀을 때의 비어있는 것의 이름이고 그것을 터놓았을 때에는 그것을 우리는 우주라고 부릅니다. 맞습니까?"

"맞습니다."

나는 대답하였다. 그래 그런 것을 우리는 공간이라고 부르고 우주라고 하지. 아, 그것을 나는 없는 것인 줄로만 알고 있었는데, 그래 그것도 있는 것이었구나. 단지 우리가 보고 만질 수 없을 뿐이지 있으니까 그 이름도 있는 거지. 아, 내 한계가 아니, 경계가 바로 그것이었구나. 나는 왜 그것을 여태껏 깨닫지 못했을까. 저것만 내가 일찍 알았더라도 좀 더 다른 앎을 가지고 좀 더 다르게 다다를 수 있었을 텐데. 으윽…. 속이 쓰리군!

"우리가 사심 없이 보는 대로, 듣는 대로가 진리라. 또 뭐가 보이나? 별이 있고, 해가 있고, 달이 있고, 지구가 있고, 지구의 삼라만상이 있고 그리고 사람이 있다. 이것은 다 있는 것이다. 맞습니까?"

내 마음은 그것들이 있다는 것을 안다. 그러므로 나는 "맞습니다" 하였다.

아, 우리가 공기를 마시며 살고 있지만, 그 공기를 볼 수는 없다. 그렇다고 공기가 없다고 할 만큼 어리석지는 않다. 전기가 눈에 보이지는 않지만 전기가 없다고 말하지 않는다. 나는 그것을 쓰고 있고 그 씀으로 인하여 경험하고 있기 때문에, 나는 그것이 없다고 말하지 않는 것이다. 공간 우주도 마찬가지이다. 그것이 있었으나, 나는 그것이 없다고도 하지 않았지만 있다는 마음도 내지를 못하고 있었을 뿐이다. 그것은 분명 '있는 것' 이다.

우주가 존재 개념임을 입증하기 위하여 명상센터에서는 빼기를 한다. 우주 삼라만상을 그려놓고 거기서 삼라만상을 빼내어 우주를 만드는 것이다. 그리고 그 빼기는 마음이 진리가 되게 하는 방법이다. 이 있는 것들 중 어느 것이 진리이냐가 그 다음 논제이다.

"진리와 거짓을 구분하는 방법은 영원불변하느냐, 변하거나 없어지는 것이냐로 판단한다. 결국 사라지는 것은 거짓이다. 왜냐하면 진리란 영원불변하는 것이기 때문에 그렇지 않은 것은 마땅히 거짓이다. 맞습니까?"

역시 내 마음은 그 말에 수긍하였다.

"맞습니다."

맞지 않는가? 논리적으로 모순이 없는 것이다. 그러므로 아직 얼떨떨하고 뭔가 속는 것 같은 기분이 있으면서도 마음은 반론의 여지없이 "맞습니다"라고 할 수밖에 없었다. 그리고 그것이 약이 오르도록 아차 싶은, 내가 가지고 있었던 경계임을 벌써 알아차렸으니까.

이제는 변하는 것 또는 없어지는 것 즉, 거짓된 부분을 빼버리면 진리가 남을 것이다. 우선 사람은 어떤가. 기껏해야 100년을 살까. 결국 죽어 없어지는 것이다. 변하는 것, 사라지는 것은 모두 거짓이다. 그럼 사람을 빼고.

자, 지구는 어떤가. 지구는 지금 나이가 약 4만 5천억 년쯤 되었다고 한다. 그리고 다시 5억 년쯤 지나면 사라진다고 한다. 100년 남짓 사는 인간의 눈으로야 영원인 것 같지만 지구도 이렇게 세월이 흐르면 사라진다는 것쯤이야 과학시간에 충분히 배웠던 지식이 아니던가. 그럼 또 지구를 빼야지.

달도 마찬가지이다. 달도 몇 억 년이 지나면 사라진다고 했다. 달도 빼고. 별들도 오억 년에서 백사십억 년을 살면 사라진다고 했다. 고등학교 다닐 때 지구과학시간을 생각했다. 나는 지구과학을 참으로 좋아하였다. 덕분에 시험성적이 나쁘면 손바닥을 맞았는데, 나는 별로 맞지 않았던 것 같다.^^; 지금은 생각이 잘나지 않지만 초거성, 백색왜성 따위를 외웠던 기억이 난다. 아, 어쨌거나 과학시간에도 그렇게 배웠지, 사라진다고. 그럼 별도 빼야지.

이젠 우주이다. 거기서는 뭘 더 뺄 것이 없었다. 있어야 빼지. 텅 비어 있는데. 아무것도 없는데.

그런데 그게 진리라고 했다. 더 이상 뺄 것이 아무것도 없는, 그래서 변할 것도 없는 순수 우주 허공. 우주 순수 허공. 그것이 진리라는 것이다. 참 기가 막힌 아이디어다! 나는 속으로 감탄 또 감탄하였다. 어쩜 이렇게도 절묘한 수가 있더란 말이냐. 나는 왜 진즉에 이 수를 알지 못했을까. 그렇게 찾아 헤매고도 나는 왜 몰랐을까. 눈뜬 장님, 그게 바로 나였다니! 영구불변의 진리라는 것을 찾아도 찾아도 없어서, 결국 변화라는 영원성을 찾았고, 그래서 그것이 진리라고 믿었던 것인데. 아, 여기에 공의 자리가 있었구나! 나는 이 세상의 영원한 진리는 오직 '변화한다는 바로 그것'이라고 믿고 있었다. 색즉시공(色卽是空)인 것을 아직 색만 보았지 공은 없다는 뜻인 줄로만 알았던 것이다. 그래서 색즉시공을 '색이란 없는 것'이라고 나름대로 풀이했었다. 알지 못하니까 그냥 해석해서 이해하는 수밖에. 그 공이라는 것이 존재개념이라고는 꿈에도 생각지 못하였다. 비어있으니 없는 것인 줄로만 알았던 것이다. 이럴 수가! 어떻게 이럴 수가! 공(空)이라는 게 있구나! 있는 거구나!! 인류가 0이 하나의 숫자라는 개념을 처음 알아낸 것과 같이, 내 인식체계에 새로운 진보가 일어나기 시작하였다. 순간 내 마음에서 투명한 비닐로 된 답답한 막 하나가 벗겨져 나가는 느낌이 들었다.

믿음은 오직 마음 하나에 달려 있다. 내 마음은 이미 그 순수 우주 허공이 진리라는 것을 깨닫고 있었다. 내가 아직 한 번도 생각해보지 않았고 겪어보지 못했을 뿐이지, 역시 논리적으로 모순되지 않았기 때문에 나는 단박에 이것이 내가 찾고 있었던 것임을 직감적으로 알았다. 나는 이런 면에서 다른 사람보다 수련의 진척이 무척 빨랐다고 본다. 이걸 믿어야 하나 말아야 하나, 그렇게 의심하고 분별하고 시비하는 마음 하나만 거둬들여도 얼마나 많은 시간을 절약할 수 있는지 수련 중에 있는 사람이라면 누구나 아는 사실이다.

그리고 명상수련은 이 진리인 우주와 하나가 되는 것이라고 했다. 그 하나가 되는 길은 마음을 닦는 것이고, 닦아도, 닦아도 닦이지 않는 본래 마음 즉, 우주만 남을 때까지 닦아내면 되는 것이다. 맞아, 예로부터 깨달은 이들은 마음을 닦으라고 했지.

진리는 영원불변하는 것이고, 영원불변하는 것은 우주이니 순수 우주 허공이 바로 진리이다. 그런데 그 진리인 우주는 그냥 텅 비어 있는 것이 아니고, 몸과 마음이 있다고 하였다. 몸은 텅 빈 우주이고,

마음은 그것을 가득 채우고 있는 에너지라는 것이다. 나는 내가 아주 오래 전에 쓴 시가 생각났다. 영기통 수련 전에 쓴 것인지 후에 쓴 것인지는 기억나지 않지만, 나는 그것을 미리 적어놓은 나의 오도송(悟道頌)이라고 스스로 자만하면서 깨달은 사람이 되기를 염원하였다. 그러면서 한편, 내가 많이 되었음을 은근히 즐기고 있었다. 물론 남에게 말한 적이 없고 글을 보여준 적도 없다. 아니다. 그러고 보니 보여준 이가 하나 있었지만, 그 사람은 그 뜻을 알지 못한지라 그 후에 아무에게도 보여주지 않았던 글이다. 지금에 와서 생각해보면 그것은 다분히 예지적인 글이었지 오도송은 무슨 놈의 오도송! 내가 언제 깨닫기나 했어야 말이지. 나는 내가 의식하지 못했어도 이미 내가 가야 하는 길을 알고 있었던 것이다. 누가 가르쳐주지 않았어도 나는 너무나 정확히 알고 있었다. 그러고 보면 사람들은 누구나 진리로 나아가는 길을 알고들 있다. 하물며 자존심 때문에 남을 위해서는 눈곱만큼도 희생할 수 없는 진숙 씨조차도 사람은 베풀며 살아야 하고, 착하게 살아야 한다고 수시로 말을 하지 않던가 말이다. 단지 깨닫지를 못하였고 그래서 행하지를 못한다 뿐이지, 사람은 누구나 깨달음으로 나아가는 길을 다 알고 있다.

알고는 있으되 아직 모른다.

내가 나이고자 함이 때때로
왜 이토록 무거운 슬픔이 되는지
저는 모르겠습니다

한 번도 보여진 적이 없는, 그래서
형상도 없고
불려본 적도 없어서 이름도 없는

안개
속속들이 스민 습기의 느낌과
무게 때문에 그 존재를 알 뿐

저는 모르겠습니다
찬란한 사랑과 생명의 빛으로
나를 밝혔다고 생각한 때에도

그 슬픔은 나를 떠나지 않았습니다
내 안에 고요가 차서
가슴을 잔잔하게 넘어서고 있을 때

또 그 안으로 흐르는 눈물은
천만 번의 겁을 휘감은
정지된 강이었습니다.

虛 虛 虛 虛
無 無 無 無
空 空 空 空
眞 眞 眞 眞
充 充 充 充
滿 滿 滿 滿
一 一 一 一

점심을 먹고 휴식시간이었다. 수련 조교 선생님이 혜강이가 여름 수련캠프에서 돌아왔을 때 나와 대화가 되지 않았으리라고 했다. 원래 청소년 수련은 엄마가 1, 2코스를 수련하지 않으면 받아주지 않는다는 것이다. 그 소리를 들으며 "아마 그렇지는 않았을 거예요" 하고 받아 넘겼다. 내가 기분이 상해 있음을 알았는지 "아, 그럴 수도 있지만 대개 아이는 의식이 많이 커가지고 돌아왔는데 부모의 의식이 따라주지 못하면 수련했던 것들이 소용이 없게 되더라"고 부드럽게 설명을 해주었다.

흥! 마음 넓이라면야 나는 이미 넓힐 만큼 넓혔다는 자만심이 솟아나고 있었다. 저 여자가 내가 얼마만큼 되었는지를 모르는군. 다른 사람들이야 여기까지 오게 한 그 스발노무 연놈들 때문에 왔을지 모르지만, 나는 이미 그들을 다 수용하였다. 가끔 부아가 치밀기도 하지만, 내 마음을 지옥으로 만들던 시어머니가 내 부처라는 것을 알고 살 만큼은 되지 않았는가 말이다.

그런데 이게 다 버리지 못한 내 마음인 것이다. 딸아이의 의식 크기와 내 의식의 크기가 비교되는 순간 그리고 아이의 그것보다 작다고 상대방이 이야기하는 순간 내 마음에서는 거부감이 일어났던 것이다. 남편과 부대끼면서 속이 끓어오르는 순간과 시간들. 그것도 다 내려놓지 못한 내 마음이 있어 겪는 마음인 것이다. 왜 그렇게도 남편의 사무실에 있으면 답답한지 남편과 부대끼고 아줌마와 부대끼고. 부대낌이 바로 지옥인 것을. 여기서 나는 다시 허허로이 거듭나서 가리라. 열심히 마음을 버리고 있는 지금은 예전보다도 한결 삶에 대하여 여한이 없다는 마음이다.

여기서는 수련의 단계를 12코스로 잡고 있다. 어제 저녁 수련 쉬는 시간에 수련 조교 선생님이 밖에서 어물거리는 나를 붙잡고 "선생님은 12코스까지 꼭 하세요. 이 공부와 인연이 많은 것 같아요" 했다. 나는 서슴지 않고 "네" 하였다. 그래 꼭 완성하리라. 12코스까지 하여 기필코 완성하리라.

사흘(화)

오전 수련을 하는데 1살부터 떠올리라는 과거가 떠오르지 않았다. 처음에는 1살부터 초등학교 전까지를 기억하면서 버렸다. 초등학교에서 중학교까지, 고능학교에서 대학교에 가기 진까지, 대학교시절과 첫 발령지, 두 번째와 세 번째 발령지, 네 번째 발령지 그리고 지금의 근무지까지 차례대로 버리다가 다음에는 내가 산 장소별로 버렸다. 고향에서 중학교까지, 춘천으로 유학 와서 살면서부터는 이사하면서 산 장소별로 버렸다. 큰댁에서 2년, 동생과 자취를 시작하면서부터 춘천을 떠날 때까지 13년 동안 무려 일곱 번이나 이사를 하였다. 첫 발령지에서는 5년 동안에 네 번이나 짐을 옮겼고, 그 다음 발령지에서는 세 번, 그 다음 근무지에서도 세 번, 지금 있는 지역에서도 세 번이나 이사를 하였다. 내가 원해서 이사를 다녔다기보다는 사람이나 사건들이 닿아서 그렇게 되어졌다. 그래서 이사 가서 생긴 일들을 중심으로 버리기를 하면 시간 순으로 사건들을 기억하기가 쉬웠다. 나중에는 요령이 생겨 한 살, 두 살, 세 살…. 나이별로 산 장소와 연계하여 더 빠르게 버릴 수 있었다. 그러다가 버리는 속도가 빨라지자 한 살, 두 살, 세 살…. 그냥 천천히 숫자 세는 속도로 버릴 수가 있더니 언제인가부터는 아예 기억이 떠오르지를 않았다.

기억 버리기는 아주 쉽다. 다른 이들은 버려지는 느낌을 느끼고 싶어 했지만, 나는 떠올리면 그냥 버려짐을 믿었기 때문에 그냥 떠올리기만 하면 되었다. 강사님들이 말씀하시듯 이 우주에서 우주의 눈으로 보면 빈대 콧구멍보다도 작을 내가 생각하는 것쯤이야 빛까지도 삼키는 버리기 도구로 설치한 자석 태양 앞에서 안 빨려 들어가고 배길 수가 있겠는가. 아니 그보다는 마음으로 하는 것은 버리기 도구가 아니더라도 이루어짐을 나는 이미 알고 있는 터였다. 그럼에도 불구하고 그냥 주시하면서 수련했어야 하는 것을 산 삶의 앎 때문에 방정을 떨었나 보다. 괜히 호들갑을 떨고 수련 사범님한테 어리광을 부리는 짓을 하고 말았다. 꼭 학교에서 선생님의 관심을 끌어보려고 말썽피우는 아이가 된 기분이었다. 기억을 떠올려 버리고 버리다 보니 더 이상 아무것도 떠오르지 않는 순간이 온 것이다. 눈앞이 캄캄해지면서 모두 없어져버렸다. 그 없어져버렸음을 내가 안 것이다. 그리하여 눈물을 흘리는 내가 남아있었음에도 나는 뭔가 대단하게 이룬 것 같은 기대감과 우쭐한 마음이 있었나 보다. 예전에 단전호흡을 하면서 영기통 수련을 할 때 '나는 무엇인가' 에 대한 대답이 가슴 속에 떠올랐을 때와 느낌이 같았다. 아르키메데스가 외쳤던 유레카와 같이 들뜨고 흥분된, 무언가 굉장한 것을 발견하였을 때와 같은 기쁨을 주체할 수 없는 그런 기분이 아니라, 나는 이미 알고 있었는데 왜 여태껏 모르고 살았을까 하는 그런 기분. 또는 가슴 저린 외경 같은 혹은 오히려 참회 같은 그런 기분 말이다. 나도 모르게 눈물이 나오고 나는 수련 상담을 해야 한다고 생각하였다. 그래서 수련실 뒤에서 늘 함께 수련하고 있는 수련 사범님의 손을 잡아끌었다. 눈물을 줄줄 흘리면서. 수련 사범님은 친절하게 따라와 주었다. 내가 눈물을 많이 흘리고 있었기 때문에 우리는 방으로 돌아왔다. 마땅히 상담할 좋은 장소는 없는가 보다. 하기는 다들 수련하러 가고 비어있는 방보다 좋은 상담 장소가 어디 있을까.

수련 사범님은 무슨 일이냐고 물었다. 나는 어떻게 대답해야 좋을지 몰라 망설이다가 "내가 사라졌어!"라고 대답했다.

"내가 다 사라졌어."

순간 수련 사범님은 난처한 표정이 되었다. 그녀는 내가 지난 날 수련했던 영향으로 아마도 나 나름대로의 수련을 하고 있으며, 그래서 가르쳐주지도 않은 것을 하고 있는 것 같다고 설명하였다.

나는 또 버려야 할 마음이 있음을 확인하였다.

'에이, 이건 또 뭐야. 잘하고 있는 줄 알았잖아. 난 또 뭔가 해낸 줄 알았지. 내가 수련을 잘못하고 있었구나. 내가 함부로 내 식대로 하고 있었나 보다. 나는 얼마나 어리석은 짓을 저지르고 있는가, 지금.'

나는 그녀의 말을 믿었다. 눈물을 훔치고 다시 그녀를 따라 수련실로 갔다. 그리고 정좌하고 앉아 버리기를 계속하였다. 그런데 이게 웬일인가. 한 살, 두 살, 세 살, 네 살, … 마흔 일곱, 마흔 여덟, 마흔 아홉….

이제는 내가 몇 살인지도 모르겠다. 살던 집이 이동할 때면 방향도 함께 따라가며 기억을 떠올리던 머리가 마비가 되었는지 이쪽저쪽 하는 느낌마저도 따라주지를 않았다. 이게 정말 뭔 일이래? 한 살 때, 두 살 때…. 있었던 일들을 생각하고자 애를 쓰면 쓸수록 머릿속에 과부하가 걸리는지 터질 듯한 느낌이 들었다. 떠오르지 않는 대로 몇 바퀴나 더 돌렸을까. 깜깜하고 아무것도 떠오르지 않는 현상이 조금 도 나아지지 않았다. 의식은 어둠만 있을 뿐, 정말로 아무것도 떠오 르지 않는 것이다. 그럼 이제 어떻게 해야 하나. 수련 사범님은 여기 서 가르쳐주는 대로만 하라고 했는데 그게 안 되니….

오후 수련은 엉망이었다. 떠올려 버리려고 애를 써도 떠오르는 것 이 있어야 말이지! 아무래도 내가 뭔가 잘못하여 부작용이 생겼나 보다고 생각하였다. 그렇지 않고서야 어찌 이렇게 생각이 나지 않을 수가 있을까 말이다. 이거 큰일 났군. 가서 수련 상담을 해봐야 하는 거 아냐? 오늘 두 번씩이나 수련 사범님을 괴롭힐 수는 없었다. 사 실 먼저 상담이 내심 조금 부끄럽기도 하였다. 공연히 잘난 척한 기 분도 들고, 하지 말아야 할 것을 유치하게 해버린 기분도 들고. '단 무지'로 해봐야지. 단순, 무식, 지극정성으로 하다 보면 뭔가 닿는 데가 있겠지. 어디서 잘못된 거지? 나대로 한 것이 과연 무엇인가 생각해 보았다. 그렇다고 내가 단전호흡을 한 것도 아니고, 떠올려 버리라고 해서 떠올려 버리기를 열심히 하였을 뿐인데. 아, 이건 또 뭔 일이다냐!

다시 죽어 영혼이 되어 우주로 가서, 기억을 떠올려 버리고자 했다. 한 살, 두 살, 세 살, 네 살…. 그러나 역시 머릿속에는 아무것도 떠오르지 않았다.

이건 틀림없이 부작용이다. 이럴 땐 그냥 내버려두자.

저녁 수련은 버리기를 포기한 수련이었다. 대신 상념에 젖어들었다. 저녁 강의 중 강사님이 우리가 지금 현실이라고 믿고 있는 삶은 한낱 꿈에 불과하다고 하였다. 그리고 머리 둘 달린 뱀 이야기도 하였다. 두 머리 중 어느 한쪽 머리만 먹어도 소화는 한 몸이 하는 쌍두사가 바로 우리라는 것이다. 네가 먹으나 내가 먹으나 살찌는 것은 다 같은 몸인데도 어리석은 쌍두사는 그것을 모르고 두 머리가 서로 먹으려고 다툰다는 것이다. 나는 이 말의 뜻을 이미 알고 있다. 그러나 만약에 이생의 삶이 꿈이라면? 노자와 장자도 그런 이야기를 하지 않았던가. 석가나 고승들도 그런 소리를 했다던데. 그것을 도대체 어떻게 이해하여야 하나. 어떻게 하면 이 생이 한갓 꿈인 깃을 확인할 수 있을까. 방법이 뭘까? 어떤 방법이 있을까?

그러다가 내가 겪은 것으로 이해를 하면 될 것 같았다. 그래, 나는 꿈을 잘 꾸고 꿈을 기억하는 것도 잘 한다. 이 나이쯤 되면 사람들은 대체로 꿈을 꾸지 않는다고 하더구만, 나는 아직도 총천연색으로 꿈을 꾸고 그것도 자주 꾸는 편이다. 그래, 내가 지금 막 꿈에서 깨어났다고 가정하고 생각해 보는 거다. 꿈에서 깨어나면 어떻던가. 남편도, 혜강이도 허상인 꿈속의 등장인물로 놓기가 무척 힘들었다. 어떻게 이 현실이 꿈이 될 수 있지? 내가 배 무지 아파 낳은 내 딸이 어떻게 한갓 꿈일 수 있어? 그래도 꿈이라잖아. 그런 소리 어디 한두 번 들었니? 여기서도 저 소리를 또 듣는 걸 보면 아무래도 내가 모른 것이 틀림없어. 그래, 꿈일 거야. 꿈에서는 어땠지? 꿈을 꾸고 나서 생각해보면 꿈속에 등장하는 사람들은 거의 모르는 사람들이더라. 나는 꿈을 꾸면 거의 현실에서는 알지도 못하는 사람들이 등장한다. 이런 건 어때? 현실에서의 친한 친구가 꿈속에서는 아버지가 된다든지. 오즈의 마법사에서 도로시가 꿈에서 깨어나서 만나는 꿈속의 사자며, 허수아비며, 양철 나무꾼처럼….

나는 은연중에 환생설에 근거한 가정을 한 것이다. 그러나 그것이 맞았든 맞지 않았든지 간에 그런 설정을 하자 웬만큼 마음의 거리가 생겼다. 훨씬 양심에 거리낌이 없어졌기 때문이거나 인연을 아주 끊어내지 않았기 때문일 것이다. 내가 지금 이 현실, 꿈으로부터 깨어났을 때 그들은 과연 누구일까? 의문은 결국 답을 구하는 것이라서 내 수련에서는 의문이 필수이다. 그 의문은 불가에서 화두라고 하는 것이 아닐까. 혹은 경계이거나. 처음에는 '마음을 떼어놓기 위하여 깨어났을 때 현실의 어떤 누구인들 어떠리' 하는, 말씀하시는 진리와는 거리가 먼 설정을 해놓고 명상을 했다.

그런데 하다 보니 이생이 꿈인 것의 깨달음이 왔다.

온전히 꿈이 되었다.

내 의식에서 지금의 내 삶이 정말로 꿈이 된 것이다. 남편도 딸아이도 꿈속의 등장인물이고 그리고 내 삶이 정말 허상이 되었다. 이건 가정이 아니라 마음에서 정말로 그렇게 된다. 화두를 잡고 면벽수도를 하듯 정신일도하여 지극하게 명상으로 나아가면 정말로 인식

자체가 그렇게 된다. 이것이 깨달음이다. 마음으로 하는 경험인 것이다. 이것은 최면과는 다르다. 최면은 하나의 기억이다. 마음의 기억. 기억은 무엇인가? 집어먹은 마음인 것이다. 그러나 깨달음은 마음의 현실이다. 지금 여기에서 내가 살고 있는 진실한 경험인 것이다. 아, 정말로 꿈이로구나! 이 현실세계가 꿈이었구나!

그 정신적 에너지의 투여량이 상당하고 많은 시간을 소요한 과정을 그리고 내면적인 경험의 양과 질이 풍부한 내용을 이렇게 단순하게 표현할 수밖에 없는 것이 참으로 안타까우나, 어쩌랴. 이렇게밖에 이야기할 수가 없다.

깨어났을 때 꿈을 꾼 나는 누구인가? 그것이 그 다음으로 닿은 경계였다. 그것을 체험하기가 어려웠다. 체험할 수가 없었다.

누구긴 누구냐, 나지.

그리고 수련을 하는데 때마침 들려오는 강사님의 지시대로 영혼의 껍질을 벗겨내도 테두리 없는 우주가 되지 못하고 의식있는 나를 벗어나지 못했다. 무언가 이건 아니라는 생각이 들었고, 그러지 퍼뜩 앞에서 인도하는 대로만 하고 수련의 순서도 가르치는 그대로만 하면 된다는 말씀이 떠오르며 마음이 수련실로 돌아왔다. 꿈을 다 버리기 도구에 던져버리고, 껍질마저 벗어버리고 나면 남아있는 그 나가 참 나일 터이다. 아직 우주가 나인 줄 모르겠지만, 그게 참 나인 줄 아니까 닦다 보면 저절로 드러나리라.

'단무지'로 하자, 단무지. 단순, 무식, 지극한 정성으로. 오늘은 이 삶이 허상인 것을 안 것으로도 내가 참 대견한 거 아니냐. 내 마음속에 인 의문은 오늘 된 만큼으로 열심히 수련하다 보면 저절로 풀릴 것을….

우리는 의식의 전환이 필요하다. 지금 여기에서 우리가 실제라고 믿는 이 경험들이 꿈이라는 또는 허상이라는 명제가, 숱하게 들어온 가설이 아니라 진리가 되기 위해서는 우리의 의식이 장외로 이동할 필요가 있다. 패러다임의 전환이다. 이 생생한 실존의 현상을 허상으로 뒤집는 것은 그야말로 의식의 천지개벽이다. 말로 하기는 쉽다. 글로 쓰기도 어렵지 않다. 그러나 실제 내 마음으로 경험하여 인정이 되려면 시간과 노력이 많이 든다. 그래서 깨달음을 얻기가 어려운 것 아니겠는가. 아는 것과 깨닫는 것은 다르다. 아주 다르다. 아는 것이 벽에 멋지게 걸려있는 바깥 풍경을 그린 그림이라면 깨닫는 것은 바깥 풍경이 보이는 투명하고 넓은 유리창과 같다고나 할까. 밖이 선명하게 내다보이는, 풍경 속으로 걸어 나갈 수도 있는, 그 풍경 속에서 살아가고 있는.

들어서 많이 아는 것은 소용이 없다. 성경이든 불경이든 또 다른 경전이든 진리의 말씀들을 외워서 아는 것은 삶이 되지 않는다. 그것은 상황에 따라 적용할 수는 있으리라. 그러나 사랑을 알면 안 된다. 깨달아야 그것이 삶이 된다. 진리는 알면 안 된다. 깨달아야 진리가 삶이 되는 것이다. 그러니 마음으로 경험하여 깨달아야 한다.

각자 개인차가 천차만별이리라. 어떤 이는 일주일 만에도 깨우칠 수 있을 것이고 혹은 몇 달이 걸릴지도 모른다. 그러나 누구나 깨우칠 것이라는 믿음 또한 진리이고, 그것에는 의심할 여지가 없다.

나흘(수)

 '오고가는 대화 속에 늦어지는 명상수련'이라고 하는데 우리 방은
너무나 화기애애하다. 특히 제주도에서 오신 고선생님은 과학 선생
님이라는데 말을 어찌나 재미있고 예쁘게 하는지 모른다. 학생들에
게 인기가 많을 것 같다. 과학적 근거를 들어 수련에서의 교육내용
을 진리의 입장에서 입증하기를 즐긴다. 나는 고선생님으로부터 준
비가 된 사람의 마음을 본다. 과학적으로 이러저러해서 그것이 진리
라고 말하는 것 또한 마음이다. 준비가 안 된 사람이었더라면 이러
저러하여 과학적으로 그것은 진리가 아니라는 이론적 근거를 찾았을
것이다. 과학이란 현 인류가 아는 정도일 뿐이지 그것으로 모든 것
을 설명할 수는 없다. 준비가 된 자와 안 된 자의 차이는 마음의 차
이일 뿐이다. 아침에 방 청소도 누구랄 것도 없이 기회 닫는 사람이

하고 서로 돕고 배려하는 마음들이 참 아름답다. 명상센터 생활은 정말 도 닦는 사람끼리 모인 동네 같다. 아니, 도 닦는 사람들이 모인 동네라기보다는 도인들이 사는 동네라는 말이 맞을 듯하다. 도 닦는 사람하면 무언가 괴팍하고 죽어도 꺾을 수 없는 고집쟁이에 아웃사이더적 기질이 농후한 느낌이라서 그보다는 도인이라는 표현이 더 어울린다. 사실은 일상생활에서보다 많은 것에서 해방이 되어 있다. 해주는 밥 먹는 것만으로도 얼마나 많은 해방감을 느낄 수 있는지. 어떤 이는 살이 더 쪘다 하나, 나는 살이 빠진 느낌이다. 이곳에는 거울이 없어 확인할 수는 없지만, 나는 내 의지대로 밥 양을 조절하고 있다. 밥의 양이 무척 많이 줄었다. 하지만 앉아서 수련만 하는 이곳에서의 활동량으로 보아 이 정도면 충분하다는 생각이고 또 포만의 느낌 때문에 수련에 지장을 받을 염려도 없다. 밥을 먹을 때 숟가락에 고봉으로 떠서 먹는 식태도를 가졌던지라 이곳에 오기 전 같으면 아마도 서너 숟가락 분량의 양이리라. 그런데도 나는 맛있게 먹고 정말 정성을 다해서 먹고 또한 배불리 먹는다.

여기서는 농담도 다 진리이다. 누군가 수련이 안 된다는 말을 하면 한쪽에서 "그것도 버리세요" 한다. 나야 어딜 가서 누굴 만나도 쉽게 몇 년을 알고 지낸 사람처럼 사는 버릇을 가졌지만, 이곳에 처음 오던 날 사물함 앞에 앉아서 맹숭하게 아무 말도 없이 바닥으로만 시선을 주고 있던 사람들이 단 며칠 사이에 한 식구 마냥 말들이 트이기 시작하였다. 수련 조교 선생님도 한몫을 하신다. 생전 말을 할 것 같지 않던 몇 분도 이야기를 하기 시작하였다. 어떤 젊은 선생님은 2코스까지 갔다가 도저히 아닌 것 같아 다시 1코스로 왔다고 하신다. 수련에 진척이 있는지 이야기를 잘 하신다. 수련 사범님의 권유로 왔다는 결혼 3년차 선생님은 지극한 마음으로 수련하고 있구나 하는 느낌을 준다. 생전 말을 할 것 같지 않던 문가에 자리를 편 선생님도 가끔씩 이야기를 하시고, 청소년 명상센터에 아이를 보냈다는 선생님은 순전히 아이 때문에 수련에 왔는데 너무 좋다고 하셨다. 남편이 먼저 시작하고 자꾸만 가라고 하여 할 수 없이 왔다는 선생님도 오기를 잘했다고 하신다. 나이가 제일 많은 언니는 수련이 잘 안되는지 도무지 이해할 수 없다면서도 좋다고 하신다. 그러고 보면 명상수련은 성취도에 상관없이 조금이 되었든, 더 많이 되었든 능력대로 가지고 가는 것이 분명 있음을 알 것 같다. 그래서 잃은 것은 하나도 없고 얻은 것만 있게 되니, 이 수련을 한 사람은 누구나가 좋다고 하는 것 아니겠는가. 잃는 것은 없어도 버리는 것은 있다. 바로 마음의 짐이고 병이었던 거짓 마음을 왕창 버리고 가는 것이다. 왕창 버려서도 안 된다. 남김없이 버려야 한다.

점심을 맛있게 먹었다. 국수였다. 밥 먹고 한잠 자두어야 오후 수련에 졸지 않을 것 같아 웃옷으로 눈을 가리고 누웠다. 그리고는 오전 강의를 생각하였다.

"컵을 마음으로 깨면 마음속에서 컵이 깨지는데 그러면 컵이 있는 거예요, 없는 거예요?"

당연히 있지! 진짜 이 무슨 귀신 씨나락 까먹는 소리야!

"그럼 이렇게 생각해 봅시다. 이 허공이 참마음이라면 허공의 마음으로 보면 이 컵이 있어요, 없어요?"

모르면서 "없습니다!" 했다. 그런 거 같기도 하고, 아닌 거 같기도 하고. 그러나 강사님의 말씀하시는 어감이나 문맥상으로 보건대 답은 "없습니다"가 맞을 테니까.

오전 수련은 기억 버리기였으나, 나의 수련은 컵이었다. 나는 컵 수련에 돌입한다. 도대체 이 심줄을 어떻게 끊어낼까? 컵이 뭣 땜에 없는 건데? 컵을 마음속으로 아무리 깨보아도 컵이 없어지는 것은 아닌데 어째서 컵이 없다고 하는 건데?

하라는 대로 죽어서 영혼이 되었다. 그 영혼은 우리 인간이 보면 귀신인데…. 귀신이 되는 것은 수련 중에 없지만, 때때로 죽어서 영혼이 되어 가족에게 가보기도 한다. 그런데 나는 귀신이 되어 가족들에게 갔다. 그리고 나 여기 있다고 가족을 향하여 손을 내밀어 잡아보았지만, 그대로 통과하였다. 영화 〈사랑과 영혼〉을 생각해 보시라. 거기에 나오는 귀신처럼 팔을 휘휘 저어도 사람들이 만져지지 않았던 것이다. 그래도 모르겠네. 인간이 귀신을 향해 휘휘 팔을 내저어도 인간에겐 귀신이 만져지지 않는다.

아, 바로 이건데!

바로 이건데!

0.001%가 부족했다. 다 알 것 같으면서도 백지장 하나 만큼 미달인 야릇한 모름. 그렇게 미처 깨닫지를 못하고 또다시 "도대체 이건 뭐야?" 했다. 그러다가 수련 한 바퀴를 끝내면서 귀신이 된 내 껍데기를 홀랑 벗어버리니 나는 그대로 허공이 아닌가!

나는 다시 수련에 들었다. 이번에는 껍데기를 벗기 전에 컵이든,

나무든 이 삼라만상을 만져보니 모든 게 다 허공이었다. 그 몸뚱이 없는 것이 내 진아(眞我)라는데! 그 진짜 내가 세상을 만져보니 아무 것도 없더란 말이다.

세상에나! 세상에나!

오늘 수련은 너무 좋다. 그리고 너무 재미있다. 나는 그 후 지금까지 내내 '귀신 놀이'를 하였다. 온전히 귀신으로 살았다. 휴식시간에 복도를 걸어가면서도, 문을 지나가면서도 나는 귀신이었다. 마음으로 팔을 내밀어 문을 휘저으면 문은 진짜 아무것도 만져지지 않는 허공이 되었다. 화장실에 가면 나는 귀신이 되어 앉아 볼일을 보았다. 보이는 모든 사물을 마음으로 다 휘젓고 다녔다. 이럴 수가! 이 귀신놀이 정말이지 얼마나 재미있고 신기한지 나 혼자 하기에는 아까울 지경이었다. 귀신 놀이는 "있니, 없니?"로 하는 놀이이다. 마음으로 팔을 내밀어 만져보시라. 만져보고 휘저어 보시라. 당신 앞에 있는 이 모든 사물들이 있는가 혹은 없는가?

나는 누워서도 여전히 귀신놀이를 하고 있는데, 우리 방 도반들은 이야기꽃을 피우고 있었다. 수련에 관한 이야기들이었다. 들자니 제일 나이 많은 언니가 왜 있는 것을 없다고 하느냐고 툴툴거리는 바람에, 나는 벗어서 눈을 가리는 용도로 쓰고 있던 스포츠 룩 윗도리를 들고 일어나 앉으며, "왜 그러는 거야 도대체! 이게 어딨어, 없는 거지. 영혼 돼 봐, 이게 있나!" 했다. 그러자 모두들 한바탕 웃음바다가 되었다. 죽은 듯이 누워 있다가 갑자기 벌떡 일어나 큰소리치는 내 모습이 코미디 같았던가 보다. 알아서 웃는 것인지 모르고도 웃는 것인지는 알 수 없지만, 모두 유쾌한 순간이었다.

차 테이블 위에 준비해 주신 빵과자를 가져다 먹으면서 생각했다. 거짓 세계도 참 맛있네! 그러면서 영화 매트릭스를 생각하였다. 참과 거짓의 경계는 과연 무엇인가? 영화에서의 설정과는 달리 명상수련에서는 그 경계가 바로 마음이다. 마음 하나이다. 마음 하나의 차이. 그러다가 또 깨달았다. 이 빵과자도 진리라는 것을. 나만 없는 것이 아니라 이 빵과자도 없네! 껍질을 쓰고 있던 귀신이 그 껍질을 벗어 버리니 비로소 영혼이 되었다. 그 영혼이 진짜 나라고 했다. 그 진짜 나는 만져지지도 않는 허공이다. 그런데 이 빵과자도 그 진짜 나인 영혼이 만져보니 허공이다. 와, 이것도 진짜다! 아아아…. 나는 한숨을 쉬었다.

진리가 아닌 것은 오직 나의 거짓 마음밖에 없었다.

이 세상에서 진리가 아닌 것은 오직 거짓 마음뿐입니다.

나는 이 책이 세상에서 가장 어려운 책 중에 하나가 될지도 모른다고 생각한다. 깨닫지 못한 사람에게는 도대체 이해가 가지 않는 도깨비 같은 이야기가 될 것이다. 그러나 또 한편으로 이 과정을 지나온 사람이라면 지금 무슨 말을 하고 있는지 일일이 공감이 가고 확인이 될 것임도 안다. 그러니 믿음을 가지고 듣고, 수련에 관한 이야기는 한 줄 한 줄을 온전히 깨어있는 의식으로 대해주기 바란다.

닷새(목)

산 삶의 기억을 지워내기보다 몸(모습)을 지워내기가 더 어렵다. 죽어서 영혼이 되어 영혼의 껍질마저 버리고나서도 텅 빈 공간이 나라고 느끼는 그 존재가 남아 있으니 말이다. 그 존재가 바로 우주이고 껍질마저 버린 나는 바로 우주임에도 불구하고 아직도 꿈에서 깨어났음을 실감하지 못한다. 왜 그럴까? 그래도 버리지 못한 것이 있기 때문이다.

경험은 다 버렸지만 나라는 의식에서 벗어나지 못했기 때문이다. 버릴 것이 이제는 없는 줄 알았는데 아직도 버려야 할 것이 많았다. 이제는 한 살 때 기억, 두 살 때 기억…, 마흔일곱 살 때 기억도, 마흔여덟 살 때 기억도 또는 여기 올 때의 기억도 떠오르지 않지만, 그러나 영혼이 된 내 안을 휘저어 보니 손이 통과되지 않는 심줄이 있

었던 것이다. 그것은 무엇일까? 아직도 남아있는 마음(心)의 줄, 그
것은 무엇인가? 나는 조용히 나 자신을 응시했다. 내 영혼을 응시했
다. 이 뭐꼬?

질긴 게 심줄이라더니 '나'라는 마음 줄이 바로 이놈이로구나. 참
질기네.

나라는 인식. 그 나라는 인식을 가만히 들여다보니 나는 그것으로
부터 내 앞에 혹은 내 뒤에 혹은 위에, 아래에 그런 방위를 인식하고
있었다. 아, 앞에 뒤에 동쪽, 서쪽…. 심줄이란 놈이 이런 것이었구나.
그리고 또 뭐가 있지? 다시 나를 가만히 들여다보니 아직도 참 많이
있다. 좋다 나쁘다, 있다 없다, 아름답다 추하다 기타 등등….

그것은 개념이었다. 느낌과 개념. 경험으로 집어먹은 것은 더 이
상 떠오르는 게 없었지만, 아 지금 내가 버릴 것이 이것이로구나. 여
기서 지금 하는 수련이 버리는 수련 아니던가. 내 안에 이게 있으니
이제는 이걸 버려야겠구나. 기억은 이제 없으니 있는 것을 버려야지.
나는 개념들을 버리기 시작하였다. 단어로 된 개념을 느낌과 함께
버리는 것이다. 줄줄이 가지고 있는 것도 많았다. 국어사전에 있는
낱말들이 다 쏟아져 나오는가 보다.

앞, 뒤, 동쪽, 서쪽, 남쪽, 북쪽, 위아래, 아프다, 슬프다, 기다림, 그
리움…. 웬일인지 그리움에서 뜨거운 눈물이 솟구쳤다. 그리고 딸아
이가 떠올랐다. 아, 아…. 내 딸과 나는 이런 인연이로구나. 나는 하
염없이 눈물을 흘리면서, 흐르는 눈물을 옷소매로 훔치면서 수련을
계속하였다. 그리움, 그리움, 그리움…. 기다림, 배고픔, 허기짐, 나쁘
다, 예쁘다, 아름답다, 있다, 없다, 슬프다, 외롭다, 서글픔, 서러움, 흰

색, 회색, 검은색, 노란색, 빨간색, 색깔도 많군! 어제, 오늘, 내일, 미래, 과거, 크다, 작다, 단단하다, 부드럽다, 여기, 저기, 향긋하다, 배신, 사랑, 과거, 미래, 어제, 오늘, 별, 달, 해, 우주, 시간, 시계, 바늘, 뜨겁다, 차갑다, 환하다, 어둡다….

마음에 떠오르는 대로 버렸다. 그래, 오늘은 이 수련을 지극정성으로 하는 거야. 하다보면 또 가서 닿는 데가 있겠지. 이것은 내가 절망에 빠졌을 때 내가 택하였던 방법이다.

"이대로 살다보면 또 가서 닿는 데가 있겠지."

그 세월이 근 20년이었다. 그냥 표류하면서 방치한 세월이 아니고 열심히 노력한 세월이었다. 나는 나의 그늘을 벗어나기 위해서 수지침도 배우고, 오행생식도 배우고, 단학수련도 하고, 아주 잠깐이긴 하지만 모 종교에 입문도 해보고, 나름대로 많은 노력을 기울인 것이다. 그 세월을 극복하고 닿은 곳에 비로소 때가 무르익어 있었다.

그리움에서 눈물이 나고, 미안함에서 눈물이 나고, 사람에서 눈물이 나고, 나무에서도, 돌에서도 눈물이 났다. 지구에서 살았던 삶의 습(모습)이 너무도 진했다. 오늘 하루는 온전히 영혼으로 살아야지. 그래서 우주가 나임을 실감해야지. 머리가 청량하면서도 아프다. 뼈근한 느낌….

점심을 먹고 쉬기를 지극하게 하였다.

오전 강의 중 모 지역 명상센터 이태일 강사님이 살면서 집어먹은 거짓 마음에 대하여 열변을 토했다. 직무연수 수련생들의 수련이 생각보다 진척되지 않는다고 여기신 모양이다. 어젯밤에 원하는 사람들은 수련 상담을 하였는데, 상담을 하러 갔던 사람들을 보면서 안타까웠던가 보다. 죄지으면 감옥에 가는 것처럼 거짓 마음을 집어먹은 사람이 사는 여기가 바로 지옥이라고 하였다. 참마음을 내 마음대로 거짓되게 훔쳐 먹은 죄. 그래서 갇혔다고 했다. 그러니 그 집어먹은 마음을 다 버려야 비로소 풀려난다는 것이다. 그것은 버리는 것이지 색깔을 바꾸는 것은 아니다. 집어먹은 검은 마음뿐만 아니라 집어먹은 흰 마음도 버려야 한다고 했다.

흰 마음. 그래 그것도 집어먹은 마음이다! 색깔을 바꾸는 것과 버리는 것과는 차원이 다르다. 버려야지. 이제는 우리 민화를 정리한 사람이 이야기했다는 "미추(美醜)에는 경계가 없다"라는 말이 무슨 뜻인지를 알 것 같다. 버려야지. 그러고 보니 나는 얼마나 '아름답다'에 끄달려 살아왔던지. 내가 미술을 한 것도 그때문인 것을 알 수 있었다. 옷을 살 때에도 그 아름다운 것을 사기 위하여 얼마나 많은 돈을 소비하였던가. 나는 아름다운 것을 고르느라고 꽤나 까탈을 부렸지만, 결국에는 쓸데없이 돈 더 주고 매번 편안한, 비슷비슷한 디자인의 옷을 골랐다는 것을 새삼 깨달았다. 이러한 경향성은 생활의 곳곳에 배어있었다. 용도보다도 아름다움에 치우쳐 균형을 잃어버리는 습성의 뿌리였다.

버려야지. 또 버려야지.

오전 수련은 이 개념과 느낌 버리기에 몰두하였다. 그러다가 어느 때서부터인가 허공에 남아 있던 심줄이 서서히 엷어지더니….

아주 사라졌다.

그 순간 나는 온전한 허공이 되었다.

허공이 되고서는 나는 허공으로 살았다. 지금까지의 수련 경험으로 보아, 되면 온전히 된 그것으로 사는 것이 수련의 비결이다. 온전히 그것으로 산다함은 생활이 그 자체가 되는 것을 말한다. 신을 신을 때에도 나는 신을 신지 않았다. 허공을 신었다. 복도를 걸어가는 것이 아니라 허공을 걸어갔다. 화장실에 가는 것이 아니라 허공에 갔다. 저녁을 먹으러 식당으로 간 것이 아니고 허공에 허공을 먹으러 갔다. 방에서 쉬는 것이 아니라 허공에서 쉬었다.

오후 수련이었다. 나 자신을 이제는 마음으로 저어 봐도 걸리는 것이 없는 허공인 채로 수련하였다. 나는 허공이고 허공 속에 있었다. 그러므로 그 자리에 내가 없었다. 그냥 허공만이 놓여 있었다. 내가 없는 채로 허공만.

허공 우주만.

지금 이 글을 쓰면서 어쩌면 보통 사람들은 그렇게 유지하는 것이 힘이 들지도 모른다는 생각을 한다. 무념무상의 허공 우주로 있다는 것은 마음이 나지 않는다는 뜻이기도 하다. 지난봄에 동사섭이며, 템플스테이이며, 명상, 요가 등을 쫓아다니는 항아가 "무념무상의 지경이 진짜 있을 수 있냐?"고 물었었다. 그때 나는 "그럴 수 있다"고 대답하였다. 오래 지속하기가 어려워서 그렇지 생각이 없는 지경을 나는 알고 있었기 때문이다. 그런데 명상센터에서의 순수 우주 허공이 되어 있기는, 이곳이 수련하는 장소여서 그런지는 몰라도 마음껏 지속할 수 있었다. 여기서의 나는 정신 집중도가 매우 높을 것이다. 머리는 기운으로 꽉 차있고, 그러면서도 가을하늘처럼 청량하였다. 가슴에도 기운밖에는 느껴지는 것이 없다. 가끔씩 잔잔한 수면에 바람이 일듯 한쪽에서 생각이 동그라미를 그렸다. 그런 생각들을 그저 가만히 보고 있으면 사라졌다. 그렇게 얼마나 있었을까.

텅 빈 우주 허공이 갑자기 스위치를 켜는 것 같은 느낌이 들더니….

우주가…, 아니 허공이…, 지경을 달리하는 것이 아닌가.

충만함, 완전함, 비지 아니함.

점점 밝아오는 그런 느낌이 아니다. 또는 차곡차곡 차오르는 느낌이 아니다. 그냥 한순간에 영역을 달리하면서 전체로 또는 통째로 알아져왔다.

또다시 뜨거운 눈물이 주르륵 흘렀다. 말없이 그리고 하염없이 볼을 타고 턱으로 내려와 가슴으로 떨어졌다. 가슴팍이 다 젖도록 눈물이 흘렀다.

세상에! 이것이 우주 마음인가 보네!!

그렇구나, 정말 그렇구나! 이 세상은 모두 그 마음이 낸 것이었다. 그것을 보기 전에도 네가 나고 내가 너인 것을 알았지만 머리로만 알고 있었는데. 내가 허공인 우주 마음이 되고서 보니 진짜 하나임을 마음의 경험으로 알겠고, 내가 없음도 없는 없음이 되고 보니 없는데 없이 꽉 찬 마음도 알아져 왔다. 몸 없애기가 어렵더니 몸 없는 우주 나로 깨어나서 보니 실제로 몸 없음이 확연히 깨달아져 오는 것이었다.

깨어나서도 지구에서의 삶 또는 몸으로 산 삶으로 인하여 깨어났음을 알아채기가 어려웠다. 산 삶의 경험은 생각조차 나지 않았지만 허공은 허공이 되어 사는 동안에 익힌 허공이었다. 그러다가 없는 것이 진짜 나임을 깨닫고 나서, 그 없는 나로 살아보니 그때서야 허공 우주가 나임이 알아진 것이다. 처음에는 허공 우주가 검은 어둠으로 느껴졌었는데, 검음이나 어둠 또한 몸에 있는 눈의 끄달림이 아니던가.

빛도 없고, 어둠도 없고…. 그건 또 무슨 뜻인가? 이건 색에 끄달리고 있음이었다. 있음도 버리고, 없음도 버려라. 빛도 버리고, 어둠도 버려라. 그대로, 그냥 그대로가 우주이고 나인 것을.

된 다음에 온전히 그것으로 살아보니 그것을 깨닫는 데에는 그리 어렵지 않았던 듯하다. 그게 내 마음이 아니던가. 배움으로 알아지는 것이 아니라 마음이 인식하였다. 받아들였다고 해야 하나, 수용했다고 해야 하나, 알아차렸다고 해야 하나. 어쨌거나 마음으로 확인이 되었다.

그래, 그게 내 마음이 아니던가.

이 우주에 차 있는 것. 빈 데 없이 있는 것. 내가 우주이고, 우주는 내 마음이더라….

그 마음으로 보자 모두 내 마음이 낸 것임도 알아져왔다. 눈에서는 눈물이 하염없이 흘렀다. 나만 울고 있는 것이 아니라 수련하는 사람들 중 많은 이들이 자신이 깨달은 지점에서 눈물을 흘리고 있었다. 수련실이 지하에 있어 낮에도 불을 끄면 어둑어둑하다. 수련할 때에는 불을 꺼준다. 눈물이 흐를 때는 이 어둠이 얼마나 감사한지 모른다. 같은 수련실 어둠 속에서 눈물을 흘리고 있는 사람들이 '또 저만큼 깨달았구나…' 하는 생각을 하니 너무 감격스러웠다. 그리고 아름다웠다. 모두가 하나인 이 자리. 나는 밖으로 나가보고 싶었다. 나가서 하늘을 보고, 나무를 보고, 사람들이 사는 세상을 보고 싶었다. 아름답지 않은 것이 어디 있으랴. 소중하지 않은 것이 어디 있으랴. 감사하지 않은 것이 어디 있으랴.

눈물을 줄줄 흘리며 수련실을 나오자 수련 사범님이 따라 나왔다. 눈물이 나도 들어가서 수련을 하라고 한다. 울어도 되니까 걱정하지 말고 열심히 수련을 하라고 했다. 들어갈 것을 강력히 주장하였기 때문에 나는 또 하지 않아도 좋을 말을 하고 말았다.

"나 모두 한마음인 것을 봤어."

수련 사범님은 전에 보다 더 난처한 표정을 지었다.

"아이구, 선생님. 그동안 수련이 잘되는가 보다 싶었더니 또 삼천포로 빠졌네! 작년에도 여기서 직무연수 수련 사범을 했었는데, 그때도 참선하시던 선생님이 그랬어요. 그냥 여기서 시키는 대로만 열심히 하세요. 전에 했었던 수련은 다 잊어버리시구요. 지금이 아주 중요한 때인데 열심히 해야 해요. 얼른 들어가세요."

"그럴게요. 그래도 나 조금만 나갔다가 올게요."

"지금 그 마음 버리지 못하고 계시는 거 아시지요?"

"사범님도 꼭 수련실로 들어가야 한다는 마음 버리지 못하고 계신 거 아시지요?"

수련 사범님은 "아우, 선생니임!" 하더니 하는 수 없다는 듯이 "그럼 조금만 있다 들어오세요" 하였다.

나는 양말을 찾아 신고 밖으로 나왔다. 소나무가 있었다. 소나무가 거기 그대로 있었다. 서산 위로 해가 뉘엿뉘엿 지고 있고 황혼 빛에 물든 산 그림자들이 밤의 어둠을 머금고 있었다. 골짜기 아래로 보이는 농가가 선명한 형상으로 하늘 우주와 경계를 빚으며, 거기 그렇게 있었다. 늘 그렇듯이 아름다웠다. 맑은 공기를 흠씬 들이마시고는 얼른 들어가 수련하라는 수련 사범님 말을 따르러 방으로 돌아와, 수련실로 갈 채비를 하였다. 잠시 동그마니 앉아 있으려니 수련 사범님이 숨이 턱에 차서 들어왔다. 멀리 갔을까봐 찾아다녔다는 것이다. 눈을 마주치고 씩 웃고는 다시 수련실로 향했다.

2코스는 어떤 수련이려나.

참 좋다. 차~암 좋다.

가람원으로 가기 전에 원주 명상센터 강사님과 통화하였던 기억이 난다. 그분 말씀이 수련을 그렇게 오래 했으면 시간상으로 코스를 모두 마쳤어야 한다는 것이었다. 수련 사범님은 알음으로 안지 이미 10년도 넘은 것을 이제야 깨닫는 나를 이해하지 못하셨음을 나는 이해한다. 그분이 보시기에 나는 1코스의 5일째 되는 아주 초짜 수련생이었던 것이다. 그러나 나는 이미 십이 년 전에, 어떤 특별 수련과정에서의 '하늘에 고하기' 라는 프로그램 중 하늘에 고하는 자신의 구호로 "나는 너다. 너는 나다!" 라고 고래고래 소리를 질렀었다. 그때 특별 수련을 지도하던 젊은 사범님들이 이상하다는 듯이 쳐다보았던 것을 기억한다. 바람난 아줌마가 불륜의 애절한 정인을 못 잊어 몸부림하는 정도로 보는 듯한 기분이었다. 나는 그때 나는 너이고, 너는 나인 것을 알고 있었다. 어디서 읽었는지 아니면 어디서 주워들었는지는 몰라도 내가 너이고, 네가 나인 것을 알고는 있었던 것이다. 그러나 안다는 것과 깨닫는 것은 천지차이다. 그것을 다만 알 때에는 어째서 그러한지를 몰랐다. '왜?'라는 의문이 여전히 내 가슴속에 남아 있었다. 그러나 깨달음은 그러한 의문을 남기지 않는다.

깨닫는 다는 것은 확연히 알게 됨을 의미한다.

엿새(금)

어젯밤에는 영혼이 우주와 씨름을 하느라고 힘이 들었다. 아침에 눈을 뜨고 생각이 서너 마디 지나고 난 후, 나는 내 영혼에 들어있던 심줄이 정말로 사라졌음을 확인하였다. 오전 수련 중에는 내내 우수 놀음을 하였다. 내가 우주가 되고 보니 내가 있다 하면 있고, 없다 하면 없었다. 전지전능함이란 이런 것이로구나. 우주가 되어 우주 마음으로 사는 것은 전지전능하게 사는 거로구나.

우주 마음으로 사는 이 세상에서는 못할 것이 없구나. 산속으로 날아다닐 수도 있고, 바위를 그냥 통과할 수도 있고, 태양 속을 휘젓고 다닐 수도 있구나. 저 먼 별인들 못 가겠는가. 여기에는 죽음조차도 없었다. 이게 온전한 우주 나였다. 나는 완전함의 의미를 만끽하였다.

명상 속에서 나는 자유자재로 훨훨 날아다녔다. 진짜 완전한 자유다! 대 자유자재! 나는 이 명상을 '전지전능놀이' 라고 이름 붙였다. 얼마나 재미있는지, 얼마나 신이 나는지! 태양의 7,000℃의 고열도 상관이 없다. 블랙홀이고 화이트홀이고도 상관이 없다. 우주를 훨훨 날아다니다가 스티븐 스필버그 감독의 SF 영화에 나옴직한 풍경들 속을 휘젓고 다녔다. 시간이 가는 줄도 모르고 나는 온 우주를 헤매었다. 여기에는 시공이 따로 없었다. 마음만 내면 되었다. 신이 났다. 신(神)이 났던 것이다. 그렇게 또 얼마나 살았을까.

전지전능 놀이에 빠져 있다가 보니 우주는 걸림이 없는 우주인데 한 가지 이상한 것이 있었다. 내가 나와 이야기를 하고 있는 것이 아닌가!

– 바위 속으로 날아가봐.

– 그래 가보자.

– 어때?

– 만화 같아.

– 태양 속으로도 가봐.

– 그것도 좋지.

– 태양이 뜨거워?

– 아니, 안 뜨거워.

– 태양 속에서 탔어?

– 아니, 안탔어.

주거니 받거니 하면서 대화를 하고 있는 나. 이젠 더 버릴 것이 없는데. 여기도 없고 저기도 없는데. 나는 테두리 없는 우주 허공인데…. 나와 말을 하고 있는 내가 있다니 이상한 노릇이 아닌가 말이다. 아, 이게 또 버려야 될 것인가 보네!

없는 것조차 없어야 되는 이 자리에 내 목소리가 있다니. 아하, 이래서 태초에 말씀이 있었구나!

그러자 더욱 온전한 우주가 되어야 한다는 의식이 나왔다. 내가 아는 만큼 철저하게 우주로 살아보자. 이것도 나다. 저것도 나다. 이것도 없는 것이고 저것도 없는 것이고, 있는 것은 아무것도 없다.

점심을 먹고 오후 수련에 들었을 때 나는 그 '철저히 우주로 살기'를 하여야 함을 느꼈다. 또 생활수련이다. 눈을 감고 수련에 들었을 때뿐만이 아니라, 눈을 뜨고 살았을 때에도 나는 우주였다. 단전호흡을 할 때 외웠던 천부경이 생각났다. 天一一 地一二 人一三. 천부경은 하나의 암호이다. 열 사람이 풀면 열 가지의 해석이 나올 수도 있는 암호이다. 이쪽에서 보면 이렇게 보이고 저쪽에서 보면 저렇게 보이고, 낮은 곳에서 보면 그 나름대로 보이는 깃이 있고 높은 데서 보면 또 그 나름으로 보이는 것이 있는 게 바로 천부경이다. 나는 인(人)을 일반적으로 풀이하듯 사람으로 풀이하지 않고 생명으로 풀이했었다. 여기서 가운데에 위치한 일(一)이 무엇을 의미하던가. 나는 지금 그 일이 되어 있음이었다.

이제는 우주로 살아야 한다.

나는 우주로 또 살았다.

오후 수련이 얼마 남지 않았을 때 갑자기 오른쪽 머리가 뭔가 강한 기운에 휩싸이는 느낌이 들더니 아무 의식도 떠오르지 않았다. 어, 이건 또 뭐꼬?

머리로 기억하던 모든 것들이 우주 마음으로 떠올리자 아무것도 떠오르지 않는 지경에 닿은 것이다. 내가 언제 죽었는지도 떠오르지 않는다. 이곳의 수련 절차상 일단 생각으로 죽어야 한다. 죽은 다음에 영혼이 되어 산 삶의 기억들을 버려야 하는 것이다. 그런데 그 죽은 시점마저도 생각나지 않았다.

나는 수련에 정진하여야 한다는 마음과 함께 한편으로는 좀 더 우주 마음을 즐기고 싶은 아쉬움이 있었다. 우주 마음이란 것 진짜 자유이고 진정한 대자유였으며, 전지전능인 것을 마음으로 경험하였다. 그래서 그 끝없는 자유를 더 누리고 싶었던 것이다. 그런데 내 마음에는 아무것도 떠오르는 것이 없었다. 우주 마음을 기억하고 싶었는데 그냥 없었다. 내가 있다 함도 떠오르지 않고 없다 함도 떠오르지 않고.

이건 또 뭐냐!

이런 때는 어떻게 해야 하냐!

수련 상담을 해야 하나? 도대체 어떻게 해야지?

그런데 나는 이미 이 명상센터에 오기 전에서부터도 빛이었다. 단지 내가 덜 깨어났을 뿐이지 그게 나인 것이 틀림없다. 나는 아직 되어가는 과정에 있는 것이다. 기다려야 한다. 그래, 기다려야 한다. 때는 인연을 따라 오고 무르익어야 만난다. 나는 지금의 이대로 살아야 하는 것이다.

내가 가람원의 수련에서 바탕이 된 믿음은 둘이었다. 하나는 오래 전에 영기통 수련에서 얻은 "나는 빛이다"라는 믿음이었고, 다른 하나는 이곳에 와서 수련을 시작하는 날서부터 보아온 수련의 과정을 나타낸 그림이었다. 진리를 그림으로 표현한 '진리 깨달음의 공식도' 라고나 할까. 그 그림은 이렇다. 우선 사심 없이 보이는 대로 듣는 대로가 진리라면, 보이는 것을 다 그리는 것이다. 먼저 우주를 그려야 한다. 우주는 끝이 없으니 어차피 추상적으로 그려야 한다. 그것이 만다라 즉, 동그라미이다. 당신의 종이에 손바닥만한 동그라미를 하나 그리시라. 그 다음으로 우주의 보이는 모든 형상을 그 안에 그린다. 즉, 별을 하나 그리시라. 그리고 그 다음으로 해를 하나 그리시라. 그 다음에는 달을 하나 그리시라. 마지막으로 손톱만한 지구 동그라미를 그리고 그 안에 사람을 하나 그리시라. 그것이 보이는 모든 것인 셈이다.

깨달음의 공식도는 이렇다. 우선 그 그림의 형상들 중 사람을 까맣게 칠한다. 마음대로 집어먹은 거짓 마음을 뜻한다. 그리고 서기서 하나씩 빼는 것이다. 우선 사람에서 까만색을 뺀다. 그리고 그 다음으로 별과 해와 달과 지구와 아무색도 칠해지지 않은 사람을 뺀다. 빼기는 수학에서 쓰는 마이너스 기호를 쓰면 된다. 그러면 손바닥만한 동그라미만 남는다. 다시 말하면, '안에 별, 해, 달, 속에 까만 사람이 있는 지구, 이 넷이 들어있는 손바닥만한 동그라미' 빼기, '까만 사람' 빼기, '별, 해, 달, 지구 속에 아무것도 칠해지지 않은 사람'은(=) '손바닥만한 동그라미.' 그것이 첫 번째로 깨달아야 하는 순수 허공 우주인 것이다. 그 다음 이어서 는(=) 표시를 한다. 는(=) 다음에는 '안에 별, 해, 달, 지구 속에 아무것도 칠하지 않은 사람이 있는 동그라미' 는(=), 다시 '동그라미' 는(=), 다시 '안에 별, 해, 달, 지구 속에 아무것도 칠해지지 않은 사람이 있는 동그라미' 의 공식도이다. 는(=)이 총 네 개 있다.

나는 이 단계를 철썩 같이 믿었다. 변화한다는 그 자체가 영원이고 진리인줄 알았던 내가 처음 이 그림으로 된 도식을 보는 순간 나는 이것이 진리를 깨닫는 단계를 나타낸 공식임을 한눈에 알아보았다. 그리고 수련을 하는 내내 나의 지표가 되어 주었다. 아, 이 공식을 만든 분께서는 공식을 만들기까지 얼마나 많은 고행을 하셨을까. 아, 저것만 내가 진즉에 알았어도 시간은 좀 더 일찍 여물지 않았을까.

처음의 빼는 공식 단계는 깨달음이 아니다. 그것은 깨닫기 위한 기초 공사이다. 그냥 빼면 된다. 버리고 또 버려서 남는 것이 없을 때까지 버리면 된다.

그 다음부터의 '는(=)' 은 되기 수련이다. 깨닫지 않으면 되지 못한다. 되면 그 자리에서 된 그것으로 사는 것이다. 깨달은 바를 누리며, 그것으로 온전히 그것으로 살다보면 다시 경계에 이르게 된다. 경계는 지평의 끝이다. 된 그곳으로부터 시작된 평온 속에 다시 의구심이 일어나는 것이다. 그러나 그것은 그 자리의 처음에서 들었던 대답과는 다른 물음이다. 즉, 지평은 해답으로 열려서 의구심으로 닫힌다. 그 닫히는 자리는 상승이 시작되는 지점이기도 하다. 그렇게 수직면이 시작되어 해답을 얻는 자리에서 수직면은 끝이 난다. 그 해답을 얻은 자리는 다시 수평이 열리는 지점인 것이다.

그렇다면 내가 지금 되어진 이만큼의 우주가 온전히 되어 있으면 온전히 깨어날 수도 있을 것이렷다.

여기 ○○명상센터 가람원에 온 사람들은 모두 된 정도가 있고, 자기가 된 만큼으로 집으로 돌아갈 것이다. 그래서 많이 된 자도, 조금 된 자도 모두가 얻어가지고 또는 되어가지고 돌아가게 될 것이다. 따라서 누구나 행복하게 돌아가리라.

사람들이 잘못 알고 있는 것 중 하나가 사람은 가진 만큼으로 사는 줄 아는 것이다. 사람들이 가진 만큼이 된 만큼인 줄로 잘못 알고 내는 마음이다. 잘못 알고 내므로 당연히 거짓 마음이다. 혹자는 이렇게 말하리라. 사람은 아는 만큼으로 산다고. 이것도 덜 알고 내는 마음이다. 사람은 된 만큼으로 산다. 알되 되지 못한 자는 말로는 할 수 있을지라도 행동으로 할 수가 없다. 되었다는 것은 깨달았다는 뜻이다.

세상살이. 삶. 살이란 말이 아니고 행동이다. 살이가 고달픈 것은 순수 허공 우주가 되어보지 못했기 때문이다. 순수 허공 우주가 되지 못한 사람은 인간 본질의 그 대자유자재를 절대로 알지 못한다.

밤 수련에서 강사님 지도에 이끌려서 나는 이것저것 관념을 버리고 있었다. 수련을 제대로 하고 있다는 생각도 없이. 온전히 우주가 되지 못하고 있었다. 이건 아니지! 정신을 차리고 다시 집중하여 우주가 되었다. 우주가 되면 버릴 것이 없다. 아무것도 없는 허공이므로. 그 아무것도 없는 마음으로 보면 이것도 나이고, 저것도 나이므로.

이것도 내가 되고, 저것도 내가 되었다.

보이는 모든 우주가 내가 되었다. 우주가 나다. 앞사람을 보면서 또는 앞 사람이 입은 옷을 보면서 또는 화이트보드를 보면서 저것도 나다. 이것도 나다. 저것도 나고 또 저것도 나고, 이것도 나고 또 이것도 나고…. 그 모두가 하나이며, 그 모두가 나인 것이 느낌으로 느껴져 왔다.

모두 내가 되었다.

우리는 모두 하나입니다.

그렇게 한참을 살다가 보니 어느 순간에 나와 우주의 입장이 치환되어버렸다. 나는 우주이다. 나는 우주이고, 저것도 우주이고, 이것도 우주이고, 별도 우주이고, 달도 우주이고, 신발도 우주이고, 가는 것도 우주이고, 오는 것도 우주이고. 우주 아닌 것이 하나도 없었다. 이 세상에 나 아닌 것이 하나도 없었으니, 내가 우주인데 우주 아닌 것이 하난들 있을까.

생활수련을 또 해야지. 생활수련은 온전히 그것으로 사는 것을 말한다. 사는 게 생활이니까.

수련 끝나고 111호실로 오는데 그랬다.

1. 우주가 우주를 신고 우주로 간다. 우주를 열고 우주로 들어가고 있다. 우주를 먹으려고 일어나 우주로 가는데….

문득,

2. 우주가 우주하고, 우주로 우주하여, 우주하고 있었다.

1과 2의 차이를 알겠는가? 우주가 우주에서 우주를 우주하고…!!!

이후로 나는 '내가 수련한다' 는 '우주가 우주한다' 가 되었다. '내가 일어났다' 는 '우주가 우주했다' 이다. '내가 문을 열고 밖으로 나가 신발을 신고 복도를 걸어서 방으로 간다' 는 '우주가 우주를 우주하고, 우주로 우주하여, 우주를 우주하고, 우주를 우주하여, 우주로 우주한다' 가 되었다. 온전하게 우주가 되어 사는 것이란 이런 것이다.

얼마나 자연스러운 세상인가.
무위자연이란 이런 것이 아니겠는가.

수련을 해서 우주가 되어보지 못한 사람은 이 지극한 자연스러움을 이해할 수가 없다. 나는 도저히 잠을 잘 수가 없었다. 자정이 넘었지만 좀 더 수련을 하고 싶었다. 수련을 하려고 나감도 우주가 우주하려고 우주하여, 우주에 우수해서 우주하는데, 어떤 도반이 수련실 뒤 좌식의자가 없는 통로에서 절 수련에 승무까지 하고 있었다. 그 모습이 얼마나 자연스럽던지. 우주가 우주하고 있음은 그냥 그렇게 있음이었다. 옷깃이 스치는 소리며, 춤사위마다 움직이는 발소리로 다른 때 같았으면 조금이라도 신경이 쓰였을 테지만, 지금은 그냥 승무를 하고 있었다. 지금도 우주가 우주하고 있다. 아무리 우주가 우주해도 우주는 우주밖에 없다. 그냥 우주!

이레(토)

오늘 1코스를 퇴소하고 2코스 숙소로 왔다. 머리가 온통 기운 덩어리이다. 관음(觀音)수련을 한다더니 머리에서 뇌파의 소리인지, 피가 흐르는 소리인지 아니면 운기(運氣)하는 소리인지 깊은 명상에 들었을 때와 같은 그런 소리가 들린다. 알파파인가? 아주 어렸을 때 잠에서 깨어나면 들리던 소리이다. 그때는 이 소리가 조금은 무서웠었다. 너무 컸으므로. 지금은 관음하면 곧 우주에 이른다.

시간관념도 사라진 듯하다. 어떤 기억이 떠오르면 이것이 어제 있었던 일인지, 오늘 있었던 일인지 모르겠다. 다른 사람은 내가 밥을 먹으러 가면 밥을 먹으러 가나 보다 하고, 화장실에 가면 화장실에 가는가 보다 하고, 복도를 걸어가면 복도를 걸어가는가 보다 하겠지만, 나는 밥을 먹으러 갈 때에도, 화장실에 갈 때에도, 심지어는 잠이

들 때에도 수련을 했다. 가끔 이야기에 끼어들기도 했지만, 내가 우주가 된 다음부터는 저절로 말 수가 줄어들었다.

어제 우주 마음이 내 마음이고 삼라만상이 하나임을 깨달은 후로는 밤새껏… 잠들기 전까지 그리고 잠에서 깨어서도 체격 좋은 '뚱땡이' 강사님과 이태일 강사님께, 이를테면 확인을 받았다. 완전히 선문답이었다. 강사님은 책상 앞에 앉아있고 나는 그 앞에 서 있다. 강사님이 컵을 들어 보이며 "이것이 무엇입니까?" 하였다. 나는 1코스를 확인받는 사람으로서 어떤 대답을 하여야 하는지 알고 있었지만 이렇게 대답하였다.

"강사님이 컵을 들어 보이며 이것이 무엇이냐? 했으니 우주가 우주를 우주하여 우주하며, 우주가 우주냐? 우주하니 우주는 우주요라고 우주한다."

오늘 오전 수련도 역시 우주였다. 우주, 우주, 우주…. 온통 우주놀음이다.

그러다가 문득 정신을 차려보니 우주가 우수인 내 밖에 꽉 차 있는 것이었다. 칼 세이건의 저서에서였나? 사이언스에서였나? 우주에는 은하계 같은 우주가 거품처럼 꽉 차 있다고 한 말을 떠올리며 아, 그게 진리였구나 생각했다. 거품이라는 표현이 타당하지는 않지만, 우주 순수 허공이 없음도 없는 빈 공간이 아니라 그대로 충만한, 차 있는 그런 깨달음이 다시 왔다.

그럼 또 그대로 살아봐야지.

내 안과 밖에 꽉 찬 우주로 살다보면 또 닿는 데가 있으리라.

'그대로 또 살아봐야지.' 사실 이 방법이 얼마나 중요한 수련 방법인지 모른다. 된 만큼으로 사는 것. 내가 되었을 때마다 그 된 것으로, 온전히 그 된 것으로 살다가 보면 다시 경계를 만나고 그리고 그 경계를 통하여 다음 단계로 나아갔다. 경계는 의구심이고, 그것은 계단의 수평이 한 단계 높여주는 수직과 만나는 지점이었다.

지금 그 된 만큼으로 살아보니 우주인 내가 있고 내 밖에 우주가 꽉 차 있는 것이 아닌가. 어라, 우주에는 경계가 없는데 안과 밖이 있구나! 이건 또 뭐꼬? 분명 우주에는 경계가 없었는데….

고민할 것도 없다. 그럼 안과 밖이 없는 우주가 되어야지. 어떻게?

참 어렵기도 하다. 처음에는 나와 주거니 받거니 말을 건네는 내가 있더니 그 다음에는 안과 밖을 구분하는 우주가 나의 경계라. 이럴 수도 있는 거냐고요, 도대체!

어떻게 해야 되지?

나는 이미 우주가 아닌가. 경계가 없는 우주. '없다'도 없는 우주. 다시 그 우주가 되어야겠구나!

내가 우주만큼 커지자 이번에는 우주가 내 안에서 충만하게 꽉 차 있었다. 이 뭐꼬? 안도 없고, 밖도 없고, 안으로 차지도 않은 우주이어야 하는데. 도대체 이건 또 뭐란 말이냐!

나는 이미 우주가 아닌가? 마음으로 확인받을 때 이태일 강사님이 "그 마음도 버리십시오" 하자, 나는 "이 우주에 버릴게 어디 있습니까?" 했었다. 다른 강사님이 "3코스 하실 거죠?" 했을 때 "제 안에서 마음이 날 때요"라고 대답을 했었다. 나는 우주였었는데, 지금 나는 경계가 있다. 우주에 경계가 있다니, 이건 말도 안 된다.

여기서 벗어나는 방법은 다시 경계가 없는 우주였던 내가 되는 것이다. 그 수밖에 없다.

우주였던 나 되기.

생각해보니 그걸 경험한 적이 있었다. 어젯밤 수련에서 오른쪽으로 확 끼쳐오던 기운과 함께 비워졌던 나를 떠올렸다. 그러자 어젯밤에 되었던 그 자리로 되돌아가 살아야 한다는 마음이 나왔다. 그 나가 되어, 그 나를 또한 누려야지. 그러다보면 다시 비워지던 나를 만날 수 있음을 아니까.

한번 가본 길은 다시 찾아가기 쉽다. 그 나가 되어보자.

그리고 그 나가 되었다. 그 나가 되어 살았다.

처음에는 선뜻 되어지지 않았다. 깊이 명상하여 안과 밖을 비웠다. 마음이 가끔 일었다. 그러면 없앴다. 부처가 떠오르면 부처를 죽이고, 예수가 떠오르면 예수를 죽이고, 진리가 떠오르면 진리를 죽이고. 여기가 거긴가 보다. 절대 공(空)의 자리.

우주.

우주 허공.

우주 순수 허공.

우주, 그 순수 허공….

얼마나 있었을까.

그렇게 그 나로 계속 있다 보니 어느 순간 허공에 내가 있었다. 홀연히, 그야말로 홀연히.

그 절대 공(空)의 자리에 내가 있었다.

우주에 나만 있었던 것이다.

나만 있었다.

부처님은 태어나자마자 몇 걸음 걸으며 천상천하 유아독존(天上天下 唯我獨尊)이라 하셨다더니, 이 자리에서의 나는 天上天下 唯我獨存이었다.

내가 깨어났다. 깨어났음을 내가 알았다.

내가 거듭 낳아졌다. 거듭났음을 내가 알았다. 나는 우주 허공에 있었다. 우주 허공이 낳은 나. 우주 허공에서 낳아진 나. 너무 생소하고 이상한 기분이었다. 기쁨도 아니고 슬픔도 아니고, 뭔가 가슴에 느낌이 있기는 한데 그게 어떤 기분인지 표현할 길이 없다. 경이로움이 약간, 슬픔도 약간, 기쁨도 약간, 우울도 약간 섞인 듯한 참으로 애매한 기분. 나는 그대로 한동안 명상에 젖어있었다. 젊은 시절 꿈 속에서 느꼈던 느낌과 비슷하다는 생각이 들었다. 20대 초반 어느 날 평생 기억하는 꿈을 꾸었다. 나는 봉의산이라고 여겨지는 산에 올라갔는데, 그 산에는 마치 교회의 성화에 나오는 사람들과 같은 옷—또는 예수님의 그림에서 예수님이 입고 있는 그런 옷—을 입은 사람들이, 나무 위에 올라가 가지 위에 서서 손을 합장하여 가슴 앞에 모으고는 하늘을 우러르고 있었다. 그들이 왜 그렇게 있는 거냐고 어떤 이에게 묻자, 그가 대답하기를 하늘에 좀 더 가까이 가고자 하여 그렇게 있는 것이라고 하였다. 나도 하늘에 가까이 가고 싶은 마음은 있었지만, 그렇게 높은 곳에 올라가 있는 것이 하늘에 가까이 가는 것은 아니라고 여겨졌다. 나는 발길을 돌려 산 아래로 내려오는데, 많은 스님들이 긴 열을 지어 산으로 올라가고 있었다. 그들도 역시 하늘에 가까이 가고자 산을 오르고 있다고 하였다. 나는 시내(市內)를 지나 마치 영화 십계에서 바구니에 담긴 모세가 닿았던 바닷가 인지 호숫가 인지와 흡사한, 물가에 있는 공원 같은 곳으로 갔다. 공지천과도 비슷하였지만 공지천도 아니었다. 돌로 만들어진 보도 불럭을 깔아놓은 광장 바로 밑에까지 물이 찰랑찰랑 차있는 매우 넓고 아름다운 공원이었다. 내가 광장에 이르렀을 때 광장 안에 있는 나무 한그루가 빛에 휩싸였다. 아니면 나무 한 그루가 다 덮이는 크기의 빛이었거나. 어쨌거나 영화 〈모세〉를 너무 인상 깊게 보았던가 보다. 빛은 나를 헤롯인지, 롯인지라고 불렀다. 그리고 나한테 그리로 들어오라고 하였다. 나는 그 빛 속으로 들어가기가 싫었다. 마음으로부터 내키지가 않았던 것이다. 그 빛으로 들어가면 무언지 모르지만 많은 것을 잃어버리고, 포기해야 할 것 같은 기분, 한 번도 해보지 않은 것을 하려고 할 때의 그 막연한 불안감, 혹은 숙제를 하지 않고 학교에 갈 때 느꼈던 두려움 같은 애매한 거부감이 들었다. 꿈속이었지만 나는 뭔가 재미있는 것이 많이 줄어들 것 같은 생각도 하였다. 그래서 그 빛 속으로 들어가고 싶지 않았다. 그러나 빛은 계속하여 나를 불렀고, 나는 마지못해 그 속으로 들어갔다. 그때의 기분이 지금과 비슷했다. 그 꿈에서 깨어났을 때 머리에 엄청난 기운이 서려있어 마치 머리가 뇌 부분과 뇌 아닌 부분으로 두 동강이 난 것 같았다. 나 자신이 관음수련이라고 하는 수련에 들 때 듣는 그 소리가 머릿속을 꽉 채우고 있었던 것이다. 질 좋은 한지로 염색을 하면 종이가 젖어오는 만큼 색깔이 물들어 오는 것처럼 뇌 있는 곳만 무언가 다른 기운이 스며들어 꽉 차 있는 듯한 느낌이었다. 그리고 지금 머리와 전신에 그러한 기운이 꽉 차 있음이 느껴진다.

환희심, 가슴이 뻐근하도록 진한 감동, 나는 그런 것을 기대했었나 보다. 이게 아닌데. 좀 더 기쁘고 신나고 즐거워야 되는데. 아, 이게 아닌데!

내가 다시 태어났단 말이지. 우주 순수 허공에서 거듭났단 말이지.

거듭남. 그 남의 모습은 아기의 모습은 아니었다. 어느 순정만화 책에서 봄직한 혹은, 사춘기 시절에 모델의 포즈가 너무 마음에 들어오려서 스크랩하였던 몸매를 예쁘게 해주는 저주파 미용기라는 상품의 카탈로그 사진에서의 그 모델처럼, 길게 누워 상체만 반쯤 일으킨 채 고개를 숙인 모습으로 내가 있었다. 완벽한 고요가 있었을 뿐, 오로지 나뿐이었다.

나는 살며시 눈을 떴다. 사실 수련 중에 눈을 떠보기는 생판 처음이었다. 여직까지 그런 행동은 누가 말해주지 않았어도 너무나 당돌하고 불경스러운 것이었으므로, 나는 수련 중에 눈을 뜨고자 하는 엄두도 내지 못했었다. 지난번 내 우주에서 심줄이 끊기던 날, 눈물을 흘리면서 내 주변에서 나처럼 눈물을 흘리는 사람들이 있다는 것을 안 것도 눈을 감은 채로 수련하면서 들려오는 소리로 알았던 것이다. 수련을 하다가 이렇게 눈을 떠본다는 것은 생각도 해본 적이 없는 행동이었다.

살며시 눈을 뜨고 보니 여기는 수련장이었다. 달라진 것이라고는 아무것도 없었다. 둘러보니 세상은 우주에서 태어나기 전이나 태어났을 때나 똑 같았다. 여기가 어디라고?

참세상.

뭐야 도대체! 세상이 좀 달라져야 하는 거 아니냐구! 여기가 거기야? 이럴리가 없다. 뭔가 달라야 한다. 그러나 다른 것이 하나도 없다! 나는 좀 허탈한 기분이었다.

여기가 참세상이란 말이지?

좀처럼 실감이 나지 않았다. 그래서 여기가 참세상인 것을 아는 데에 시간이 좀 걸렸다. 수련 시간이 끝나고, 점심밥을 먹고 식당에서 나오면서 유리 문밖 풍경을 바라보다가 여기가 참세상인 것을 깨달았으니까. 여기에는 참이 아닌 것이 하나도 없었다. 진리가 아닌 것이 하나도 없었다. 창밖은 햇살에 눈이 부셨다. 그 속에 있는 모든 것이 내가 온 거기에서 온 것들이었다. 거기에서 오지 않은 것이 하나도 없었던 것이다. 그런데 나는 예전에도 눈을 뜨고 살고 있었고, 여기는 예전에도 참의 세상이었다. 다만 내가 눈을 뜨고도 알지 못하였을 뿐.

이런 젠장!

내가 여태까지 살아온 여기가 그대로 참세상이었던 것이다. 나는 왠지 속았다는 느낌이 들었다.

우주가 참세상이고 그 참인 이 세상에 내가 앉아 있는데 이 나는 크기가 달라진 것도 아니요, 머리에 후광이 달린 것도 아닌 그냥 나였다. 그런데 그게 그냥 참 나였다.

기가 막혔다.

그런데 마음 한편으로는 잔잔하게 감동이 차오르고 있었다. 그냥 있음의 느낌. 그냥 물 같은 느낌. 공기 같은 느낌. 하늘같은 느낌. 글쎄….

참 나로 깨어나서 온전히 그것을 누리는 시간이 수 분 지나자 머리서부터 가슴 그리고 전신의 힘이 쫙 빠지는 것이 마치 허물어지는 듯한 기분이 들고 숨을 쉬기가 어려웠다. 어머나, 이런 증상이! 기수련을 할 때 여러 가지 기현상(氣現象)을 경험한지라 이것은 받아들여야 하는, 그야말로 아무것도 아닌 하나의 과정으로 수용이 되었다.

하아, 하아, 하아….

탈진한 상태에서 몰아쉬는 숨을 쉬었다. 진짜 힘든 숨이었다. 내 형상의 안에 들어차있던 어떤 투명한 색채가 발바닥으로 새어나가 머리꼭지에서부터 순식간에 비워진 것 같은, 혹은 팽팽하게 부풀어있던 풍선에서 바람이 다 새어나간 것 같은 현상. 수련시간이 끝나고 밖으로 나가기 위하여 일어서려는데 다리가 풀려 휘청하면서 거의 쓰러질 듯한 기분이었다. 오늘이 1코스 퇴소하는 날이다. 가는 이들은 간다고 이별의 정을 나누고들 있는데, 나는 거기에 동참하려고 얼마나 애를 썼는지 모른다. 정말이지 곧 쓰러질 것 같아서.

정말 너무나 힘이 들어서 나는 쓰러지지 않으려고 그리고 내색하지 않으려고 무진 애를 썼다. 그러나 그 현상은 쉽게 가시지 않았다. 시간의 감각 역시 무뎌져서 시간이 얼마나 흘렀는지 인식하기 어려웠다. 어떤 되어짐. 그러한 사건들로부터 얼마나 시간이 흘렀는지 느껴지는 감각이 매우 둔했다. 이 허물어지는 듯한 느낌은 혹시나 배가 고파서 그런 것은 아니었을까? 그건 아닐 게다. 예전에 먼저 학교에서 아이들에게 단전호흡 지도를 하면서 21일간 금식수련을 한 적이 있었다. 아무에게도 알리지 않고. 그러나 2주쯤 지나서 수련을 아주 열심히 하던 녀석에게만 금식수련 중임을 알려주었다. 녀석은 심리적인 건강지수가 아주 낮아서 매사에 엄살이 많았는데, 그때에도 죽을상을 하고 찾아와 활공을 해달라고 보챘다. 나는 녀석에게 사람은 그만큼을 물만 먹어도 이렇게 건강하다는 것을 가르쳐주고 싶었다. 그 바람에 녀석이 혹시라도 존경하는 스승님이 돌아가실까봐 태산같이 걱정하는 모습을 보아야 했다. 그 외의 동료들과 학생들은 아무도 눈치 채지 못하였다. 21일간 물만 먹고 살았어도 생활에 전혀 지장이 없었다. 오히려 나는 정기가 충천해 있었다. 그때 얼굴 피부도 가장 고와서 오랜만에 만난 동생이 감탄할 정도였다. "세상에나, 스트레스를 안 받고 사니까 피부가 그렇게 곱네, 언니"하면서 시집살이에서 해방이 되어 그런 줄 알고 새삼 놀라는 것이었다.

저혈당증이라는 게 있다던데 혹시 내가 그런 병에 걸린 것은 아닐까? 기력이 이렇게 한꺼번에 떨어질 수가 있는 거냐구! 어쨌거나 생전 처음 느껴보는 현상이라서 생리적인 경험이라기보다는 수련의 과정에서 오는 기적 경험으로 나는 판단하였다. 그날도 그 다음 날도 그 힘겨움은 여전하였다.

퇴소식을 하고 2코스 숙소로 옮겨오면서 지극히 차분한 마음 가운데에서 또 하나의 의문이 일었다.

‘그런데 왜 2코스에 가지?’

이 우주의 순수 허공 속에서 참 나로 거듭났는데. 이젠 거듭난다는 것이 무슨 뜻인지 아는데. 그런 생각과 함께 가서 뭔가 열심히 지금의 참 나로 살아보면 또 되는 나가 있으리라는 생각이 들고, 한편으로는 혹시 이 모든 것이 거짓이 아닐까 하는 의심이 들었다. 그리고 수련의 이 모든 과정이 도깨비놀음 같았다. 또 그 거짓 마음에 빠져있는 중이었다. 그러다가 아, 이래서 티끌 하나까지 다 놓아야 하는 것이로구나. 또 끄달림으로 내가 지금 참 나로 있지 못하였구나 하고 깨달았다. 거짓 마음을 버리고 참 나로 돌아오니 나는 의심 없는 그대로 참 나인 것이라.

숙소에서 명상을 해보니 이 세상에서 하는 일은 모두 그 참 나가 하는 것임을 알 수 있었다. 거짓 내가 알았든 몰랐든지간에 참 나는 참 나로 살기 위하여, 온전히 참 나로 살기 위하여 2코스까지 신청하였던 것이다. 즉, 1코스 가지고는 모자라는 뭔가가 있는 것이다. 점심 먹으러 갔을 때 참 나로 깨어나고 보니 그냥 그런 거라, 도대체 참세상에 거듭났어도 달라진 것이 뭐가 있더란 말인가 하는 심정으로 잠시 허무했었다. 그러나 그때 나는 내가 왜 육신을 갖고 이 세상에 태어났는지를 문득 알았다. 나는 찐하게 살고 싶었다. 소싯적에도 나는 그렇게 살고 싶다고 생각하였고, 일기에도 그렇게 썼던 것이 기억났다. 나를 반 미치게 했던 고부갈등과 그 조악하디 조악하였던 결혼살림들이 다 내가 낸 마음임을 새삼 확인하였다. 그 힘든 시간들까지도 다 내가 낸 것이라니!

참세상에 살면 참마음 아닌 것으로 사는 것이 하나도 없음을 알게 된다.

　오후 두시 반쯤 가람원 주변으로 산책을 나갔었다. 현관 앞에서 아래로 보이는 나무며 풍경을 내려다보며, 거기에 그냥 그렇게 있음을 보았다. 그리고는 무언가 마음이 서글펐다. 별거 아니로구나, 거듭난다는 거. 거듭나도 아무것도 아니네. 즐겁고 좋을 줄 알았는데 그것도 아니고. 서운한 감정이었다. 진입로로 나갔다가 산책로를 따라서 산등성이 바위에서 노는 아이들을 잠시 쳐다보다가 건물 쪽으로 내려오면서 '그래도 이만큼 아는 게 어디냐. 아버지를 여기에 보내드려야겠다. 그래도 도 닦는다는 것에 제일 관심이 많으신데' 라고 생각했다. 숙소로 돌아와서는 그대로 잠이 들었다. 정신없이 잤다. 2차 수련은 어떤 것일까. 내가 어떤 경험을 하고 있는지는 말도 하지 말아야지. 기타 등등의 상념에 빠져들었다.

　참으로 기쁘지 않구나. 이럴 줄은 몰랐는데. 그래도 나는 참마음이고, 저것도 참마음이고 모두가 있는 그대로의 참마음이다. 참마음은 진리이고 진리는 영원불변한 것이다.

　○○명상센터에서는 내가 지금 참마음이라고 하는 것을 우주 마음이라고 하는가 보다. 우주는 몸과 마음으로 되어 있으며, 몸은 텅 빈 허공이고 거기에 빠진 곳 없이 차 있는 에너지가 우주의 마음이라고 하였다. 우주 마음. 우주 마음, 그것을 꼭 느껴보시라. 느껴봐야 한다. 내 수련과정을 정리하면서 나는 이것을 참마음이기보다는 본마음이라고 정의하였다. 본마음. 그 이유는 나중에 다시 언급이 될 것이다. 어찌 되었든 그때는 이것이 참마음이었다.

또 하나 참고하여야 할 사항은 여기에서의 참 나라고 한 것도 잘못 쓰인 용어라는 점이다. 나는 수련을 하면서 어느 단계에서나 그것이 다 된 경지라고 생각했었다. 그래서 어느 단계에서건 그 되어진 만큼 이 참마음이고 참 나인 줄로 착각했었다. 사실 그것도 모두 참마음이고 참 나이기는 하다. 그러나 용어를 정의할 필요가 있다. 이날의 수련 일지에서는 여기에서의 마음과 나를 모두 참마음 혹은 참 나라고 표현하고 있지만, 이 단계에서의 마음이나 나는 참마음이나 참 나라고 할 수가 없다. 참마음이나 참 나가 아니라는 뜻이 아니라 아직도 더 되어야 할 과정이 남아있다는 뜻이다. 다시 정리하면서는 이 부분에서 쓰인 참 나는 마음 나로 용어를 정의하기로 한다.

나는 이 절대 공(空)의 자리에서 마음 나로 거듭난 것이다.

모두가 있는 그대로의 참마음.

참마음은 진리이고, 진리는 영원불변한 것이다.

그러면서 나를 보자, 나는 다시 하나의 딜레마에 빠지게 되었다. 마음 나는 진리이므로 영생하는데, 그럼에도 불구하고 나는 죽을 것이다. 지금 나는 마음으로 거듭난 참마음의 존재인데, 그래서 영생을 얻었는데, 어떻게 내가 죽지? 도무지 이해할 수가 없네. 이건 또 뭐냐! 이 딜레마에서 어떻게 빠져나올 것이냐.

아무리 생각해도 해결이 되지 않았다.

그냥 참마음으로 누려보는 수밖에 없다. 여태껏 그래왔던 것처럼 된 것으로 온전히 살다보면 자연히 알게 되겠지. 나는 진리 그 자체이니까. 그러면서 완성이 된다함은 의문이 하나도 남지 않는 경지라는 것을 새삼 느꼈다. 그래, 참마음으로 계속 살아보자. 그러면 알게될 거다.

저기도 참마음, 여기도 참마음.

이 참세상에서 내가 할 일은 무엇일까.

아직 여기저기의 참마음과 나 참마음이 하나임이 느껴지지 않는다. 우주 마음으로는 이것도 우주요, 저것도 우주였다. 우주 나가 되었을 때는 이것도 나요, 저것도 나였다. 그러나 이상하게도 이것도 참마음, 저것도 참마음이지만, 여기서는 이것도 나, 저것도 나가 되지 않는다. 그러나 한마음임을 알고 있다. 가만히 그것들을 바라보자니 그것들은 그냥 거기에 있었다. 그냥 거기에 있는 것이다.

그냥 거기에 있는 그대로 그냥 가만히 바라보고 있자니 어떤 앎이 내부에서부터 번져 나왔다. 아, 나는 이렇게 바라보아야 하는 것이로구나. 그냥 그것들을 바라보면서, 그것들이 잘 살게끔 살리는 일을 하여야 하는 것이로구나. 그런 마음이 저설로 느껴서 왔다. 그것은 내 마음이었다. 내 뜻이었다. 그래서 안으로부터 그냥 번져 나왔다.

살리는 것. 잘 살게 하는 것. 그것이 내 한마음인 그것들에게 내가 하여야 할 것이고 그리고 그것이 바로 사랑이라는 것을 비로소 깨달았다.

그래, 이것이 사랑이었구나! 사랑이 바로 살리는 것이었어! 잘 살게 하는 것, 그것이 바로 사랑이다! 그리고 사랑, 그것은 다름 아닌 바로 내 마음이다. 내 마음대로 내가 원하는 모양으로 그것을 바꾸기 하는 것이 아니라, 그냥 바라보는 것이 사랑이었다. 그러면서 잘 살게 하는 것이 사랑이었다. 그리고 그 사랑은 나의 마음인 것이다. 그러니 영기통 수련에서 "나는 무엇입니까?"라고 간구하는 물음에 '사랑'이라는 대답을 듣는 것 아니겠는가. 구하는 사람마다 답이 다른데, 어떤 이는 사랑이라는 답을 듣는다. 아, 이래서 사랑이라는 대답이 오는구나!

나는 사랑입니다.
당신도 사랑입니다.
사랑은 살리는 것입니다.
사랑은 잘 살게 하는 것입니다.

수련장으로 갔다. 이제 절대 공의자리에서 참마음 사람으로 거듭났는데 우째 이런 일이! 나는 오로지 마음으로 된 나이고, 그래서 마음으로 된 나는 영생하는데, 이 몸은 어찌해야 할꼬? 어떻게 내가 죽는다는 말인가? 아니 죽을 수밖에 없는 그 사실을 어떻게 해야 한다는 말인가?

지금까지의 수련 방법으로 보아 생겨난 어떤 의문은 지금까지 닿아서 된 그대로 살아보면 해답이 나온다. 다시 그것이 온전히 되어보면 알 수 있지 않겠는가? 딜레마는 온전히 되지 않을 때 생긴다. 우주, 우주, 우주하면서 살았던 것처럼 참마음, 참마음하면서 살다보면 언젠가는 의문이 풀리지 않겠는가.

그러나 보이는 것마다 참마음, 참마음 해보았으나 먼저와는 무언가 달랐다. 이것도 저것도 여전히 거기 그대로 있었다. 하나로 통하지 않고 도무지 요지부동 그대로만 있었다.

아, 이건 또 뭐시다냐….

왜 안 되는 거지?

어떻게 해야 하나? 어떻게 해야 하지?

어디선가 오류가 있었던 게 틀림없어. 그렇다면 다시 돌아가 보자. 처음 우주에서 마음 나로 태어났을 때 그래, 거기서부터 다시 살아보자.

기분이 떠있어서 우주 순수 허공에 다시 태어나기가 힘이 들었다. 우주 허공 되기도 꽤 애쓴 후에 되었고 거기에 낳아 있음도 우주 되기보다는 시간이 덜 걸렸지만, 그래도 꽤 많은 시간이 들었다. 새로 태어나는 게 이렇게 힘이 드는구나. 깊은 명상 상태에 이르러 쏟이 온전하여지자 나는 비로소 다시 태어나고 그 까무러져가던 기분이 되 살아났다. 내 몸에서 기운이라는 것이 다 빠져 나간 듯한 느낌. 허깨비 같다고나 할까. 나는 또다시 며칠 혹독하게 앓고 못 먹어서 탈진한 때와 같은 상황이 되었다. 기운의 공황 상태라고나 할까.

그러고 나서 나는 다시 낳아진 그 나로 살기 시작하였다. 그 나 외의 내 마음들인 이것과 저것이 다 하나가 되고자 하는 마음이 일면 나는 마음속으로 이렇게 소리쳤다.

"그냥 내버려 둬라. 그것들은 지금 내가, 내가 아니라고 하여도 나인 채로 거기 그냥 있는 것이니 신경 쓰지 말라"고. 오직 이 다시 태어난 나로 먼저 온전히 살아보자고.

그렇게 다시 태어난 나에게로 몰입하다보니 참마음으로 된 나의 감각이 느껴지기 시작했다. 먼저 손가락을 움직여보았다. 이게 몸이니, 참마음이니?

참마음!

오로지 마음뿐인 나.

몸은 다 없어지고 오직 마음만으로 다시 난 나.

여기에 몸은 없다. 마음만 있다. 이것이 마음 나이다. 이것이 거듭난 나이다. 그러므로 거듭난 나라함은 마음으로 난다는 뜻이다. 그것은 몸이 다 없어져야 거듭날 수 있다.

발을 만지자 몸 나의 발이 느껴지면서 다시 몸 나가 살아나오려고 하였다. 다시 몰입하였다. 까마득하게 까무러져가는 느낌. 여리디 여린 또는 어리디 어린 갓 낳아진 느낌. 의식이 그런 것이 아니라, 감각과 기운이 그랬다. 기력이 영 없었다. 아마도 기운이 갓난애 수준이어서 아주 작았다고 하여야 맞을 것이다. 그러나 의식은 그 어느 때보다도 아주 선명하고 명확하였다. 그 속에서 발을 만지자 발도 참마음이었다. 비로소 마음이 잡혀오면서 서서히 마음 나의 감각이 깨어나고 있었던 것이다. 방바닥은? 그것도 참마음. 하지만 생각처럼 방바닥과 내가 합치되지는 않았다. 이상한 일이군. 이거 왜 이런대? 그러나 그것은 신경 쓰지 말자. 내가 지금 그것과 온전히 통하여 일치되어지지 않는다고 해도 그것은 참마음인 것이니까. 우선은 나부터 온전히 마음 나로 살자.

이것은 마치 몸으로 내가 이 세상에 났을 때와 같았다. 이제 막 태어난 마음 나는 이를테면 갓 난 살을 알아가고 있는 것이다. 몸으로 태어났을 때, 갓난아기들이 어떻게 하던가. 몸을 뒤집고, 기고, 앉고, 그 다음에 선다. 걸음마를 배우고, 말을 배우고, 뜨거운 것을 만지지 말아야 한다는 것을 터득한다. 마음 나도 마찬가지로 감각도 익히고 힘도 붙어야 한다. 몰입. 아주 엄청난 몰입. 그때 내 수련은 그랬다. 집중도를 잴 수 있는 기계가 있었다면 아마도 최고치의 집중도를 확인할 수 있었으리라.

그렇게 한참을 수련하였다. 먼저 옆자리에 앉았던 김보영 선생님이 숙소로 돌아가고, 나는 자정이 조금 넘어 계단을 올라왔다. 계단을 두어단 오르면 걸음을 멈추고 손 한번 만지고 발을 비볐다. 계단을 몇 개 올라가서 또 발을 비볐다. 참마음이다. 손등을 문지르면 손등을 느끼는 것이 아니라 참마음, 우주 마음이 느껴졌다. 손등을 만지면 몸이 느껴지는 것이 아니라 마음이 느껴져 왔다. 이 차이는 마음 나로 거듭나지 않고는 절대로 모른다. 우리는 몸의 감각만을 익히고 살면서 마음의 감각을 잃어버렸다. 그러나 우리는 마음을 만지기도 하고 느낄 수도 있다. 마음 나로 다시 태어나면 누구나 그럴 수 있는 것이다. 어떻게 그럴 수 있느냐는 의문이 생기거든 수련을 해보시라. 수련하여 마음 나로 다시 태어나시라. 존재하는 것은 몸이 아니라 정말로 마음이다. 발가락을 쥐어보고 팔을 문질러 보고. 발가락도 마음이요, 팔도 마음이다. 이 느낌이 진정한 살 앎이다. 이 감각이 진정한 사람의 감각이다. 마음 나의 현실인 것이다.

나무늘보처럼 천천히 움직여 2층에 도달하자 숨이 차고 힘이 들기 시작하더니, 복도 중간쯤에서 난데없이 입이 하품할 때 크기만큼 벌어져서 다물어지지 않는 게 아닌가!

에구머니, 이걸 어쩐다?

창가로 가 있을까? 이쪽 복도 끝으로?

방에는 들어갈 수가 없겠군. 2코스는 한 방에 8명 정도가 기거하였다. 이 몰골로 있을 적당한 곳을 찾아 복도를 이리저리 헤맸으나, 마땅히 갈 데가 없었다. 하는 수 없이 입을 벌린 채로 다시 수련장으로 향했다. 복도에서 수련 사범님들을 만났지만, 가볍게 목례를 하고 하품을 하는 중인 것처럼 입을 손으로 가리고 지나쳤다. 1코스 때 우리 방 담당 수련 사범님도 계셨는데 벌어진 입 때문에 인사말을 건넬 수가 없었다. 수련실에 가서는 일부러 뒤쪽, 그것도 어두컴컴하고 한적한 자리로 골라 앉았다. 내 입을 통하여 무진장한 탁기가 뿜어져 나오고 있음을 알 수 있었다. 입 냄새가 지독히 났다. 아마도 두 시간쯤은 그렇게 있지 않았을까. 그동안에 나는 이상하게 숨을 쉬고 있었다. 내 쉬는 숨이 길고 들이마실 때에는 목젖이 닫혀서 목젖이 목구멍에 닿는 소리가 딸깍하고 났다. 그런데도 입을 닫을 수가 없었다. 나중에는 목젖이 헐었는지 깔끄럽고 부어오르기까지 했다. 그 요상한 포즈는 내가 의도적으로 하는 것이 아니었기 때문에 의식적으로 닫아봐야 소용이 없었다. 닫으면 곧 또다시 입이 벌어졌다.

세상에 이런 일이! 도중에 입이 하마가 되새김질을 하듯 좌우로 움직이기도 하고 말이나 소같이 우물거리기도 하고…. 나중에는 아래턱이 앞으로 쑥 빠져나와 그대로 있었다. 턱이 너무 아팠다. 참 이상한 일도 다 있군. 사람들이 이런 과정을 겪어서 전생 이야기를 하는 것은 아닐까 하는 생각을 잠시 하였다. 그러나 서두를 필요 있나. 그냥 이렇게 또 살아야지. 이 턱 나온 자세가 또 두세 시간 가면 어

떡하나. 이건 꼭 아귀(물고기) 같네. 이 요상한 자세 때문에 잠을 하
나도 못 자면 어떻게 하지? 혹, 내일 수련을 하다가 코골고 자게 되
는 거 아냐? 그런 상상이 내심 얼마나 유쾌하였는지. 이래서 사람들
이 개그를 좋아하지 싶었다.

　한 시간은 좀 넘었으리라. 저절로 입이 들어갔다. 이어서 양쪽 귓
가로 강한 기운이 쏠리는 것이 느껴졌지만 입이 다물어진 것에 감사
하고 방으로 돌아왔다. 태양혈 쪽에서부터 백회에 이르기까지 그 강
한 기운이 뻗혀 뭉쳐 서렸기 때문에 뭔가 수련을 더 할 것을 그냥 왔
나 하는 아쉬움을 주었다. 하지만 밤새워 수련하고 지치느니 쉬고
내일 하자는 쪽을 택하였다.

여드레(일)

지금은 아침 식사시간이다. 7시 40분. 식당 앞에 가니 기다리는 사람들의 줄이 길어서 그냥 방으로 돌아왔다. 지금 손이 뻣뻣하고 손바닥 중지 아래 부분이 뻐근하다.

어젯밤에는 머리가 이상하리만큼 맑아서 오히려 쉽게 잠이 들지 못했다. 그러나 잠이 들자 아주 푹 잤는가 보다. 다른 때보다도 더 일찍 일어났지만 개운하다. 다섯 시쯤 일어났나?

깨어났을 때 의식이 들어 생각이 몇 바퀴 돈 후 온전히 마음 나가 됨을 느꼈다. 그러고 나서 누운 채로 수련에 들었는데 몸통과 어깨 여기저기로 기운 덩어리가 마치 돌멩이를 내 안으로 던져 넣는 듯이 쑥쑥 들어가고 통함을 느꼈다. 내 안은 그냥 맑고 고요했다. 그 안으

로 기운 덩어리가 들어가면서 더욱 맑고 고요한 느낌이었다. 명상수
련에서 이런 기적 현상이 있어도 되는 건가? 먼저 수련했던 기억들은
다 버리라고 하였는데 이렇게 자꾸 기운을 느껴도 되는 건가? 어쨌거
나 수련 사범님들이 머리가 아프거나 몸에 이상이 있으면 알려달라
고 하는 것을 보면 아마도 여기서도 이런 기적(氣的)인 현상들이 있
는 것이 틀림없어. 부작용은 아닌가 보네 싶었다.

다리가 얼마나 아픈지 매일 앉아서 수련만 했음에도 불구하고 에
베레스트 산이라도 오른 듯 무거웠다. 갓 난 마음 나에게 계단 오르
기는 에베레스트 산만큼 무리였던가 보다. 다리가 무겁고 아픈 것이
야 티가 안 나니 얼마나 다행인가. 사람들 많은 데서 또 입이 쩍 벌
어지기라도 하면 그건 좀 곤란하겠다는 생각을 하며 피식 웃었다.
나는 일어나 화장실 갔다가 돌아오던 발걸음을 돌려서 수련실로 갔
다. 수련실에는 사람이 드문드문 앉아있었다. 가람 주말수련 사람들
인지도 모르겠다. 부부인 듯 보이는 사람들도 있고, 수련 중인 사람
도 있고, 자고 있는 사람도 있었다. 어떤 이는 드렁드렁 코를 골기도
했다. 그 가운데 서서 모두들 참마음이 되려고 이렇게 애쓰고 있구
나, 그런 생각이 들었고, 그러자 코끝이 찡해 옴을 느꼈다.

참 내, 이제는 정말 다 버려서 그런가? 오전 중에 있었던 일들을
오후에 기억하려하면 잘 기억이 나지 않는다. 그냥 아련한데 머릿속
은 아주 선명하다. 뭔 조화 속인지!

수련 중 상념에 잠깐 빠져들었다. 여기저기 있는 내 마음과 하나 되
기를 시도하였다. 그러나 그것은 곧 실패하였다. 그것들은 나와 하나
가 되지 않고 그냥 거기에 그대로 있었던 것이다. 그래서 나는 다시 어

제와 같이 이만큼 된 나로 온전히 살기로 하였다. 온전한 나 속에서 어머니의 자궁 안에 있는 것처럼 편안함을 느꼈다. 자세도 태아자세였다. 나는 나이되 이제는 마음 나이다. 마음으로 거듭난 나.

이전의 단계까지에서는 하나의 경계를 깨치고 나면 여기가 끝이고 다 이룬 줄 알았었는데, 이제는 여기가 끝이 아님을 안다. 내가 이곳에 수련하러 올 때 나는 내가 빛이라는 것을 알고 있었다. 그리고 그것을 확인하기 위하여 오지 않았던가. 그래, 나는 빛이 틀림없어. 완성된 자는 그 빛을 볼 거야. 빛의 세상은 아마도….

우주 순수 허공에서 거듭나서 눈을 떠보니, 나는 이 세상이 영화에서 형태가 하얗게 바래서 사라진 듯한 그런 빛의 세상인 줄 알았는데, 이 세상은 하나도 달라져있지 않았다. 나는 아직 빛의 세상을 못 본거야. 세상은 내가 우주 나가 되었어도 그냥 그대로 있었다. 마음 나로 거듭난 지금도 그대로 있다. 무엇 때문이었는지 나는 새삼스레 여기까지 나를 안내해온 내가 있었음을 상기하였다. 그것은 내 명상에서 언제나 나를 이끄는 하나의 목소리였다. 나를 인도하고 수련을 확인해주고 내 물음에 대답해주고 나에게 의문을 던져주는 목소리. 그것도 나의 목소리였다. 그래서 대답하는 내 목소리와 그 대답하는 목소리와 대화하는 나의 목소리가 있었다. 그런데 그냥 온전히 되어진 나로 앉아서 편안함을, 지극한 평온함을 느끼고 있을 때, 거기에는 목소리가 하나밖에 없었다. 나는 그것이 내 우주 의식임을 알았다. 그 의식조차 비우면 간간히 의식이 떠올랐지만, 떠올랐음을 의식하며 다시 비웠다. 그러다가 그런 생각이 들었다.

내가 빛인 것을 못 보면 어쩌나.

그 빛의 세상에 못 닿으면 어쩌나.

빛의 세상. 그것은 또 다른 세상일 것이다. 본정신 자체가 됨. 이마에 '혼줄'이 나고 그 본정신 자체가 되어 전신광명을 이루면 자기가 완성됨을 안다고 하였는데, 나는 도대체 어디까지 되었을까. 분명한 것은 아직 '혼줄'이 나지 않았으니 나는 아직도 이루지 못한 것이다. 그렇다면 나는 아직 완성된 세계를 모른다. 모르므로 그것에 대하여 확신있게 대답을 할 수도 없다. 그리고 기대해 마지않는 또 하나의 의혹. 되기 전이나 된 다음이나 그대로 거기에 있는, 이 그대로의 세상과 다를 완성된 빛의 세상은 어떤 세상일까. 아마도 완성된 빛의 세상은 온통 밝은 몇 천 럭스 또는 몇 만 럭스쯤 되는 빛으로 된 세상이거나, 신비롭고 화려한 프리즘 세상이거나 혹은 아름다운 오라의 세상은 아닐까? 이름은 기억나지 않지만 미국의 유명한 그 예언가는 사람의 오라를 볼 수 있다고 하지 않던가. 그러니 아마도 빛의 세상은 오라의 세상일 거야. '혼줄' 난 사람은 그 오라를 보고 '혼줄' 난 사람임을 알아볼 것이라고 나는 생각하였다. 오진 수련은 그냥 거듭난 나로서 편안하게 있기 수련을 하였다.

점심 먹고 올라와 깊은 수면에 빠졌다. 어찌나 곤히 잤던지 한 번도 깨지 않고 아주 편하게 잤다. 그 깊은 수면 중에도 나는 심장이 심하게 뛰는 것을 느꼈다. 평상시와는 아주 다른 이상한 징조였다. 심장이 헐떡거린다고 해야 할까. 무지 빠르고 강하게 뛰는 느낌. 평상시에는 언제 이런 느낌이 있었을까. 100m 달리기를 죽기 살기로 하고났을 때? 그것과도 달랐다. 마치 심장이 터지지 않을 만큼 최대한 팽창을 하였다가 수축을 하는 듯하고, 심장의 막에 말초신경이 있어 팽창할 때의 압박감과 수축할 때의 쪼그라드는 감각을 다 느끼는 듯했다.

어쨌거나 이것도 다 과정이려니.

어느 사이에 나는 꿈을 꾸었다. 남편과 우주에 무엇이 있나를 놓고 언쟁을 시작하는데 내가 갑자기 달, 해, 별보다도 훌쩍 커져서 우주를 보고 이해하였다. 그리고는 남편에게 우주에 무엇이 있는지를 설명하려는데 수련 사범님 방문이 있다고 누군가가 깨웠다.

그녀는 누구의 소개로 왔는지를 체크하고 수련은 잘 되는지를 물었다. 여기서도 나는 질문보다 먼저 수련 방법을 물어볼 것이라는 예상을 하고 나름대로 대비를 했었는데, 그것이 집어먹은 마음이었다. 살면서 배운 대로 낸 거짓 마음이었던 것이다.

점심을 먹으러 갔을 때 줄을 서서 차례를 기다리는 동안 허리가 유난히 아팠다. 운동 부족인지, 과정인지 그건 모르지만 또 그러려니 하였다. 요 며칠 동안은 밥을 아주 조용히 먹는다. 오고가는 대화 속에 늘어지는 명상수련이 아니더라도 나는 요즘 완전히 수련에 몰입해 있다. 말이 무슨 필요가 있는가, 여기에서. 그러고 보니 1코스의 우리 수련조교 선생님의 마주침도 있었지만 별 말없이 지나쳤다는 생각이 들었다. 식사의 양도 아주 많이 줄었다. 평소 엄청 먹어대던 식사량에 비하면 5분의 1 정도라고 해도 과언이 아니다. 일부러 줄인 것이 아니라 내 몸이 신기하게도 그것밖에는 필요로 하지 않는다. 다른 사람들은 배가 불러서 운동을 하고 와야겠다고 나가서 뛰고 요가도 하곤 했지만, 나는 그런 불편은 겪지 않았다. 배도 부르고, 정상으로 배변하고, 지장 받지 않고 수련하고.

오후 수련 중.

드디어 온전하게 나 있기가 시작되었다. 왜 그랬는지는 모르지만 나는 문득 마음 나 속으로 깃털을 떨구었다. 머릿속에서 깃털을 놓자 가볍게 포올폴 날아 내렸다. 그 다음에는 우주 순수 허공인 내 아래 쪽으로부터 비눗방울을 불어 날렸다. 비눗방울은 살살 떠오르더니 아뿔싸! 그것은 마음 나의 경계를 지나서 높이 높이 둥둥 떠올랐다. 떠올라서 그대로 우주 허공으로 날아가고 있었다. 아, 내가 경계가 없는 우주 순수 허공이구나. 왜 나는 마음 나로 있으면서도 경계를 가졌던 걸까. 불가에서 경계, 경계하면서 경계하는 이유가 바로 이것이로구나! 우주 나로 있을 때 나는 전지전능 놀이를 했었다. 그런데 마음 나로 있으면서, 정말 온전한 마음 나로 있으면서는 피부 감각 때문이었을까. 나는 나라는 경계를 또 가지고 있었던 것이다. 비눗방울 놀이로 나는 경계가 없음을 깨우쳤다. 그래서 또다시 온전함, 순수 허공으로서의 온전함 속에 있을 수 있었다.

아, 이건 또 뭐니?

무엇인가 하면 몸의 거짓 나로부터 우주가 되기 위하여 했던 그 절차가 여기서 다시 시작되고 있는 중이었다. 비눗방울 놀이를 하기 전에 나를 칼로 베어보니 잘 된—잘 비워진—우주 순수 허공이었는데, 전차로 밀어보니 밀리지가 않았던 것이다. 그래서 깃털도 떨어뜨려보았던 것이고, 비눗방울도 날려보았던 것이다. 으아아아, 이건 또 뭐냐고요! 나는 또 경계에 몰입했다.

그렇구나. 거짓의 몸 나가 우주 나가 될 때와 똑같은 현상을 바로 지금 다시 겪고 있구나. 경계가 없는데 전차가 지나가지 못하다니. 그렇다면 이 밀리지 않는 우주를 완전히 순수 허공이 되게 하려면 그래 그때처럼, 몸 나를 죽이고 우주가 될 때와 똑같이 하면 되겠구나.

나는 그대로 수련에 들어갔다. 마음 나를 채 썰고, 난도질하고, 도끼질에 믹서로 갈고, 전자레이저 체로 저미고⋯. 육신을 없앨 때와 같이 이번에는 전차에 걸리는 마음의 나를 그렇게 없애고 있었다.

— 마음 나가 다시 우주 순수 허공이 되자 나는 또다시 전지전능 놀이를 할 수 있었다. 태양 속에서도 타지 않고 영원히 살고⋯. 쇠망치로도 깨지 못하고⋯. —

이 지경의 시간은 또 얼마나 걸릴까. 초조해하지는 말자. 그냥 온전히 있자. 그렇게 그 느낌으로 살아보자. 지극한 편안함. 다시 어머니의 자궁 안에 있는 것처럼 느껴졌다. 그리고 내가 마음 나로 거듭나서 지금까지의 일들을 떠올렸다. 육신으로 살아있을 때와 똑 같았다. 그러자 나는 현재 마음 나로 태어나서 마음 나의 감촉을 살린 데까지 되었다는 것이 기억났다. 아차, 내가 이것저것 만질 줄은 아는데 아직 눈을 뜨지 못했구나. 강아지가 태어나면 한 열흘쯤 지나야 눈을 뜨듯이 마음 나는 만질 줄은 아는데 아직 볼 줄을 모르는구나⋯.

눈을 떴다.
눈을 뜨고 나자 세상이 보였다.
빛이 있었다.
여기가 빛의 세계였다.

아, 그렇구나!

우주 나에서 눈을 뜨고도 아직도 나는 또 태어나야 했구나.

그래서 마음 나로 거듭나야 했구나.

거듭나서도 눈을 떠야 했구나.

눈을 뜨니 천지가 광명의 세계였다!

눈을 뜨고 보니 천지가 빛의 세계였다!

아, 그렇구나! 여기가 빛의 세상이구나.

그것을 알기 전에 여태까지와 같이 눈을 떠도 기대하는 것과 같은 기적(奇蹟)은 아닐 수도 있다는 생각을 했었다. 그래도 약간 허망하였다. 나는 왜 이토록 애써서 이 눈뜬 세상에 왔을까. 나는 눈 뜨고 느끼면서 이 세상에 있지만 아직 갓난애였다. 이제 여기서 참 나로 살면 이 세계에서의 느낌도 알아 가리라. 신명난다고 하지 않던가. ―아직도 참 나가 아니건만 나는 여기서도 '참 나'라고 한다. ㅋㅋ…. ―

빛의 세상, 여기로 오면 내 마음이 흔들리지 않는 확신으로 내 마음대로 사는 세상이 되는 줄 알았는데 그게 아니었다. 이곳은 그냥 진심으로 사는 세상이었다.

진심.

진(眞) = 참, 심(心) = 마음. 진심 = 참마음.

그리고 그건 이미 내가 다 알고 있는 것이었다. 알되 조금 되지 못했던 것.

만지는 느낌, 보는 느낌을 배우는 지금 이 시점이 나에게 아주 중요한 때임도 알았다. 학교상담 대학원 수업에서 누누이 배우지 않았던가. 어린 시절의 경험이 중요하다고. 일생에 미치는 영향이 지대하다고. 마음 나로서 지금 배우는 이 수련은 몸으로 태어나, 보고 배우는 어린 시절만큼 중요하리라. 딱히 가르쳐주는 이가 없으니 지금까지와 같이 수행하는 자세로 살다보면 저절로 자연스럽게 진심으로 살 줄 알게 되겠지. 정말로 나에게는 2코스의 시간이 필요했구나. 남은 기간 동안 느낌 살리기를 잘해야지. 그래야 거짓이 판을 치는 세상에 나가서도 흔들리지 않고 진심으로 살게 되겠지. 이 세상은 내 마음대로 되어가는 세상이며, 세상을 내는 그 마음은 언제나 진심인 것도 이제는 체험적인 앎으로 안다. 체험적인 앎이란 의심 없는 앎을 뜻한다. 내가 경험한 것은 의심의 여지가 없다. 그러니 저기 참 나로 나기 전에 살던 세상으로 돌아가도 진심으로 낸 내 마음대로 살게 되리라.

그러면서도 '혼줄' 남이 무엇인가가 궁금했다. 누가 나에게 '혼줄'이 무엇이냐고 물어온다면 나는 분명 아무 대답도 할 수 없을 것이다. 왜냐하면 내가 '혼줄'이 나지 않았으니까. 그러므로 나는 아직 완성된 것이 아니다. '혼줄'이 나고 전신광명으로 살아야 완성이라고 하지 않았는가 말이다. '혼줄', 그게 뭐냐 도대체! 단전호흡을 할 때도 들었는데. 혹시 부처 이마에 박힌 보석 같은 것이 아닐까? 혹시 아기의 탯줄 같은 것이 이마에서 생겨나는 것이 아닐까?

아직은 내가 갓난애이기 때문에 무념무상의 세계에 많이 들어있기로 하였다. 갓난아기가 잠을 많이 자듯이.

상념이 많다. 갓난 것이 벌써 이렇게 상념이 많은데 하물며 몸 나야 어떻겠는가. 우주 순수 허공에서 태어난 마음 나로 살고 있다. 마음이 진짜라고 했으니 진짜 나 즉, 마음 나가 커서 마음 나 그 자체로 살도록 해야지. 마음 나는 갓난아기인 채로 상념만을 키우면 눈 뜨고도 상념으로 살게 되겠지? 그럼 안 된다. 더욱 열심히 수련하자!

밤 수련 중 내가 마음 나가 되어 살고 있을 때였다. 명상 속에서 강사가 나에게 강단 앞에 있는 에어컨을 마음으로 틀어달라고 하였다. 순간 나는 당황하였다. 마음으로 저것을 틀란 말이지? 어쩐다? 잠시 난감하였다. 몸 나로 살 때의 습성을 온전히 버리지 못한 탓이었다. 그러나 곧 나는 지금 내가 되어서 살고 있는 마음 나를 온전히 되살렸다. 마음 나는 일어나서 에어컨이 있는 곳으로 갔다. 그리고 마음 손으로 스위치를 눌렀다. 강사는 다시 마음으로 앞에 놓인 피아노를 쳐보라고 하였고, 마음 나는 일어나서 피아노 앞으로 갔다. 그리고는 마음으로 건반을 두드렸다. 그렇게 이것저것을 시키는 대로 따라 하고 있었는데, 갑자기 강사는 똥을 가리키며 그것을 먹으라고 하는 것이었다. 아, 나는 도저히 똥을 먹을 수가 없었다. 분명 엊그제 전지전능 놀이를 할 때였더라면 마음으로 똥을 먹을 수 있었을 것이다. 전지전능한 내가 못할 것이 없었으니까. 뭐야, 수련이 뭐 화투판이냐, 비도 먹을 수 있고, 국화도 먹을 수 있고, 똥도 먹을 수 있고. 그렇게 생각하며 마음속으로 회심의 미소를 지었다. 아마도 전지전능 놀이를 할 때 뭔가를 먹겠다는 생각을 하였다면 나는 무엇이든 먹을 수 있었을 것이다. 그러나 그때에는 먹는 것에 대해서는 생각조차 나지 않았다. 그저 마음의 자유를 무한대로 누리고 있었다. 먹는다는 것은 그 자리에 있지도 않았다. 그런데 갑자기 똥을 먹으라니! 기가 막힐 노릇이 아닌가. 나를 인도하던 나의 목소리는 그것도 하필이면 똥으로 나를 깨우치고 있는 것이다!☺☺☺

마음으로 나서 사는 마음 나는 똥을 먹을 수가 없다. 어떻게 이럴 수가 있을까. 나는 도무지 이해할 수가 없었다. 나는 이것을 '똥 딜레마'라고 이름 지었다. 이 세상에서 못할 것이 없었던 전지전능한 나에서, 오로지 완전 그 자체인 진리의 자리를 거쳐 거듭 낳아진, 그래서 온전한 마음 나인데 왜 나는 똥을 먹을 수가 없는지!

대답도 내 마음에서 나왔다. 참세상은 자연스럽게 살기 때문에 그렇다는 것이다. 내가 몸을 가지고 살던 세상은 마음 나가 되어 보니 그대로 온전한 세상이 아니더냐. 거짓의 몸 나가 현실인 거기에서 몸 나도 똥을 먹을 수는 없었다. 몸 나의 입장에서 거짓 나인 마음으로는 똥을 먹을 수 있어도 현실인 몸 나는 똥을 먹을 수가 없다. 이제 마음 나가 현실이고 몸 나는 완전히 거짓이다. 몸 나가 현실이었던 단계에서 몸 나가 할 수 없었던 것을 마음 나가 현실인 지금 마음 나도 할 수가 없는 것이다. 그것이 자연스러운 것이다. 이 우스꽝스러운 설명을 잘 기억해 두시기 바란다. 참으로 중요한 설명이기 때문이다.

전지전능한 내가 할 수 없는 것도 있는 것이 자연스러운 것이었구나. 참 이상하네. 왜 참이 아닌 몸이 할 수 없었던 것을 온전한 참인 마음 내가 못하는 거냐, 도대체! 이 마음 나는 참이다. 그리고 이 마음 나는 영원히 사는 존재가 아니더냐. 이제는 수류탄이 날아와 내 앞에서 터진다 해도 이 마음 나는 죽지 않을 것이며, 태양 속으로 던져 넣어도 이 참마음인 마음 나를 태울 수가 없다. 참세상에 살고 있는 참마음으로 거듭난 나는 영원히 사는 것이다. 이미 그것은 내가 마음으로 경험한 바이다. 대자유자재한 마음이 아니던가 말이다. 그런데 육신이 못하던 똥 먹기는, 마음먹은 대로 되어가는 참세상에서의 마음먹은 대로 할 수 있는 참마음 나도 할 수가 없다. 으아악, 이건 또 뭐여!

아, 왜? 도대체 왜?

뭣땜시? 왜서? 왜 그러는 건데?

아, 정말 어려운 똥 딜레마이다.

나는 마음 나가 되기 전 육신의 몸을 떠올렸다. 지금 내가 '마음 나'가 된 후에 나는 육신으로 살았을 때의 나와 똑같은 모습으로 그때와 똑같이 보고, 듣고, 느낄 수 있는 생생한 감각을 살려놓은 이 마음 나를 나름대로 진상(眞像)이라고 불렀다. 진리가 낸 상이니까. 또는 진짜의 상이니까(그 진상이 몸 나와 무엇이 다른가요? 각자 대답해 보시지요. ☺).

우주는 진리이고, 진리는 본래이고, 본래 있던 자리로 와서 다시 태어난 마음 나의 입장에서 보면 육신으로 살았을 때의 마음이 그랬던 것처럼 몸이 애매하였다. 몸 나였을 때 마음이라고 하는 것은 어디에 있는 것인지 알 수 없었고, 실재하지 않는, 그래서 알 수 없는 것이었다. 마음 나로 있으면서는 몸이 그랬다. 도대체 몸이 어디에 있는 것인지 그리고 실재하지 않았다. 현존하는 것은 마음뿐이었다. 그럼에도 그 거짓 몸이 있음을 부인할 수는 없는 노릇이다. 이 참마음 나는 그 거짓 몸이 죽어도 영원히 살아있는 세상에서 살고 있지만, 그 거짓 몸은 어찌되었든 죽을 것이다. 이것이 두 번째 딜레마였다. 도대체 이건 또 무슨 해괴망측한 망발이고 궤변이냐! 도통 앞뒤가 맞지 않는 모순에 빠져버렸다.

이 참마음 나와 거짓 몸의 관계를 도저히, 도저히 알 수가 없구나. 여기서 나는 지금까지의 수련일지를 토대로 책을 내는 상념을 냈다. 책을 내면서 마지막 페이지에 누구 이것을 아는 사람이 있으면 좀 가르쳐달라고 썼다. 책의 인연이 그렇게 생겨나고 있었다.

영원히 사는 마음 나가 분명 여기에 있는데, 그러면 몸으로 된 나는 어디에 있는 거야? 마음 나로 거듭난 나는 영원히 사는데 아, 그런데 나는 이삼십년을 더 살면 죽을 것이다. 이건 또 뭐냐고요! 마음 나로 살고 있는 지금 이 현실에 있어서의 몸 나, 지금 이 현실에서의 마음 나와 몸 나, 도대체 이 둘의 관계를 이해할 수가 없다. 겉과 안일까? 그래 그게 뭔지는 모르지만 그 둘의 관계가 '혼줄' 이라는 거 아닐까? 겉과 안이라면 어떻게 뒤집지? 혹시 그것을 뒤집는 장치가 '혼줄' 인가?

머리가 너무 복잡해졌다. 좋지도 않은 머리에 과부하가 걸리는지 온통 머리로 기가 쏠렸다. 머릿속에서 자갈이 구르는 소리가 들리는 듯하고, 자갈이 구르는 듯도 하고, 난리법석이었다. 참마음 나 안에 번개가 치고 있었다. 양쪽 귀 윗부분서부터 그 위로 머릿속이 지끈거리고 기가 꽉 차서 조여오는 느낌과 함께 모든 신경이 이마로 모여들었다.

이마에서 '혼줄' 이 나려나보다!(ㅋㅋㅋ…)

그러면서 그것을 조용히 지켜보며 '혼줄' 이 나기를 기다렸다. 그러나 아무리 기다려도 '혼줄'이 나는 기미가 보이지 않았다.

그러고 보니 '혼줄'이라는 것이 있기는 있는가 보다. 어떤 놈일까? 웬 이마에 줄이람. 나일론 줄처럼 매끈할까? 동아줄? 혹은 낚시줄처럼 투명하게 생겨서 일반인들에게 보이지 않는 것일까? 왜 배도 아니고 엉덩이도 아니고 턱도 아니고 머리끝 백회도 아닌, 하필이면 이마야?

어쨌거나 마음 나로 살고 있는 지금 다른 데가 아닌 이마에 기가 모였으니 이게 '혼줄'이 나려는 것임은 분명하다. 진짜 사람 모습은 유니콘 같은 걸까? 혼자 별 생각을 다 해보며 속으로 피식 웃었다.

그래도 '혼줄'은 나지 않았다.

도대체 '혼줄'이 뭐야! 이 참세상에서 영원히 죽지 않는 마음 나로 좀 영원히 살고 싶었는데 하나의 의문을, 대답할 수 없는 의문을 일으키자 이미 내 안의 평온은 예전의 평온이 아니었다. 아, '혼줄'이 있기는 있는가 보다. 그러니까 '혼줄' 난다 하고, 단전호흡 책자에서도 그리고 여기에서도 이마에 '혼줄'이 나고 전신광명인 자가 완성된 자라고 하지 않았더냐.

아, '혼줄'이 뭘까. 어떻게 생긴 줄일까?

그냥 살면 돋아나오는 줄일까. 아니면 또 그렇게 되어야 하는 즉, 되어지는 줄일까? 다른 기수련에서도 '혼줄'의 이야기는 들어본 적이 있다. 하물며 영혼의 문제를 다룬 외국의 소설에서조차도. 그렇다면 그런 과정이 틀림없이 있다는 말이다! 그럼 다른 여지가 없는 거다. 참마음 나로 살다보면 나는 게 분명하다. 그렇겠구나. 또 된 정도에서의 나로 살아야 하는 거로구나. 그런데 그것은 또 언제 나는 거냐. 얼마만큼 살아야 나는 것이냔 말이다. 평온으로 살기가 힘드네.

도대체 '혼줄' 이 무엇이기에!

분명히 이 참마음 나와 거짓 몸과의 관계임에 틀림이 없어. 이 참마음 나가 겉이고, 거짓 몸은 허상이니까 그것과 연결해놓은 줄임에 틀림이 없을 거야. 그럼 그 거짓 나는 또 어디에 있냐! 어디에 있기에, 어떻게 생긴 줄인지는 모르지만 이마에 그놈으로 연결을 해놓았을까.

아, 머리 나쁜 영혼. 진짜 어렵네, 이 문제!

지금은 '혼줄' 이 나에게 아무 의미가 없다. 그러나 그때는 되어지기 위하여 그것에 마음이 쓰였다. 우리 조상들이 썼던 혼쭐낸다는 말의 의미를 알겠다. '호되게 야단친다' 는 뜻이 '혼쭐을 낸다' 이다. '호되게' 는 '혼 되게' 이다. '혼쭐을 낸다' 는 것은 혼의 줄을 낸다는 말이고, 혼의 줄을 낸다는 것은 역시 최고의 깨달음을 얻게끔 한다는 말이니, 덜 된 자에게 다 되게 하여 올바로 살게 하겠다는 뜻이다. 다른 한 편의 뜻이 또 있다. 죽을 지경으로 아주 어렵게 하겠다는 뜻이다. 내가 경험한 바로는 그렇다.

여기서도 계속 참마음 나라고 하고 있는데 이것도 고쳐야 한다. 그냥 마음 나라고. 참마음 나라고 쓸 수 있는 단계가 아직 아니다.

괴로운 시간이 얼마나 흘렀을까.

나는 이제는 내 감각기관이 온전히 마음 나로 다시 태어났기 때문에 몸을 느낄 수가 없다. 손을 만지고 발을 비벼봐도 이것은 마음 나이다. 도대체 허상의 거짓 나는 어디에 있는가. 진짜이고 현실인 마음 나는 여기 있는데, 거짓인 몸 나는 어디에 있단 말인가?

이 자리에서 살아보지 않은 사람이 보기에는 완전히 미친 사람이 아니겠는가. 뻔히 눈을 뜨고도 몸을 찾다니. 이 자리에서는 몸이 없다. 마음뿐이다. 정말 아이러니가 아닐 수 없었다. 나는 처음 명상센터에 왔을 때에도 몸은 나의 것이지 몸이 곧 나는 아니라고 이미 알고 있었다. 몸은 내가 아니라 나의 것이라고 알고 있었던 그 몸 나로부터, 마음 나가 되기 위하여 무진 애를 쓰며 수련하지 않았던가. 그런데 이제는 몸으로 된 나를 찾고 있는 중이다. 너무 낯설고 너무 어려운 문제였다.

도저히 해결이 나지 않을 때는 또 과거로 되돌아가봐야 한다. 돌아가서 찾아볼 수밖에 없었다. 과거는 우리가 앞으로 전진할 때 잘 나아갈 수 있도록 참고하여야 하는 자동차의 백미러 같은 것이라고 했던 탈무드의 구절이 생각났다. 나는 맨 처음 수련할 때로 돌아가보았다. 그때에는 거짓 몸이 여기 있고, 참인 마음 나가 없었다. 그래서 거짓 몸을 죽이고, 죽이고 또 죽이는 수련을 했다.

그런데 이놈의 참마음 나는 죽일 수가 없으니…. 아, 어떻게 한다?

이것은 불구덩이에 넣어도 타지 않는 마음으로 된 나인데. 이걸 어떻게 죽이지? 참 웃기는 일이 아니냐. 진짜 이 마음 나는 태울 수도 없고, 도대체 죽일 수가 없다. 마음 나를 죽이기 위하여 그렇게 한참을 끌어안고 끙끙대다가 문득 그것이 버려야 할 것임을 알았다. 여기에서 또다시 되기 수련이 아닌 버리기 수련을 하여야 한다.

진짜 웃기는 이야기지만 그 영원불변한 참마음 나에서 죽으면 없어지는 거짓의 육신을 찾는 데는 산고의 고통을 겪어야 했다. 물론 정신적인 어려움이었지만.

마침내 나는 죽으면 없어지는 몸 나를 되찾았다.

몸 나로 되돌아갔다는 뜻이 아니다.

마음 나와 몸 나가 합하여졌다는 뜻이다.

비로소,

마음 나와 몸 나가 서로 통하여

합일을 이루고

참 나가 되었다.

이제야 참 나인 것이다.

그리고 이제야 이 세상은 참세상인 것이다.

기분이 얼마나 허전하였는지 모른다. 나는 강사들한테 벌써 마음으로 달려갔다. 달려가서 정강이를 걷어찼다. 이 망할 놈의 강사야. 이럴 거면 나한테 마음 나로, 마음 나의 세상에서 그냥 살라고 하지. 거기가 그냥 끝이라 하지. 참사람인 신의 세상에서 신인 참사람의 세상으로 되돌아온 것이다. 참사람인 신의 세상에서 되돌아온 것이 너무 아까웠다.

　완전히 도깨비놀음이구나, 마음 수련이라는 거.

　그리고 완성이라는 것은 참으로 별거 아니로구나. 여기가 거긴데. 아아아아…. 거기가 여긴데, 그걸 여태껏 모르고 살았다니! 아, 나는 왜 다시 되었을까. 더 되지 말 것을. 조금 덜 되고 어리석어도 사이비 교주처럼 신으로 살 걸. 그러나 마음 한편에서는 이렇게 말했다.

　'에이, 그건 진짜 아니다!' ☺

　나는 다시 손등을 쓰다듬어보았다.

　또 한 번 웃어볼까나.

　"이게 몸이게, 마음이게?"

아흐레(월)

아침에 눈을 뜨고 의식을 차린 다음 그냥 멍한 상태로 있었다. 내가 꿈을 꾸기는 꾸었었는데 무슨 꿈을 꾸었더라?

좀 뒤척이다 엎드렸는데 한순간 가슴에 어떤 느낌이, 시감각적이며 동시에 촉감적인 어떤 느낌이 들어왔다. 어떤 느낌이라고 말로 표현을 해야 할까. 내 가슴이 보였다. 가슴의 한가운데에 조그맣게 허공이 자리 잡고 있었다. 그런데 가장자리가 갑자기 퍼즐의 크랙처럼 갈라지더니 안쪽에서부터 와르르 무너져 내렸다. 또는 어릴 적에 화덕 아궁이 앞에서 얇은 종이를 가지고 불장난을 한 적이 있었다. 여름 한낮의 땡볕 아래에서 그 얇은 종이 가운데에 성냥을 그어대면 불꽃도 보이지 않은 채 종이의 가운데가 까맣게 되다가 구멍이 나고, 그 구멍은 가장자리가 검어지면서 순식간에 번져나가 종이가 사라져버렸다. 가슴은 그렇게 허물어지면서 그대로 허공이 되어버렸다.

그리고는 얼마나 지났을까. 아주 오랜 세월이 흐른 것처럼 잠깐의 시간이 지난 다음 그 허공 안으로 별들이 들어갔다. 별이 가슴으로 쏟아져 들어가는 것이 보였다. 아, 이거로구나. 이거로구나.

가슴이 뻥 뚫리는 것이.

내 안에 우주가 드는 것이.

어젯밤 잠들기 전까지는 신에서 인간으로 강등된 느낌이었는데, 그건 다 되지 않았기 때문에 느껴지는 느낌이었구나. 아, 나는 드디어 되었음을 느꼈다.

또 하나의 되어짐.

새벽에 수련실에 갔었다. 사람들이 다른 때보다 많았다. 오늘까지도 가람 주말수련인가? 어떤 사람은 앉아서 수련을 하기도 하고 어떤 이들은 자고 있었다. 어제 강의하신 강사님이 수련실에서는 핸드폰을 꺼두라고 하셨건만 모닝콜 소린지 여러 번 핸드폰 울리는 소리도 들렸다. 코고는 소리도….

나는 나 자신이 온통 기운덩어리라는 느낌이 들었다. 집중도 지수가 '만땅' 이었다. ○○명상센터에서의 수련은 정말이지 나를 정신일도하게 하였다. 여기서 오래오래 살고 싶다는 생각도 들었다. 절에서는 사람 사는 동네를 저자거리라고 하지 않던가. 각자의 처지와 욕심으로 서로 부대끼며 웃고 울며 살아가는 그 사람 사는 동네로 나갔을 때, 나는 이만큼 정신을 집중하여 수련할 자신이 없었다. 그리고 이 강도 높은 집중은 아마도 여기 ○○명상센터의 기운에 힘입은 바도 있을 것 같았다. 이 절대의 집중도가 나는 너무나 마음에 들었다. 아, 여기서 평생 수련만 해도 좋으련만….

사람들이 여느 때와는 달리 출입이 많았다. 나는 다시 숙소로 올라와 다이어리를 들고 밖으로 나왔다. 아직 날이 밝지 않은 탓에 밝은 곳을 찾아 복도를 헤매다가 결국 계단참에 앉아서 어젯밤에 있었던 일들을 정리하였다. 차분하게 쓸 처지가 못 되어 나중에 기억을 도울 수 있을 정도로 쓰기로 하였다. 그랬어도 쓸 것이 많았다.

아직 어두운 새벽인데 지금 이층으로 올라오고 있는 사람들은 어디서 오는 사람들일까. 60대는 되어 보이는 나이 드신 남자 어르신 세 분이 삼층으로 올라가고, 얼마 뒤에는 50대쯤으로 보이는 여자분 하나가 내가 앉아서 글을 쓰고 있는 앞을 지나갔다.

메모가 다 끝난 다음 나는 샤워실로 갔다. 샤워를 끝내고 방으로 돌아가 잠깐 쉬고는 아침을 먹었다. 지금 사람들이 나를 보면 좀 이상하다고 할 것 같다. 수련 조교 선생님을 보았지만, 그녀가 다가와서 말을 걸 때까지 나는 그냥 수련에 젖어있었다. 나는 아마도 매우 천천히 조심스럽게 걸었을 것 같다. 말도 거의 하지 않았다. 내가 1코스에서 우주가 되었던 그날 이래로 나는 별로 할 말이 없었다. 다른 사람에게 내는 마음도 없었지만 다른 사람이 내게 할 말도 별로 없었다. 말이 없어짐은 그냥 저절로 그렇게 되어진 것이지 안하려고 노력한 것도 아니었다. 수련 조교 선생님과 무언가 말을 하였건만, 무슨 말을 하였는지도 기억나지 않는다.

아침에 밥을 먹고 돌아와 휴식시간 내내 잠을 잤다. 아주 깊은 잠을 잔듯하다. 수련이 9시부터였는데 8시 50분까지 잤다. 자, 이제 어떻게 한다? 열심히 수련해야지. 그런데 이제 어떤 수련을 해야 하나? 되는 수련.

무엇이 되는 수련?

마음 한구석에서 떠날 때가 되었다는 말을 해왔다. 이곳을 떠난다구? 이 좋은 데를 떠난다고? 왜서?

돈이 아깝기도 하고 또 수련을 하다보면 만나는 '됨'도 있으리라 싶어 퇴소하는 날까지 열심히 수련하자 마음먹고 수련실로 갔다. 가서 수련에 들어갔다. 오늘따라 1코스 때 수련 사범님이 지도를 맡았다. 앞에서 죽이기를 시작하는데, 나는 하나도 들리지 않는다. 그냥 깊이 정신일도하여 명상에 들어갔다. 안과 밖이 없는 우주 순수 허공이 되어, 나라는 의식마저 없는 자리에 들었다. 여기에는 하나의 목소리마저도 없다. 나는 그 자리에서 시간을 보내고 있었다.

어쩐 일인지 엉덩이가 좀 아팠다. 아직 그런 것에 신경을 써본 적이 없었는데 엉덩이가 아프다고 느껴졌다.

다시 의식을 비우고 우주 순수 허공으로 되어졌다. 다시 마음 나가 차오고 깊은 의식 속에서 '몸 나'와 '마음 나'가 온전히 하나임을 누리고 있었다. 가슴에 우주가 잡히고 머리에도 가득한 기운을 느꼈다. 이제부터는 이 '몸 나'와 '마음 나'가 하나 된 나만 '참 나'라고 하자. 이제는 더 이상 뜻에 어긋나지 않는 참 나이다. 진실로 참 나인 것이다.

참 나로 앉아서 수련에 들어갔다. 우주 순수 허공이 되었을 때는 마음으로 우주 공간 세상을 휘젓고 다녔고, 마음 나가 되어서는 마음 나인 세상에서 마음 나로 살았고, 그렇게 살다가 또다시 의문을 만나고, 그 의문 나는 것을 해결하는 것이 단계였다. 크아, 나는 참 나가 되지 못한 몸 나의 세상에서 용케도 진화의 원리를 알고 있었다. 사람의 진화설에 대한 반대 가설로 만약 그것이 사실이라면 지금도 어디선가 유인원이 사람으로 변화하는 진화가 일어나고 있어야 하지 않느냐고 어렸을 때 교회에 다니는 친구가 말했었다. 그런데 커서도 그것에 관하여 곰곰 생각하다가 혹시 진화가 계단처럼 생긴 것이 아닐까 하는 가설을 나 혼자 세웠던 것이다. 몸 나로부터 참 나로 오기까지의 과정을 다시 되짚어보니 그것이 진짜 진실이라는 것을 알 수 있었다.

이를테면 계단은 수평면과 수직면으로 이루어져 있다. 그런데 인간은 평면적인 3차원의 시계(視界)를 가지고 있다. 만약에 위에서 내려다보는 시각으로 계단을 본다면 인간은 수평면만을 볼 수 있을 뿐 수직면은 볼 수가 없다. 그런데 진화 즉, 수준의 상승은 수직면으로 일어난다. 나는 이것이 수련의 과정이고, 진화의 과정과도 같다고 생각한다. 되어짐은 수평면의 맨 첫 부분이다. 살기는 수평면이다. 그러다가 수평면의 끝에서 경계를 만난다. 그것을 통하여 수직면으로의 상승이 시작된다. 그래서 수직면의 끝에 이르면 다른 수준의 되어짐이 있다. 그 되어짐으로 다시 수평의 '되어 살기'가 시작되는 것이다.

우주 순수 허공으로 있기. 그것은 너무나 평온하다. 완전한 평온, 그자체이다. 그러나 나는 지금은 참 나이다. 그것이 지금 되어진 나이다. 참 나가 되어 살기가 지금 내가 하여야 하는 수련이다. 그런데 참 나가 수련을 해보니, 앉아서 마음만으로 할 수가 없었다. 지금까지의 수련은 오로지 집중하여 단순 무식 지극하게 마음으로 하면 되었다. 그러나 이제는 마음으로 되는 것이 아닌가 보다. 나는 손을 만져 보았다. 이건 마음이며 몸이었다. 몸이지만 마음이었다. 엊그제 이것이 마음이기 위하여 얼마나 곤욕을 치루며 마음 나의 감각을 살리려고 애썼던가. 그 감각을 익히려고 얼마나 애를 썼던가 말이다. 정말이지 엄청난 고난이었다. 마치 몸에 마비가 온 환자가 물리치료를 받으며 감각을 새롭게 훈련하는 것처럼 마음 나의 감각을 익히느라 무진장 노력했었다.

그러나 지금의 나는 몸과 마음이 일치한다. 똥 딜레마로 이미 겪은 것이다. 이제는 마음으로만 되는 수련이 아니다. 마음과 몸이 함께 하여야 하는 수련이었다. '몸 따로 마음 따로'란 있을 수 없기에. 우주 순수 허공인 나를 유지하여야 하지만, 참 나가 수련할 곳은 참세상이었다.

참세상.

여기가 참세상이다. 우리가 사는 여기가 바로 참세상이다.

참세상인 생활터전이 아니면 참 나는 온전히 참 나로 있을 수가 없다. 그래도 참고 앉아서 퇴소 때까지 기다려야 하지 않을까? 이를테면 여태까지의 경험으로 보건대 갓난애 수준일 수도 있고, 그러면 '단무지'로 수련하여 좀 더 성장하여야 하지 않을까? 여기 이 집중도(集中度)가 끝내주게 좋은 가람원에서 수련하여 애 정도는 되어가지고 나가야 경계를 만나도 흔들리지 않고 예쁜 한 마리 자연으로 살지 않을까?

아, 그리고 4만 원도 돌려받아야 하는데. 입금할 당시에는 방 배정을 둘인지 몇인지 모르지만, 작은 인원이 쓰는 방으로 지불을 했는데 인원이 많아진 탓에 여럿이 쓰는 방으로 배정이 되었단다. 그래서 4만 원을 환불하여야 한다고 하였다. 지금 그냥 나가게 되면 그 돈을 돌려받을 수가 없게 된다. 4만 원이면 혜강이 피자를 몇 판 사줄 수도 있는데….

기 충전이라도 열심히 해봐? 지금 나가면 차편은?

그런데 엉덩이가 아팠다. 수련 사범님의 마음으로 몸 죽이기 지도 소리가 요란했다. 쾅! 쾅! 쾅! 쾅! 갈고, 부수고, 터트리고…. 문득 그분과의 인연이 인식되었다. 인연이 있는가 보다, 이러저러한 인연. 아마도 그 선생님은 이 코스라는 단계에 많이 얽매어있지나 않은지. 어쩌면 지금 내가 가버리면 겪게 될 그분의 마음들이 지금의 인연인지도 모르겠다.

그러자 나는 진짜 떠날 때가 되었음을 알았다.

그럼 가야지.

맨 앞자리, 그것도 출입문 반대쪽에서 두 번째 자리에 앉아있었기 때문에 이희숙 수련 사범님 앞으로 걸어나올 수밖에 없었다. 뒤도 돌아보지 않고 떠난다는 것이 이런 것이로구나. 방으로 돌아와 옷을 갈아입고 가방을 다 챙긴 다음에 김보영 선생님과 임정화 선생님 앞으로 편지를 써두었다. 이건 하산하는 사람들의 필수다. 아니 선택인가? 크크…. 필수 아니면 선택 과정이라 치고.

「김보영 선생님, 저는 먼저 돌아갑니다. 이희숙 도반님께 코스나 단계에 매이시거든 버리라고 전해주세요. 그런 마음이 없다면 기뻐 해 주실 거구요. 언제 춘천에 오시면 꼭 전화주세요.

010-0000-0000. 김○○

참, 이 세상은 겨자씨만한 의심도 없는 곳이랍니다.」

여기까지 쓰자 돈을 잃어버리고 그것이 어디 있을까 생각만하면 그게 지금 어디에 있는지 확연히 보이는 그런 것을 상상하지나 않을 까 염려되었다. 겨자씨만한 의심도 없음은 근원적인 또는 원론적인 그런 것일 터. 그래서 덧붙여 썼다.

「어떤 면에서 그런지는 와보시면 알아요.

수련 열심히 하시고 좋은 날 되세요.」

수련 사범님의 권유로 수련에 오게 되었다는 참으로 진지하게 수 련을 열심히 하시던 김보영 선생님은 그 후에 아무 연락이 없었다.

남편의 2년여에 걸친 설득을 받아들여 수련에 왔다는 얌전하고 해 맑은 인상을 지닌 임정화 선생님께도 메모를 남겼다. 두 분 다 1코스 때 한 방을 썼던 사람들이었다.

「춘천 마임축제에 오시면 꼭 전화주세요. 춘천 닭갈비 사드릴게 요.

010-0000-0000 김○○」

　임정화 선생님은 춘천에 별다른 연고가 없다고 하였다. 그래서 마임축제가 볼만하니 언제 한번 와보시라고 이야기를 했었다.

　오는 길에 선생님으로부터 메일이 왔다.

「김ㅇㅇ 선생님 명상수련원 룸메 임정화입니다. 가시는 줄 몰랐어요. 인사도 못 드리고 행복하세요. 춘천가면 꼭 연락드릴게요.」

　가지고 왔던 옷과 소지품을 챙겨 넣은 스포츠가방이 제법의 정도를 넘어서 무진장으로 무거웠다. 거기다 정리를 하느라 가람원에서 산 세면도구 바구니에 원주 명상센터에서 빌려온 슬리퍼를 넣은 커다란 비닐봉지를 들었다. 누군가가 가는 나를 붙잡으러 올세라 옷을 주섬주섬 주워입을 때 문득 그런 생각이 들었다. 내가 갈 때까지 아무도 오지 않겠구나. 이건 참 나가 낸 참생각이고, 참생각이 참마음이니 그대로 되겠구나. 참 나가 낸 마음은 그대로 이루어진다. 사실 참 나가 내는 마음은 하나뿐이다. 방향성. 그것이 전부이다.

　그리고 현실은 진짜 그렇게 되었다. 청소하는 아주머니나, 매점 앞에 있는 사람들이나 마주쳐도 별다른 어색함 없이 유유히 걸어나왔다.

　그러나 시멘트로 된 진입로로 나오지 않고 산책로 아래 소나무 숲으로 난 오솔길의 흙길을 밟아 내려왔다. 이게 하산하는 길이지. 참 좋네.

　'참 좋구나!'가 아니라 '참 좋구나'였다. 느낌표가 있고 없는 차이.

‘아름답다’, ‘향기롭다’가 아닌 그냥 ‘좋다’였다. 산 아래 붙어 있는 건물 벽을 따라 난 좁은 길을 빠져나오자 곧바로 버스 정류장이었다. 버스를 기다리는 내 나이보다 약간 젊어 보이는 여자 한분이 버스를 기다리는지 반대편에 서 있었다. 저분 혹시 명상센터 사람이 아닐까? 왜 나왔냐고 물으면 나는 지금 얘기하기 싫은데 어떻게든 대답을 해야겠지. 싫다는 마음이 들자 그 마음을 따라 그녀가 서있는 반대편에 위치한 버스정류소로 들어가 앉았다. 아무리 기다려도 버스는 오지 않았다. 그런데 이쪽에서 타는 거 맞아? 궁금증이 일어나자 나는 또 그 마음을 따라 내려놓았던 짐을 짊어지고 여자 분에게로 갔다.

“여기서 춘천으로 가려면 어느 쪽에서 버스를 타야 할까요?”

“아, 이쪽에서 타야 돼요. 진주로 나가서 대전까지 가야 될걸요. 마침 제가 기차표를 예약했는데, 서울로 같이 가서 춘천으로 가는 건 어떠세요?”

서울 지리는 자신이 없다. 늘 다른 사람 따라서는 가보았지만 내가 다녀본 데가 얼마 없어서 서울 지리에는 까막눈이라 내키지 않았다.

“괜찮아요. 대전 가면 춘천까지 가는 버스가 있을 거예요. 고마워요.”

“그러실래요? 왜 이렇게 버스가 안 오나?”

“버스 올 시간이 되었나요?”

“예, 열시 십 분에 있댔는데.”

우리는 버스 시간이며 기차 시간을 이야기했다. 그러다가 그녀가 물었다.

"ㅇㅇ명상센터에서 나왔어요?"

"예."

"어머나, 저도 거기서 나왔는데. 사실은 우리 어머니를 모셔오고 싶어서 답사를 왔는데 와보니 조금 그렇네요."

"어, 여기 아주 괜찮던데요. 저도 시어머니랑 친정아버지, 어머니 다 모셔오고 싶어요."

"그래요? 사실은 다른 데에도 좀 가볼 생각인데…."

"저도 수련에 관심이 많아서 이것저것 해보았는데, 저에게는 여기 방법이 가장 좋았어요."

"어떤 것들을 해보았어요?"

"호흡 수련을 많이 했어요. 기수련도 하구요. ㅇㅇ교도 입문해 보았구요. 음양오행에 관련한 것도 해보고…."

"다른 종교 단체에서 하는 것이 있어서 지금 나가면 거기에도 가볼까 하는데."

"그래요. 종교를 통해서도 마음 수련은 많이 되지요. 저도 종교는 성당이며, 교회며, 절이며, 다 관심이 있어요. 성경도 좋아하고, 읽은 것은 별로 없지만 불경도 좋아해요. 힌두교 경전에 관한 책도 보았구요. 그래도 이곳은 종교색이 전혀 없어서 좋아요."

"사실 우리 어머니는 종교도 안가지고 계세요. 어떤 것을 해보려고도 안하고."

"그럼 여기로 모시세요. 여긴 어르신들도 많이 와서 수련하시던데요. 다른 데서도 할 수 있고 여기서도 할 수 있다면 가장 좋은 방법으로 해야지요."

"그런데 왜 지금 가세요? 대부분 토요일에 코스가 끝나던데. 저는 인터넷으로 다 뒤져보고 왔거든요. 그래서 코스에 대한 정보는 조금 알아요."

"아, 그게…. 1코스가 끝난 다음에는 며칠씩만도 있을 수 있어요."

"그렇군요."

나는 내심 찔렸다. 1코스가 끝난 다음이 아니라 2코스까지 한 다음에서부터 그렇게 할 수 있다는 것 같았으니까. 그렇다고 수련하러 오려는 사람에게 지금 내 사정을 이야기할 수가 없었다. 그렇다고 도중에 나간다고 하면 도망가는 것밖에 안 될테고.

"그럼 한 코스를 신청해서 하다가 설이라든지 뭐 그런 것 때문에 며칠 나갔다가 돌아와서 할 수도 있나요?"

"그건 안 되나 봐요. 며칠 신청해서 마치고 나갔다가 다시 돌아와 신청하는 건 되구요."

"그렇구나. 그런데 여긴 어떻게 알고 오셨어요?"

"저는 우리 학교…."

나는 왜 아직도 내가 교사라고 말 할 때가 이렇게 부담스러운지 모르겠다. 가르치는 사람으로서 아직 나 자신에게 만족스럽지 못한가 보다. 잠시 쑥스러워하다가 직무연수로 이곳까지 오게 된 사연을 이야기하였다.

"지금 우리 딸은 초급심화코스에 들어가 있고, 저는 여기 왔구요."

"그럼 딸도 여기 있나봐요?"

"아니요, 청소년 명상센터는 설악산에 있어요."

"그렇구나. 차가 참 안 오네요."

우리는 지나가는 차를 몇 번 세워보았지만 아무도 태워주는 사람이 없었다. 벌써 삼사십 분은 지난 것 같았다. 우리는 싸늘한 추위 때문에 발을 동동 구르며 서있었다.

"선생님이셨네요. 저는 이야기를 들으면서 구연동화를 했으면 좋겠다는 생각이 들었는데."

그러고 보니 내 목소리가 매우 선명하고 활기차게 들렸다. 혜강이가 신규코스 끝나고 오더니 목소리가 트여 힘차게 노래를 잘 부르더니만 이런 효과가 있네. 나는 기분이 좋았다. 노래를 불러보고 싶은 생각이 들었다. 집으로 돌아가면 노래방에 꼭 가보리라.

"초등학교에 계세요?"

"아니요. 고등학교에 있다가 작년에 중학교로 왔어요."

"어머나, 좋으시겠다. 아무래도 고등학교 애들보다는 중학교 아이들이 가르치기 쉽지요?"

"예."

"과목은요?"

"미술이요."

"어머나, 미술선생님 같지 않아요!"

"네. 뭐 하느냐고 묻는 사람에게 교사라고 대답하고 과목이 뭐 같으냐고 되물으면 미술선생 같다는 사람이 한명도 없었어요. 국어나 과학 같다고 하고."

"에이, 과학은 아니다."

"여기서 인상이 달라지기도 했겠지요. 그럼 어떤 인상인데요?"

하긴 과학 선생 같다는 말은 젊었을 때 두어 번 들은 정도니까.

"음, 뭐랄까. 흙 같은 분위기? 그런데 차가 참 안 오네요."

고등학생쯤 되어 보이는 남자아이 하나가 명상센터에서 여행가방을 끌고 내려왔다. 역시 내가 처음 내려왔을 때와 똑 같은 마음 길을 걸었다. 먼저 우리를 보고는 우리가 서있는 반대쪽으로 가방을 질질 끌면서 올라가더니 그래도 사람들 서있는 데가 차타는 곳이라고 여겨졌던지 잠시 후에 우리가 있는 쪽으로 왔다.

이거 나한테 가지 말라는 마음인가? 아직 다 되지 않았는데 내가 나온 건 아닐까? 그래서 차가 이렇게 안 오는 것은 아닌가 말이다. 그러다가 나는 수행하기 위하여 가람원을 떠나 이리로 왔다는 생각을 떠올렸다. 기다려야 하는 것이로구나. 이것은 또 뭔 인연인지. 조금만 더 있으면 여자 분의 예약한 기차표가 날아갈 판이다.

그때 명상센터에서 아마도 와인 색이었을지도 모를 붉은 색의 자가용이 미끄러지듯 내려왔다. 그때쯤에는 이미 명상센터에서 나를 데려가려고는 절대로 오지 않는다는 것을 알고 있었나. 수련은 마음으로 하는 것이니만큼 이미 가고자 하는 마음을 가진 사람을 데리러 올 하등의 이유가 없는 것이다.

그런데 차가 우리 앞에 와서 섰다. 이건 또 뭔 일이여? 나 잡으러 왔어?

"어디까지 가세요?"

여자가 대답했다.

"진주까지요."

운전석과 그 옆자리에 30대 초반이거나 20대 후반쯤으로 보이는 선녀같이 예쁜 여자 둘이 앉아있었다. 옆 좌석의 여자가 내리더니 뒷좌석의 가방들을 트렁크로 옮기고 남자아이의 짐을 받아서 넣고는 타라고 했다. 절묘하다는 느낌이 들었다. 그 되어짐이 참으로 절묘했다.

햇살이 비치는 가운데 성긴 눈발이 휘날렸다. 저 눈….

언제였는지도 모르겠다. 20대 후반이었거나 30대 초반이었을 것 같은 어느 날, 꿈속에서 나는 고갯길을 따라 산길을 걷고 있었다. 누군가 나에게 어디를 가느냐고 물었고, 나는 우담바라를 찾아가는 길이라고 대답하였다. 나무가 우거진 어디선가 본 듯도 한 산길이었다. 한참을 헤매었을 때 눈이 내렸다. 나는 꿈속에서 그것이 우담바라라는 것을 알았다. 그 꿈속에서 내가 그것을 우담바라라고 하였다. 지금처럼 해가 비치는데 오는 눈이었다. 지금 차창문 밖에 날리는 눈을 보면서 그 꿈이 생각났다.

우담바라라….

삼천년 만에 한 번 핀다지. 그만큼 깨달음을 얻는다는 것이 어려운 일이라는 뜻일 게다. 만약 참 나가 되는 것이 깨달음이라면 지금은 우담바라가 피는 주기는 삼천년이 아닐 게다. 이곳 ○○명상센터의 많은 사람들이 12코스까지 마치고 나면 많은 이가 깨닫고 나가지 않겠는가. 그러니 이 땅에는, 우리 대한민국에는 깨달은 사람이 얼마나 많겠는가. 내가 만나본 적이 없어서 그렇지 이곳 명상센터를 통해서 깨달은 사람 말고도 수많은 사람들이 깨닫고 살고 있으리라. 우리는 기(氣)라는 개념을 평상시에도 일상적으로 쓰면서 사는 민족이다. 수련이라든지 수행이라는 말도 우리에게는 통상적인 개념이 아니던가.

참 좋다.

오늘은 모든 것이 가슴에 다 있다. 보여지는 모든 것이 선명하고 확연하게 그냥 거기에 있다. 그대로 참 좋다. 참 나로 나서 보는 조용히 흩날리고 있는 눈.

만약 참 나를 이루는 것이 깨달음이라면 아이큐가 그다지 높지도 않은 나도 깨달았는데, 또한 그 누구라서 깨닫지 못하리. 단지 깨달음에 마음이 없을 뿐이지 깨닫고 살겠다는 마음을 낸 사람이라면 누구나 이룰 수 있는 것이 아니겠는가. 그래서 올겨울에 그렇게 눈이 많이 오나? 훗, 건방지긴! 그 마음도 다 버려라! 나는 내 마음을 들여다보며 내심으로 웃었다. 이크, 내 안에 벌써 경계가 있구나! 되었다는 마음!

여자가 내가 해야 할 말들까지 다해주었다. 덕분에 나는 마음 놓고 마음에 젖어들었다. 제일 먼저 남자아이가 내리고 진주 터미널에서 우리가 내렸다. 여자는 내리면서 아주 예쁘고 쓸모 있게 보이는 수공예 주머니를 지갑으로 쓰라면서 태워다준 여자들에게 답례까지 하였다. 참으로 진한 인연이군. 내 지갑에 돈도 없고 달리 고마움을 표현할 방법이 없는데 이렇게 하고픈 것을 나 대신 다 해주는 사람을 만나다니. 그러고 보니 ○○명상센터에서 돈을 찾아가지고 올 것을…. 가다가 모자라지나 않을까? 모자랄 것 같으면 자동인출기를 찾지 뭐.

터미널에서도 대전 가는 버스와 춘천 가는 버스가 다 있었다. 여자는 15분 정도를 기다려 떠나고 나는 20분 정도를 기다렸다. 이런 다행한 일이! 우연치고는 참 운이 좋다는 생각이 들었다. 이미 예정된 코스를 밟아가고 있는 그런 기분이었다. 만남과 부딪힘이 다 진리였다.

여자와는 무슨 이야기를 했는지 모르겠다. 하산하여 처음 만난 인연. 처음 만났는데도 여자는 서울로 해서 같이 가자는 등 오래 전부터 알았던 사람처럼 친근했고 친근함을 넘어 헤어지기 아쉬워했다. 여자는 자기의 가방을 열어 명함을 꺼내주면서 연락을 하라고 하였다. 나도 여자와의 인연이 뭔가 남다른 의미가 있는 기분이었다. 인상도 단아하고 특히 눈이 예뻤다. 마치 보살님 같았다.

"그래요. 춘천에 오시면 저한테도 꼭 전화하세요."

그러면서 볼펜을 꺼내려고 무거운 짐을 뒤적거리자, 그녀는 "아니에요. 있다가 그 명함보고 전화번호 찍어주세요. 현대는 이렇게 사는 거예요" 하면서 웃었다.

그녀가 먼저 떠났다. 5분 뒤에 내가 탄 차도 출발하였다.

버스에는 내가 처음으로 탄 손님이었다. 기사님이 따라서 버스에 올라왔는데 인상이 넉넉하고, 환하고, 편하고, 아주 좋았다. 내가 먼저 웃으면서 인사를 했다.

"안녕하세요?"

그러자 그도 오랫동안 알았던 사람처럼 인사를 받았다.

"안녕하세요, 어디까지 가세요?"

“춘천이요. 이거 춘천 가는 차 맞지요?”

“춘천이요? 이거 원주 가는 찬데요. 여기서 곧바로 춘천 가는 버스
는 없어요.”

“예? 그럼 이거 원주 가는 표였나? 어머나, 진짜네. 그리고 보니
아까 매표소에서 원주 가는 버스로 봤는데 왜 마음으로는 춘천으로
간다고 생각했을까요?”

기사님이 웃었다. 그렇다. 나는 눈으로는 행선지가 원주로 되어있
는 것을 보았음에도 마음은 춘천이라고 믿고 있었다. 그래서 나는
이 버스가 춘천으로 간다고 생각하였다. 이럴 수가! 이게 마음의 조
화가 아닌가 말이다.

“어디 갔다 오세요?”

“지리산이요.”

지리산 하니, 먼저 생각나는 것이 지리산에서 몇 년 수도한 도사
내지는 처녀보살이라서 나는 절로 웃음이 나왔다. 그래, 나도 하산하
는 길이다.

“뭐 절에 갔다 오시나 봐요.”

“거기…. ○○명상센터라는 데가 있어요.”

“좋은 데인가 보네요.”

“네.”

나는 명랑하게 대답하였고 마주보며 친근하게 웃었다.

자리에 앉자마자 나는 먼저 떠난 인연에게 메일을 보냈다.

‘춘천에 꼭 오세요, 춘천 닭갈비 사드릴게요’ 라고. 오늘 외지 사람
들에게 가장 요긴하게 많이 써먹는 것이 춘천 닭갈비였다. 나는 개

인적으로 춘천 막국수를 더 좋아하지만, 외지인 대접에는 그래도 춘천 닭갈비가 최고라는 생각이다.

차 안에서는 내내 밖을 내다보았다. 풍경들이 있었다. 각각 다른 풍경요소들이 있었다. 그 요소들은 다 같이 좋았다. 그냥 거기 있는 그대로, 그대로 좋았다. 산 풍경. 강 풍경. 마을 풍경. 여주 근처에서 강을 건너올 때 얼음 위에 종종종 앉아있는 물오리며 이름 모를 물새들, 헤엄을 치고 있는 놈들까지 어쩌면 저리도 아름다울까. 내 안에 그윽한 평온이 자리 잡고 있었고 그리고 내 밖의 모든 것들이 그 평온 속에서 선명하게 존재하고 있었다. 참 좋았다.

그리고 상념들이 있었다. 참 나가 내는 상념인지 아닌지 몸으로도 아는 듯했다. 가슴이 뜨는 기분. 답답한 기분. 그럴 때마다 거짓이 내는 상념에 빠졌다는 것을 알아차리고 의식을 모아 뻥 뚫린 가슴을 회복했다. 눈을 감자, 아….

이것이 참 나가 눈을 감은 기분이로구나. 편안함. 그지없는 편안함. 편안함 그 자체.

청주를 지날 때쯤 여자에게서 메시지가 왔다.

'토우?? 선생님~… 이렇게 불러도 되나요? 성함을 알려주세요. 1시간,, 동동 토크한 인연인데.'

잘못 찍었는지 말줄임표 대신 썼는지, 1시간 뒤에 반점이 두 개나 찍혀서 왔다. 나는 다시 메시지를 보냈다.

'세상에나. 제 이름을 지어주시다니. 정말 좋은 인연이네요. 이제부터 제 이름은 토우입니다.'

토우. 정말 좋은 이름이다. 정말 정해진 인연인가? 어떻게 이름까지 받을 수 있단 말인가. 참 나로 거듭 나서 첫날 내 이름을 지어주는 사람까지 있다니! 흙 친구? 마음에 꼭 드는 이름을 받아 또 좋았다.

집에 돌아와 이름을 지어준 이가 있었다는 이야기를 남편에게 했을 때 남편이 한자(漢字)를 고쳐주는 것이 아닌가!

"토우라는 이름을 받았어. 나 토우가 마음에 들어" 하자 남편이 대뜸 그랬다.

"뭐, 흙 소야? 흙 토에, 소우 자?"

아, 벗우(友)가 아니었나 보다. 흙소? 그것도 좋군.

그런데 흙소가 뭐여?

흠, 흙소라…. 채지충의 만화 〈육조단경〉에서 봤나? 진흙소에 대한 이야기를 어디선가 읽어본 기억이 난다. 이왕이면 진흙소라 해주지…. 아, 또 욕심이 발동하였구나. 나는 혼자 미소 지으며 과분하게 좋은 이름이라는 생각을 하였다. 어찌되었든지 간에 나는 그래서 토우(土牛)가 되었다.

오는 길 내내 나는 나 자신이 몇 만 볼트짜리의 기운 덩어리라는 느낌이 들었다. 아마도 여전히 '만땅' 짜리 집중도를 보였으리라. 마음에 떠오르는 상념도 다 진리였다. 도대체 내 안에도, 밖에도 진리 아닌 것이 없다. 나는 나의 마음과 느낌과 생각들에 에너지를 모았다. 사람이 깨닫는다는 것은 내 안과 밖이 다르지 않음이다. 내 밖에 있는 것은 내 안에도 있고, 내 안에 없는 것은 내 밖에도 없다. 내가 할 수 없는 것은 마음으로도 할 수 없고, 마음으로 할 수 있는 것은 내 몸으로도 다 할 수 있는 것이다. 그러니 더 이상 갈등이 없다. 너무나 단순한 원리이지만 깨달음은 그렇다. 마음과 몸은 하나이니.

나는 2%에 관해서도 생각이 닿았다. 그랬구나. 그 2%라는 것이 단순히 우리 몸에 부족한 수분의 양을 느끼는 프로테이지가 아니었구나. 그 2%는 사람이 무언가를 찾아 행동을 하게 하는 계수라는 인식이 왔다. 사람은 평상시에 99%의 믿음으로 산다. 그만큼의 확신을 가지고 사는 것이다. 1%의 의문이나 불편함은 그냥 감수하면서 산다. 인간의 미완성은 바로 그 1%이다. 그러나 그 1%의 양과 질은 다 같은 것이 아니다. 왜냐하면 의식의 수준이라는 것이 있으므로. 어쨌거나 수준에서 1%의 부족함을 가지고들 산다. 그러다가 어떤 계기로 ― 이것을 사람들은 고통이라든지, 고난이라든지, 아픔이라고 부른다 ― 그 부족분이 2%가 되면 그것을 해소하기 위하여 행동을 개시한다. 운동을 시작한다든가, 어학 공부를 시작한다던가, 요가를 시작한다던가 또는 명상을 시작한다던가. 또는 교회에 나가기 시작한다던가. 사람이 100%의 확신을 가질 때에는 실수를 한다. 잘 생각해 보시라. 99%의 확신을 가지고 있을 때에 내가 실수를 하던가, 아니면 100% 확신을 가지고 행동하였을 때 실수를 하게 되던가를. 모든 100%의 확신이 다 실수라는 뜻은 아니다. 실수를 범하지 않는 100%가 있기에 우리는 깨닫지 않고도 진심으로 사는 때가 있는 것이다. 그러나 실수는 100% 확신하는 자리에 있다.

깨달음의 자리는 100%의 자리이다. 그것은 깨어있는 자리이고, 안과 밖이 100% 일치하는 자리이다. 단 이것은 암기력에 의지하는 기억의 인출과는 다르다. 그러므로 기억하지 못하는 것은 있을지라도, 거짓은 없다. 거짓이 없는 자리, 상상만 해도 천국이라는 생각이 들지 않는가? 모든 이가 깨달은 세상, 우리가 이 몸을 벗고 가지 않아도 거기가 바로 천국일 터인데, 깨달음을 얻기란 실로 어려운 것이니 여기가 그대로 천국이 되기도 쉽지 않을 모양이다.

어떻게 이 말을 하여야 할지. 여기는 바로 당신의 세상이라는 것을. 나는 여기가 바로 내 세상임을 이제는 알겠는데, 당신에게 여기가 바로 당신의 세상이라는 것을 어떻게 말하여야 할지 모르겠다. 모든 이에게 "이 세상은 바로 당신의 것입니다"라는 말을 하여야 하는데, 그 말을 듣는 이가 알아들을 수 있게 하는 방법을 모르겠다. 알지만 모르겠다. 왜냐하면 사람들이 그 말을 그대로 들을 수 있는 것은 바로 이 자리이기 때문이다. 이 자리에 오기 전에 나는 그 말을 들어서 알고는 있었지만 도저히 이해할 수가 없었다. 지구는 하나이다. 이 세상은 하나이다. 이 지구 위에 살고 있는 사람은 너무나 많다. 어떻게 모두에게 이 하나의 세상이 각자의 자기 세상이라는 것을 이해시킬 수가 있을까 말이다. 이제 내가 당신에게 그렇게 말을 할 수는 있지만, 당신도 예전의 나와 똑같이 이해할 수가 없으리라. 그래도 이 세상은 우리 모두 각자에게 자기의 세상이다.

이 세상은 바로 당신의 것입니다.

이 세상은 나에게 있어 나의 세상이다. 그 말을 보통사람들이 이해할 수 없는 요인 중 하나는 '주인' 이라는 개념 때문이다. 우리는 주인이란 다른 사람은 해당이 없고, 나만 권리를 행사할 수 있을 때 주인이라고 한다. 그러므로 하나를 놓고 모든 이가 주인이 되는 경우는 '주인' 이라는 이름으로 이해하기 어려운 것이다. 다음으로 '세상의 주인' 이라는 개념이다. 세상의 주인이라는 개념을 인류는 왕이라던가, 어떤 권력을 의미하는 뜻으로만 알고 있기 때문에 이 진리를 모른다. 이해의 여부를 떠나 "그래, 이 세상이 나의 것이야. 그렇다면 나는 내 마음대로 해도 되겠네!" 사람들의 인식은 그렇다. 그러나 절대로 그렇지 않다. 당신의 세상이기 때문에 당신은 당신의 세상에 있는 모든 것을 당신과 같이 사랑하여야 한다. 이것이 바로 부처님과 예수님의 가르침이 아니던가 말이다. 이것이 진리이고, 거짓이 아닌 진리였기 때문에 유구한 역사 속에서 종교가 발달할 수 있었던 것이다. 남은 상관없이 내 마음대로 한다는 것은 벌써 나와 남을 분리하고 있다. 남(타인)도 그 하나이기 때문에 이러한 생각은 벌써 깨달은 사람의 자리가 아니다. 주인은 권세를 가지고 욕심껏, 욕망껏 하고 싶은 마음대로 하는 그런 것이 아니다. 주인은 밭의 주인, 논의 주인인 농부와 일면 비슷하다. 가만히 지켜보면서 그것들이 잘 자라도록 살림하게 하는 것이 주인이다. 살림은 곧 살리는 일이다. 살리는 일이 무엇인가. 그것은 다름 아닌 사랑이다. 그럼 이렇게 이해하자.

이 세상은 바로 당신입니다.

우리의 말은 참으로 오묘하다. 살은 이를테면 육(肉)이다. 그냥 육이 아니고 살아있는 육이다. 즉, 살아있는 것 또는 살고 있는 것이 '살'인 것이다. 그리고 그 살이 바로 '살다'이다. 살이 곧 삶이다. 그리고 그 삶을 잘 이끌어주는 것을 '살린다'고 한다. 살리는 것을 아는 것, 그것은 사랑이다. 사랑. 살리는 것을 알아서 잘 살게 하는 것, 그것이 사랑이다.

또한 사는 것이 살이고, 살을 아는 것이 살 앎이다. 벌써 눈치 빠른 사람은 알았으리라. 살 앎은 바로 '사람'인 것을. 살을 아는 것이 살 앎이고, 살 앎은 사람이고 사랑이다. 어떤 언어학자가 인류의 언어란 마치 생물의 종(種)과 같아서 소수민족의 하찮아 보이는 언어라 할지라도 멸종되어서는 안 된다는 주장을 하였다더니, 우리말의 이러한 오묘함은 각 나라의 언어마다 있으리라고 본다. 무언가 그 언어에 녹아있는 진리의 코드가 있을 것이 틀림없다.

여기서 하나 명심하여야 할 것은 우리가 사랑하여야 하는 것이 사람만이 아니라는 것이다. 개개인의 사람은 마땅히 사람으로서 사랑하여야 하는데, 사랑의 대상이 사람만은 아니라는 이야기이다. 그래서 사람 아니겠는가. 그 사랑의 크기가 그 사람됨의 크기이다. 그러니 사람을 사랑하고 생명 가진 것들을 사랑하며, 생명 없는 것들 또한 사랑하며, 하늘을 사랑하고 온 우주를 사랑하여야 한다. 더 쉽게 말하자면 사람을 살림하고 생명가진 것들을 살림하며, 생명 없는 것을 또한 살림하며, 하늘을 살림하고 온 우주를 살림하여야 한다. 뭔 소리여, 나 하나 살림하는 것도 벅차고 어려운데! 사실은 나 하나만 착실히 살림하면 된다. 내가 곧 그들이니까. 내가 그 모든 것의 주인이라고 하지 않았던가.

나를 잘 사랑하는 일, 그것은 남을 잘 살림하는 일이다. 남을 사랑하는 일이 곧 나를 살림하는 일이기 때문이다.

남을 사랑하는 것이 나를 살리는 것입니다.

꼬부랑 할머니가 터미널에서 짐을 들고 초라한 행색으로 걸어가고 있었다. 예전처럼 불쌍하고 한편으로 마음이 아리고 또 한편으로는 한심해 보이는 그런 마음이 아니었다. 바쁜 듯이 지나가는, 얼굴에 회칠을 한 듯 화장을 한 여자에게서 천박함을 보던 그런 마음이 아니었다. 그냥 사람들이 나름대로 잘 살고 있었다.

원주에 와서 버스를 갈아탔다. 오늘은 모든 것이 의미심장한 기분이다. 버스도 곧 있었다. 들어가자마자 표를 사고 곧바로 버스에 올랐다. 때 닿음, 그 되어짐이 기가 막혔다. 명상센터를 나올 때에는 가는 길이 다소 염려스럽더니 갖다 대는 듯이 차편도 맞아 떨어졌다. 진심으로 내는 마음은 이런 것이로구나. 나는 세상에 새삼 감사하였다.

집으로 돌아오니 남편이 의아해 하였다. 아직 며칠 남아있는 것을 아는지라 잘못된 것은 아닌가를 물었다. 나는 조기졸업을 하였노라고 웃으면서 말했다. 그는 더 이상 묻지 않았다. 내 얼굴에 충천한 기운을 그가 감지하였으리라.

정신없이 시간을 보내고 방으로 올라왔다. 자리에 누워서야 겨우 수련에 들었다. 바쁜 일상 자체가 생활수련이라고 생각하였으나, 따로 의식(儀式)으로 하는 수련이 있어야 할 필요를 느꼈다. 바쁜 일상이 수련이 됨은 당연하지만 고도의 집중을 유지하기에는 어려움이 있었다. 남편은 침대에서 잠을 청하였고, 나는 침대 아래쪽에 요와 이불을 펴고 누웠다. 남편이 뒤척이다 잠이 들었지만, 나는 머리가 온통 기운에 휩싸인 채로 더욱 명료한 의식을 누리고 있었다.

이제 감각은 마음 나와 동시에 몸 나를 느낀다. 나는 몸이 어디에 있는지를 아는 것과 마찬가지로 마음이 어디에 있는지를 안다. 의식이 얼굴로 쏠리더니 이마에 뭉쳐지면서 코가 심하게 찡그려지고 입술이 딸려 올라갔다. 얼굴이 온통 이마로 끄달려 올라가는 듯한 느낌이 지속되었다. 또 뭐꼬?

어쩔거나. 이대로 또 살아야지.

살다보면 되어지는 바가 또 있겠지….

열흘(화)

  새벽에 잠에서 깨어 의식을 차렸을 때 어젯밤과 같은 현상이 왔
다. 전신이 완전히 이완된 상태에서 미간에는 번데기처럼 주름이 잡
히고, 눈썹은 치켜 올라가고, 콧구멍은 최대로 벌어지고, 인중에도
힘이 있는 대로 들어갔다. 이가 악물린 채로 대문니서부터 송곳니까
지가 다 드러났다. 어깨까지도 이마 쪽으로 쏠리는 기분이었다. 숨도
이상하게 쉬고 있었다. 잠이 들었을 때에 쉬는 숨소리 같았다. 콧구
멍으로부터 목구멍까지 힘이 뻗치고, 콧구멍은 있는 대로 벌려져 단
단해졌으며, 숨소리는 여전히 잠잘 때 내는 숨소리였다. 얼굴이 이마
로 치달리고 양쪽 귀 위쪽도 모두 이마로 쏠렸다. 어떤 형상이 이럴
까. 용을 쓰는 모습인데. 극도의 아픔을 참을 때의 모습? 또는 눈이

심하게 시릴 때 찡그린 모습?

그런데도 머릿속은 명료했다. 너무나 청량한 느낌이었다. 이 요상한 짓거리는 내가 하는 짓이 아닌 줄 알기 때문에 저절로 풀릴 때까지 기다렸다. 한 삼사십 분 경과하자 코 평수는 그대로인 채로 안면 근육이 편안해졌다.

그와 함께….

머리가 없어졌다.

그냥 흔적 없이 사라졌다.

끝없이 선명함. 내 주위의 모든 것들의 지극히 명료함.

이것이 '혼줄' 나는 건가벼! 크크크…. 내심 회심의 미소를 머금었다. 웬 혼쭐나기에 이렇게 얽매인대냐. 그게 뭐라고. 된 만큼으로 단순, 무식, 지극하게 살면 되었지.

머리에는 엄청난 기운이 있었다. 가슴은 오히려 위로 올라와 심장이 이상하게 뛰고 있는 것이 느껴지고 있었지만, 마음은 평온에다 선명함을 보탠 것 같았다. 지극한 평온, 지극한 선명함. 나는 여기가 어딘지 알 것 같았다.

남편이 밤새 뒤척이는 듯했다. 선잠을 잤던지 일어나 화장실에 다녀와 침대로 들어간 다음에도 나는 바닥에 편 내 잠자리에서 자는 척하면서 수련하였다. 머리가 없어지고 한 20분쯤 지났을까. 나도 화장실에 다녀와 다시 자리에 누웠는데 평온하고 선명해진 마음이 시키는 것이 있었다. 밀교에서는 남녀의 성합을 수련방법으로 쓰기도 한다던데, 그런 마음인가? 나는 서슴없이 일어나 옷을 벗어 준비를 하고 남편 옆에 누웠다. 평상시에 나는 성합이라는 대목에서 먼저 시도를 한적이 거의 없었다. 간혹 마음이 있었어도 나는 그냥 수동적이었다. 가만히 누워있었다. 남편이 삐졌는지 외면하는 자세를 보여도 서운한 마음도 일지 않았다. 조용히 그의 품에 있었다.

그 열정과 혹은 광란일 수도 있는 성합의 행위가 이 상태에서는 어떻게 이루어질까? 라즈니쉬 제자였다는 무용가 홍신자 씨가 인도에서 책방 점원과 수행을 목적으로 여관방에 들었다가, 육체적 느낌으로 숨소리가 달아오르는 것을 느끼고 그냥 나왔다고 하였던 그분의 책 내용이 생각났다. 나는 내가 되었는지 아닌지도 궁금하였다. 드디어 남편이 왔을 때 그것은 이전과 많이 달랐다. 육체적인 결합 또한 지극히 자연스러웠다. 영화에서 보듯이 몸이 후끈 달아올라 헐떡이는, 또는 넘치도록 애정을 표현하는 그런 과정이 아니라 자연스러움 가운데 자연스럽게 이루어지는 합일이었다. 책이나 영화에서 보는 성합은 매우 허기진 모습이다. 너무나 부족함, 목마름, 배고픈 그래서 매우 갈구하는 모습을 표현한다. 진한 감각의 갈망과 그 갈망을 해소시켜 주는 단맛의 극치를 표현하고자 하지만, 그것은 그냥 감각의 표현이다. 그러나 성합(性合)이란 진실로 성합(聖合)이다. 우리말의 오묘함이 여기에도 배어있다. 성합을 순우리말로 십이라고 한다. 경음화된 십으로 발음하지만 십이다. 이 십은 숫자 열의 십이다. 열은 따듯한 기운이다. 그리고 이 따듯한 기운은 탄생의 기운이다.

또한 십은 더하기 표시이다. 이 더하기 표시는 음과 양의 만남을 의미한다. 음(一)과 양(丨)이 만나는 것, 그것이 성합이고 십이다. 음과 양의 만남, 거기에서 탄생이 이루어지는 것이다. 그러니 보태지는 것이 맞다. 더하기인 것이다. 음 기운과 양 기운의 합쳐짐. 그래서 수행의 방편으로 들어왔을까? 어쩌면 그럴 수도 있고 또 한편으로 생각하건데 어쩌면 집중도 때문이라고도 여겨진다. 자연에서 자연스럽게 의식의 집중도를 최고치로 얻을 수 있는 것으로 단연코 성합을 들지 않을 수 없다. 그러나 수행에 어떤 효과가 있는지는 알 길이 없다. 나는 그것으로 수련을 해본 적이 없다. 오히려 나는 성합이 수련으로 적절하지 못하다고 생각되는 이유를 들어야겠다. 첫 번째는 쾌감 때문이다. 수련을 위하여 성합의 쾌락을 느끼지 말라는 소리가 아니다. 자연스러움으로 충만한 성합에서의 쾌감은 둘이 함께 다다르는 마음이 꽉 차오는 충만함이다. 마땅히 느껴야 할 덕목이다. 내가 이야기하고자 하는 것은 몸과 마음이 함께 이르는 풍요로운 환희가 아니라 몸의 쾌락만을 사람들이 느낀다는 것이다. 마음이 허기진 몸의 극치감. 그래서 카사노바가 출현한 것은 아닐까. 두 번째는 체력의 소모이다. 함께 자연스럽게 이루어지는 성합이라고 할지라도 다소의 체력 소모는 있을 것이다. 더군다나 성욕이라는 욕구로서의 허기진 성합에서는 상대를 의식하여야 하고 또는 너무 이기적일 수도 있을 것이며, 멋있어야 하고 최고이어야 할 터이니 체력의 소모가 보통이 아니다. 성합이 수행이 된다함은 음과 양의 합일이라는 이치에서 찾았을 것이나, 성합의 행위는 본능의 자리이지 본성의 자리가 아니다. 밥 먹는 것을 통하여 깨달음을 얻을 수 있다고 이야기 하는 것과 진배없다. 잘 생각해 보시라. 성합이 본성의 자리인가, 본능의 자리인가? 이 몸이 죽어 없어진 다음에도 남아있는 성질인가 아닌가?

단전호흡수련을 할 때 도우님들의 인사말로 "성통공완하세요"라는 말을 썼었다. 오랜 기간 동안 호흡 수련을 했던 나는 ○○명상센터 가람원에 들어가기 전에 십을 하였다고 생각했었다. 했는데 오르가즘을 느끼지 못한 것이라고 생각했었다. 그래서 그것을 느껴보아야겠다는 각오를 수련의 또 다른 동기로 삼았었다. 첫 번째는 내가 빚인 것을 실감하는 것이었고, 부차적인 다른 하나는 성통의 오르가즘을 느끼는 것이었다. 그런데 여기에 와서 보니 나는 양인 마음과 음인 살이 서로 통하는 것이 성통인 것을 비로소 깨닫는 것이다. 그 전에는 그 뜻도 알지 못했다. 그저 음 기운과 양 기운이 서로 합해지는 것이라고 생각하고 있었다.

말의 오묘함. 말의 오묘한 뜻은 여기까지 오면 자연히 보인다. 지금 하고 있는 이러한 말들을 가지고 어패가 있다고 말하지 마시라. 학술적인 어원을 따지지도 마시라. 내가 닿아있는 여기에서, 여기까지 진화하여 온 지금의 언어로, 지금의 뜻으로 말하면 된다. 말이란 뜻을 전달하는 도구이며, 그 자체가 에너지이고 정신이다. 권위가 아니다. 때로 사람들은 자신이 한 말이 곧 자신이라고 생각하여 말을 가지고 다툰다. 그러나 말은 마음을 전달하는 도구일 뿐이다. 그러므로 함부로 말하지 말아야 한다. 비아냥거리는 것을 재치라고 생각하여 친구지간에 갈구는 말로 재미를 삼는 사람들이 있다. 그러다가 마음이 상한다. 경계할 일이다. 그리고 자신의 말의 정당성을 확보하기 위하여 남들이 뭐라더라, 누구는 이렇게 말했고 누구는 이렇게 말하더라고 남을 끌어다 대는 것은 참으로 가증스러운 짓이다. 숫자로 밀어붙이려는 수작이다. 나는 남에 의해서 확인이 되지만, 절대로 남에 의해서 되어지지는 않는다.

나는 오로지 나로 인하여 이루어집니다.

오전에는 남편에게 할 일이 좀 있다고 사무실에 못나가 보겠다고 말한 다음, 가람원에서 적어온 글을 정리하였다. 한 열시쯤 되어 원주 명상센터 강사님과 통화를 하였다. 내가 벌써 나온 것에 대하여 약간은 서운해 하시는 눈치이다.

"그래 수련은 잘 하셨어요?"

"예."

"그런데 왜 벌써 나오셨어요?"

"글쎄 무어라고 말씀을 드려야 할까요. 몸 나가 마음 나로 거듭 나서, 그 마음 나가 몸 나와 합쳐져 참 나가 되고 보니 수련장이 가람원이 아니고 내가 사는 생활터전이라 어거저 어기로 수련하리 나왔다고 하면 설명이 될라나. 하여튼 그렇습니다."

"아, 그래요? 예, 사실 생활터전이 수련장인 거 맞습니다. 그래도 거기서 더 수련할 걸 그랬습니다. 남아있는 것이 있으면 언제라도 마음을 집어먹게 되거든요."

"된 만큼으로 살다보면 또 방법이 나겠지요."

"그건 그렇습니다."

그 후에 딸애가 중급심화코스 청소년 명상캠프를 마치고 돌아올 때 한 번 더 통화를 했었다. 그때 강사님은 그래도 가람 주말코스에

도 참석하고 수련하여야 한다고 말씀하시면서 매우 아쉬워하는 마음
을 전했다. 나는 그 염려가 어떤 것인지 알기 때문에 진심으로 감사
하였다.

　오후에는 사무실 일을 도왔고, 저녁때 만두 속을 만들고 만두를
빚어 저녁에는 찐만두를 먹었다. 밤에는 시트지를 사다 창문에 붙이
고 1시간도 넘게 남편 어깨를 두드려주었다. 남편은 신경을 많이 쓰
고 차게 지내서 어깨가 결리고 아프다고 했다. 어깨 아프다고 한 지
가 2년은 되었나 보다. 요즘에는 좀 더 심하게 아프다고 한다. 다른
때 같으면 20분 정도 두드리면 짜증이 났는데, 정말로 '고객이 OK할
때까지' 할 수 있는 끈기가 생겼다.

　자정이 넘은 한시. 이제는 자야겠다고 생각하고 핸드폰을 챙겼다.
알람을 설정하여 놓은지라 머리맡에 두려고 찾은 것이다. 그런데 메
일이 하나 와있었다. 토우라고 이름 지어준 사람에게 내가 보낸 답
장에 대하여 또 답장이 온 것이었다. 열어보니 활짝 핀 수련 한 송이
가 들어있는 영상메일이었다.

　토우라는 이름을 지어주더니 이제는 연꽃이라. 참으로 신비로운
인연이구나 싶었다. 그리고 무척이나 감사하였다.

열하루(수)

그 다음날은 머리가 아팠다. 그냥 아픈 것이 아니라 극심하게 아팠다. 기름을 아끼느라고 보일러를 제대로 돌리지 못하는 짠돌이 내 남편 때문에 방은 건조하고 차가웠나. 사무실 직원들은 오히려 남의 것이라, 자기네가 기름값도 책임지지 않고 전기세도 내지 않는지라 아까운 줄 모르고 뜨끈하게 살건만 우리는 거의 거지수준이다. 덕분에 감기가 들었는지 온몸이 으슬으슬 추운 것이 머리는 뽀개질 것 같은 느낌이었다. 밥하고 사무실 일을 거드는 진숙 씨가 나에게 투사하는 에너지가 지대한지라 주방을 들여다보지도 않고 나가는 것이 염려가 안 되는 것은 아니었지만, 남편과 포천으로 원료를 가지러 갔다. 출발하고 얼마 되지 않아 괜히 따라 나섰다고 후회하였다. 의자를 뒤로 젖히고 완전히 뻗어버렸다. 온몸에 소름이 돋고 머리는 통중으로 앞이마와 태양혈이 터질 것만 같았다. 남편은 별다른 반응을 보이지는 않았지만 아마도 대수롭지 않게 여기는 듯했다. 다만 속을 뒤집듯이 기침을 할 때에는 관심을 보였다.

포천 공장의 사모님이 따듯한 차를 대접해 주었다. 살짝 쪄서 말린 듯한 허브차였다. 향이 참 좋았다. 사모님은 자신이 독감에 걸려 고생한 이야기를 해주었다. 남편이 출장 중이었는데 감기가 어찌나 독하던지 일어나서 약국에 갈 힘이 없어서 그냥 나흘을 꼼짝없이 누워 있었다고 한다. 끼니도 제대로 못 먹고 문밖에 나갈 엄두도 내지 못한 채 나흘을 앓고 났더니 조금 정신이 들어 병원으로, 약국으로 다녀왔다며, 두 주는 고생할 생각을 하라고 경고하였다.

점심도 차려내었지만 나는 먹지 못했다. 구토가 일었기 때문에 밖으로 나왔다. 공장건물 앞에 잔뜩 쌓여있는 제품들 뒤로 돌아가 눈이 쌓인 구석으로 갔다. 거기서 꺽꺽거리며 구역질을 해댔다. 심한 헛구역질 때문에 계속 눈물이 흘렀다. 속이 맨 밑바닥서부터 뒤집혀 올라오는 느낌이었다. 입 안이 썼다. 그냥 쓴맛이 아니라 참 별나게도 썼다. 심하게 배 멀미를 하여 노란 물까지 토해본 사람이라면 이때의 내 상태를 조금 이해할 수도 있으리라. 몸 상태나 입 안의 느낌이 그 기분과 비슷하였다. 한참 그렇게 헛구역질로 뱃속 밑바닥이 올라오더니 급기야 무언가를 토해냈다. 아주 끈적한, 아주 쓰거운 허연 거품 한 덩어리였다. 양이 많지도 않았다. 한 입 잔뜩 물었던 것을 토해낸 것보다 조금 많이. 한번 하고 마는 줄 알았는데, 다시 속이 뒤집혀 올라오는 헛구역질이 계속되었다. 한 반시간 가량을 꺽꺽거린 후, 그 희한하게 끈적하고, 쓰겁고 허연 거품 덩어리를 또다시 토해냈다. 오면서 먹은 것도 있었는데, 음식은 하나도 나오지 않고 그냥 허연 거품덩어리만 뱉었다. 그 후에도 작은 덩어리 하나를 더 토해냈다. 짐을 다 실었을 즈음에는 속이 좀 가라앉아 들었다. 머리도 깨어질듯하던 두통이 잦아들고 있었다. 참으로 신기한 노릇이었다.

저녁에는 원기를 다 회복하고 있었다. 무엇인지 모르지만 내 몸에 기적이 일어났다는 기분이 들었다. 독감이었다고 해도 기적일 수밖에 없다. 약을 먹으면 두 주요, 약을 먹지 않으면 보름이 걸린다는 독감을 한낮으로 다 나아버린다는 것은 기적이 아닐 수 없는 것 아닐까.

되어 사는 이야기

이렇게 메모해놓은 것이 없었더라면 나는 그때를 까맣게 잊었을 것이다. 건망증이 심하여 냉장고 앞에 가서 내가 여기 왜왔지? 하면서 사는 사람이 나이다. 그리고 지난 일을 생각하는 것은 별 의미가 없다. 기쁨도 슬픔도 아쉬움도 미련도 다 마찬가지이다.

현재 나는 아주 평범하게 산다. 이런 말을 함께 나눌 사람도 별로 없어서 나는 수련에 대한 이야기도 거의 할 새가 없다. 그러나 수련에 관해서 이야기를 할 때 나는 많은 긍정적인 에너지를 느낀다. 기가 충만하고 마음이 충만한 그런 기분. 그리고 행복하다. 마음에 관하여 이야기를 나눌 때는 더 좋다. 그러나 그런 이야기를 나눌 기회도 거의 없었다. 한번, 먼저 근무지에서 친하게 지냈던 지우들이 찾아주었을 때 하룻밤을 묵고 떠나던 날, 아침 먹고 차 한 잔씩 하면서 잠깐 마음에 관하여 이야기를 나누었는데, 그때 지희는 마음이 정화되어 가는 느낌이라고 하였다. 그 말을 들으니 참 좋았다. 경님이는 자기도 하고 싶지만 시간을 낼 수가 없으니, 우선 언니를 ○○명상센터에 보내겠다고 전화번호가 들어있는 명상센터 책자를 가지고 갔다.

　생활은 하나도 달라진 것은 없지만, 이후의 생활에서 나는 이전과는 판이하게 마음이 다르다는 것을 느낀다. 가끔씩 손등을 집게손가락으로 쓸어보면서 몸 나를 느낀다. 한 번 더 쓸어보면서 마음 나를 느껴본다. 그리고 참 나를 느낀다. 내가 하는 것은 모두 내 마음이 하는 것이어서 내가 사는 것에는 이제는 마음과 몸이 함께 산다. 명상센터에 다녀와서 그 전보다 집중력이 강화되었고, 아마도 종합력이 엄청 생긴 모양이다. 남편과 오목을 두었는데 예전과 정반대로 내가 판판이 이겨버리니 남편이 무척 약이 올라 했었다. 그래도 타고난 건망증이 심해서 실수를 많이 하지만 거짓을 낼 일이 없다. 그럴 필요가 없어졌기 때문이다.

　내 안과 밖이 다르지 않다. 내가 움직이면 내 마음도 움직이고, 내가 앉으면 내 마음도 앉는다. 내가 움직일 때 내 마음은 앉으려고 하지 않는다. 또한 움직여야 될 때에 내 몸은 앉고 싶어하지도, 눕고 싶어하지도 않는다.

　나와 나의 일상은 너무나 평범하다. 나는 아마도 '평범'의 가장 한가운데 있는 지극한, 그래서 눈에 띌 것이 없는 평범으로 살고 있다. 아침에 일어나면 딸 깨우고 학교 갈 준비하면 아이 먼저 학교 보내고 나도 출근한다. 출근하면 다른 사람들처럼 커피를 마시든지 차를 마신다. 커피는 좀 별나게 먹는 편이기는 하다. 컵에 뜨거운 물을 약간 따라서 커피 알갱이를 몇 알 떨어뜨리고, 커피가 녹으면 찬물을 타서 농도는 아주 연하게, 양은 아주 많게 그리고 온도는 미지근하게 해서 마신다. 친정에 가면 큰올케가 다른 이의 커피는 다 타주지만 "큰형님은 형님이 타서 드세요" 한다. 요즘에는 그나마도 안마시고 친정어머니가 싸주신 개복숭아 발효효소를 마시고 있다. 관절에 좋다더니, 먹은지 며칠 안 되었는데도 평소 좀 뻣뻣하다 싶었던 오른쪽 다리 정강이쪽으로 뜨거운 기운이 유통되는 것을 느낀다. 작은 보살님 같은 우리 엄마, 그리고 준비가 많이 되신 우리 아버지. 매실 발효효소 속에 절여진 매실을 꺼내먹으며 그분들의 사랑을 느낀다.

많이 웃으면서 살고, 가끔 철부지 아이들을 혼내주기도 하며, 말씀이 조악하고 인연도 많은 교장선생님한테 야단을 많이 먹고 사는지라 아마도 수명이 길어지지 않았을까 싶기도 하다. 능력도 보통으로 타고난 것 같고, 돈도 막상 쓰려면 없는 정도를 가지고 산다.

여기에서는 수련이 수면보다도 편안하다. 깨어나기 수련이 얼마나 평온한지 눈뜨기 전에 반드시 깨어나기 수련을 한다. 잠에서 의식이 돌아오면, 처음에는 놓여난 소처럼 생각들이 오간다. 그러나 집중하여 명상에 들면 의식은 깊은 수준에 이르고, 그러면 온몸이 따듯한 기운으로 밝아온다. 집중이 덜 된 자리에서 간간이 목소리가 일어나면 나는 그 목소리로 이렇게 말을 한다.

"참 좋다."

그 말을 통하여 나는 다시 본 나로 되어진다.

평온함. 지극함. 온전함.

그 속에서 눈을 뜨면(눈이 저절로 떠지는 시점이 있다) 일어나서 정좌하고 앉아 수련을 한다. 그것이 일상을 시작하기 전, 나의 일상이 되었다.

자기 전에도 역시 수련을 한다. 정좌하고 앉아서 수련을 한 다음에 자리에 눕는다. 누우면 잠들기 전에 누운 채로 명상을 한다. 그러고 나서 비로소 잠을 청한다. 여기는 여전히 '단무지'로 수련하여야 하는 자리이다.^^* 그리고 생활수련 즉, 수행도 마찬가지이다. 그것은 몸 따로 마음 따로로 살기가 아니라 몸과 마음이 하나인 참마음으로 살기이다.

당신은 참마음으로 사십니까?

우선 이 물음에 나름대로 대답을 해보시기 바랍니다.

참마음으로 산다고 생각하시거든 마음으로, 오로지 마음으로 이 책장을 하나 넘겨보십시오.

그래서 마음으로 책장이 넘겨지셨다면 당신은 참마음으로 사는 참사람이십니다. 이것은 마음으로 책장이 넘어갔다고 치는 것이 아닙니다. 진짜 책장이 넘어가야 하는 것입니다. 그리고 손가락으로 집어 넘기는 것도 아닙니다. 당신이 참 나로 살고 있지 않으시다면, 절대로 마음으로 이 책장을 넘길 수 없습니다. 그렇지요?

요즘 항아가 좋은 책이라며 선물한 법상 스님이 지은 《생활 수행 이야기》를 읽고 있다. 사실은 ○○명상센터에 가기 전에서부터 읽었다. 방학하고 집에 가면서 두고 갔을텐데, 이제야 못다 읽은 부분을 보게 되었다. 보면서 이런 생각을 하였다. 이런 말을 사람들이 과연 얼마나 알아들을까? 이를테면

「공을 초월하여 일체의 모든 존재는 결코 둘이 아닌 ‘전체로서의 하나’입니다. 한마음 한생명이 인연 따라 나툰 것일 뿐입니다. 무아이며 동시에 전체아(全體我)인 것입니다.」

이 말을 체험적으로 알고 있는 사람이 과연 얼마나 있을 것이며, 이해하고 있는 사람은 얼마나 있을 것이며, 그런가 보다 하고 믿는 사람은 얼마나 있을 것이며, "무슨 귀신 씨나락 까먹는 소리냐!" 할 사람은 또 얼마나 많을 것인지?

내가 알기 전까지는 나는 알지 못했다. 이 세상에는 깨달은 사람이 참 많다는 것을. 사람은 자신이 된 만큼만 보인다. 겨자씨만큼 밖에 못된 사람은 겨자씨만큼 밖에는 볼 수 없고, 간장 종지만큼 된 사람은 간장종지만큼 밖에는 볼 수가 없고, 사발만큼 된 사람은 사발만큼밖에는 볼 수가 없다.

우리 사무실의 진숙 씨는 자기가 해야 할 주방 일을 나에게 눈치껏 미루려다가 뜻대로 안되고 속내마저 들통이 나자, 한판 붙자고 달려들었다. 예전 같았으면 하얀 마음과 넓은 마음으로 다소 불쾌하기는 하여도 참으면서 속아주었으련만, 이제는 그녀가 하는 짓거리들이 너무나 선명하게 보이는지라 지적을 하고만 것이었다. 얼마나 화가 났을까, 꾀를 쓰려다 들켰으니. 저도 대놓고 그 상황에 대해서는

말을 할 수 없었던가 보다. 지금 이러는 이유가 뭐냐고 그녀에게 묻자, 시점이 줄줄이 나도 모르는 과거지사로 이어지고, 주제도 이 사람 저 사람 우리 식구들이 다 끌려나오더니 급기야 주인인 나에게 직원인 그녀가 한 말은, "그렇게 그릇이 작은 사람은 이 사무실에 있을 필요가 없어요!"였다. 말도 참 잘하지! 화자(話者)가 어긋나서 그렇지 지당한 말씀이 아닌가.

사람은 절대로 자신이 된 이상을 이야기하지 못한다. 그 이상을 보지도 못한다. 그리고 사람은 나 이외의 다른 사람 이야기를 하지도 못한다. 말은 오로지 내 이야기인 것이다. 진숙 씨는 일 제대로 안하고 못하는 것은 차치하고, 어떻게 그렇게도 자신이 잘못한 것은 하나도 없는지. 온갖 핑계에다 남 탓이 입에 배어있는지라, 나는 그녀를 상대하면 저절로 수행이 되는 성싶다. 그래서 그녀는 그야말로 진숙(眞孰)이라고 생각한다. 끊임없이 우리 가족을 경계로 몰아붙이는 사람. 내 남편의 큰 인연이고 나에게도 진(眞)이 숙(孰)되게 하는 사람이니까.

사람은 절대로 자기가 된 이상을 보지 못한다. 자기가 된 이상을 알지 못한다. 자기가 된 이상을 말할 수도 없다. 그런데 나와 너는 다름이 아니다. 하나이다. 이것은 참이고 진리이다. 어떻게 하나란 말인가? 당신은 그것이 알고 싶지 않은가? 어떤 이는 지금 그것을 알고 있다. 그냥 이해하여 그렇구나 하는 것이 아니라 체험적으로 알고 있다. 그래서 나와 너는 서로 딴판이 아니고 하나라고 한다. 그것이 참이고 진리라고 한다. 이건 환장할 노릇이 아니고 무엇이랴. 나는 모르는데!

나는 당신도 그것을 알아야 한다고 생각한다. 그리고 당신도 결국은 알게 된다고 생각한다. 며칠 이내에 알 수도 있고, 몇 개월 후에 알 수도 있고, 몇 년 후에 알 수도 있고, 몇 십 년 후, 혹은 몇 백 년 후, 혹은 몇 천 년 후에 알 수도 있겠지만 나는 당신이 지금 알아야 한다고 생각한다. 지금부터 시작하여 몇 달 후까지는 알아야 한다고 생각한다. 당신은 마음만 내시라. 그렇게 되겠다고. 그리고 단순, 무식, 지극하게 수련하시라. 그러면 틀림없이 당신은 몇 달 후에는 남이 나와 다르지 않으며, 온 세상이, 온 우주가 나와 다르지 않음을 알게 될 것이다.

나란 무엇인가?

당신이 가본 혹은 당신이 가볼 그 자리 즉, 지금 내가 나라고 알고 있는 이 몸뚱어리가 없어지고, 이 몸뚱어리로 알음 한 모든 것이 없어지고, 나라는 개념까지 없어진 자리를 이제는 그냥 공(空)이라고 하자. 그 공의 자리는 몸과 마음이 나뉘어 있는 자리가 아니다. 텅 빈 몸이 있고 거기에 가득 찬 마음이 있는 것도 아니다. 공의 자리는 몸과 마음이 없는 자리이다. 공은 그냥 공이다. 아무것도 없다는 개념도 버려라. 없음도 없는 자리이니. 공은 그야말로 불립문자(不立文字)이며, 불성언어(不成言語)인 자리이다. 오로지 되어보는 수밖에는 알 수 없는 자리. 그래서 나는 당신에게 그 자리를 설명할 수가 없다. 내가 택한 표현은 다만 '없음도 없는' 인 것이다. 없음도 없는. 그것으로도 충분치 않다. 그러나 그 외에 어떻게 표현할 수 있으랴.

내가 수련할 때 없다는 개념 때문에 없다고 생각하고 보니 깜깜하였다. 어둠이 남아 있었다. 그 어둠도 버려라. 어둠도 없는 자리. 어둠도 하나의 개념이다. 그것까지 비워야 한다. 그래도 남아 있는 한 목소리가 있다. 나의 목소리. 그것도 비워야 한다. 그것까지 비워야 비로소 공이 된다. 그리고 그 자리, 나의 목소리까지 비운 그 자리를 '본 나' 라고 하자. 본 나는 '본래 나' 이다. 그 본 나로부터 나온 것이 나이다. '나' 가 '온' 것 즉, 나 온 것이다. 나온 것은 '나오다' 라는 말이고, 어떤 영역의 내부로부터 바깥으로 나오는 것을 우리는 '남' 이라고 한다.

남.

남은 남(出生)이고 또한 남(他人)이다.

나는 본래의 나로부터 나뉜 것이다. 나누어진 것이다. 본 나로부터 나뉜 것이 나이고, 그와 똑같이 본 나로부터 나뉜 것이 남(타인, 낳다)이다. 그래서 마음 나의 자리에서는 이것과 내가, 혹은 저것과 내가 일치되지 않았던 것이다. 그러나 일치되지 않았다고 하여도 우리는 모두 그 '나' 이다. 한(큰, 하나인) 나인 것이다.

우리 한 번 크게 웃어보자구요, 거기에 무엇이 있게?

우리는 모두 그 한 자리의 나툼이다. 본 나로부터 나온 것이 나이고 남이다. 그 나를 앎. 나 앎 → 나 암 → 남. 그것이 남(他人)이다. 그러므로 나를 아는 것이 남(他人)인 것이다. 여기에서 '나' 란 본 나도 되고 본인을 뜻하는 나도 된다. 그리고 그것이 남(出生)이다. 이렇게 보면 나, 남, 낳다, 나누다, 나뉘다. 이 말들은 뿌리가 같다. 나아가다까지도. 나아간다는 것은 전진하는 것을 의미하는데, 이것은 본래의 나에게로 다가감을 의미한다. '낫다' 도 마찬가지이다. 본래의 나로 되는 것이 낫는 것이다. 상처가 생기거나 어디 이상이 생긴 내가 본래 온전한 나로 되는 것이 낫는 것이다. 더 '나은' 것도 그런 뜻이다. 그 자체로 온전한 그 나에게 더 다가가 있는 것이 더 좋다는 의미이다. 억지 같아 보이겠지만 이것은 진실이다.

어떤 언어이든지 각 언어에는 이러한 신비스러운 코드가 숨어있다. 우리말도 깨닫고 보면 너무나 신비롭다. 하물며 우리는 한민족이다. '한' 이라 함은 어떤 이는 책 한 권이 나올 만큼의 뜻이 있다고까지 말한다. 그 중에서도 가장 우선적으로 보아야 할 뜻이 '하나' 라는 의미이다. 하나. 그 하나는 바로 본래 나의 자리가 아니던가. 한 개로서의 나. 하나, 하나님, 하늘, 한얼, 한울. 이러한 말들도 역시 뿌리가 같다. 여기에 한민족. 한민족인 우리는 참 위대한 민족이다. 깨우친 혹은 깨달은 민족이라는 뜻이 아닌가!

우리는 욕을 해도 최상의 자리로, 참으로 엄청난 욕을 하였다. 십할 놈. 뒈질 년. 장관을 해 처먹을 놈 또는 대통령이 될 놈도 아니고 십할 놈이다. 세상에나, 음과 양이 통하여 성통공완할 놈이 아닌가! 즉, 최고의 깨달음의 경지에 이를 놈인 것이다. 아마도 그렇게 위대한 놈이 왜 그 모양으로 사느냐는 깊은 뜻이었을 게다.

뒈질 년은 또 어떤가. 이것은 되어질 년이라는 뜻이다. 되어지다. 우리는 죽는 것을 되어진다고도 한다. 죽어서 몸뚱이를 벗고 본래의 나로 되어짐을 의미한다. 실제로 몸뚱이만 벗으면 모두 본 나로 되어지면 오죽 좋을까만, 어쨌거나 본래의 나로 되어진다. 이 욕은 본 나로 되어진다는 뜻이다. 이 또한 최고의 깨달음을 얻을 년을 의미하는 것이다. 욕조차도 우리는 이렇게 어마어마하게 하였다. 참으로 엄청난 민족이다. 그러나 자만하지 말아야 한다. 지구상에는 위대하지 않은 민족은 하나도 없기 때문이다. 우리가 우리말을 알듯 그들의 말을 안다면 그 민족을 지칭하는 말이 모두 엄청나게 위대한 것임을 알 수 있을 것이다.

나는 외국어를 우리말만큼 아는 것은 하나도 없으나, 멋진 인디언의 말이든, 그 멋있는 모습의 마사이족의 말이든 다 이러한 진리를 담은 비밀스럽고 신비로운 기호가 있을 것임을 이제는 안다. 그들도 바로 '나'이기 때문이다. 어디 나라나 민족의 이름뿐인가. 사람의 이름을 살펴보시라. 부모님들은 깨닫지 않고도 어찌도 그렇게 낫게끔, 나아가게끔, 본 나로 되어지게끔 이름을 지어주시는지 참으로 감탄스럽다.

이렇게 큰 뜻이 있다고 해도 욕을 하지는 마시라. 지금은 그런 의미를 알고 있는 사람이 없다. 그것은 너무나 밀초적인 뜻으로 밖에는 알지 못한다.

말은 뜻을 전하는 도구이다. 알아들을 수 있는 범위 내에서 하여야 한다. 그러니 절대 이 엄청난 욕은 쓰지 마시라. '못된 것'도 마찬가지이다. 참 나가 되지 못했다는 뜻이고, 우리는 모두 아직 참 나가 되지 못하였다. 듣는 이만 되지 못한 것이 아니라 말하는 이도 되지 못한 것이니 쓸 자격이 없는 말이 아니겠는가.

말의 오묘함! 말장난 같지만 하나만 더 이야기하련다. 마음과 몸을 잘 살펴보시라. 마음을 단음절로 발음하면 맘이다. 맘. 이 맘이 모인 것이 몸이다. 마음이 모인 것이 바로 몸인 것이다. 몸이 나가 아니다. 사람들은 보이는 것만 실재한다고 믿어서 몸이 나인 줄 안다. 그러나 그 몸은 나의 마음이 모인 것이다. 마음이 없으면 몸도 없다. 예를 들어 사람이 죽으면 돌아가셨다고 한다. 죽은 몸은 움직이지도 못하고 가만히 있는데 어디로 돌아가셨다는 말인가. 우리말은 몸이 나의 본질이 아님을 예로부터 이렇게 일컫고 있는 것이다. 또 웃어 볼까나. 몸을 아는 것은 무엇일까요? 맘? 그거 아닌데….

말은 말 자체로 에너지(기)가 있으므로 아무렇게나 해서는 안 된다. 말로도 복을 짓는다. 이 말을 뒤집으면 말만으로도 얼마든지 업을 지을 수 있다는 이야기이다. 죄는 없어도 업은 있다던가.

나는 이 세상에는 오직 하나의 업이 있다고 생각한다. 그것은 바로 나와 남을 멀어지게 하는 것이다. 그것은 살리는 일이 아니라 죽이는 일이므로. 이 말은 나와 친한 아무개와 더욱 친하게 지내라는 말이 아니다. 더 많은 사람을 사랑할 줄 알아야 한다는 이야기이다. 나를 사랑하고, 나와 마주하는 너를 사랑하고, 너희들과 그들까지 사랑하여야 한다는 뜻이다. 겨자씨만큼이든, 손바닥만큼이든 우리는 다 깨달은 사람이 아닌가. 자기가 깨달은 그 됨으로부터 정성껏 살아서 정진하다보면 결국은 하늘만큼 깨닫고, 우주만큼 깨달아 하나 됨을 이룰 수 있을 것이다.

'저 꼴 보기 싫은 사람'은 생각할 필요도 없다. '저 미워 죽겠는 사람'은 돌아볼 필요도 없다. 당신이 먼저 사랑하는 마음을 내시라. 말 한마디에 따듯한 온기를 담아보시라. 왜 그가 먼저인가? 당신에게 있어 세상의 중심은 바로 당신이다. 그러므로 당연히 당신이 먼저이다.

당신부터 참 나로 깨어나십시오.
삶은 목적도 사랑이고 방법도 사랑입니다.
살 앎입니다.
참 살 앎.

거울 앞에 서면

거울 앞에 서면
나를 닮은 당신이 마주 서 있습니다
내가 웃으면 당신도 웃고
내가 화를 내면 당신도 화를 내고
내가 춤을 추면
당신도 춤을 춥니다

함께 살아가기는
내가 거울 앞에 선 것처럼
나로 인하여 비추어진
나의 반영인 것을 여태 모르고 살았습니다

어째서 이토록 빈약한 자부심을
갖게 되었는지
나 있음을 저 혼자서 알지 못하는
시각 탓이나 하렵니다
나를 볼 수 있는 것은 그들이지
제가 아닌 까닭에…

내가 볼 수 있는 것 역시
제가 아닌 당신, 또는

그들이 아니겠습니까

거울 앞에 서면

나는 당신을 생각하고

그들을 생각합니다

당신이 웃고 돌아서면

당신을 향하여 웃고 있는

그들이 있을테니까요.

〈그들은 당신입니다〉

1996년 3월

제2부_참살리기

•수련 이야기 •첫 번째 경계. 진짜 나(진리 알기) •두 번째 경계. 가짜 나(깨어나기)
•세 번째 경계. 몸 나(경험 없애기) •네 번째 경계. 귀신 나(한알 자리) •다섯 번째 경
계. 영혼 나(한울 자리) •여섯 번째 경계. 우주 나(한얼 자리) •일곱 번째 경계. 본 나
(없음도 없는 空의 자리) •여덟 번째 경계. 마음 나(거듭나기) •아홉 번째 경계. 참 나
(살 나기) •열 번째 경계. 참사람으로 살기

수련 이야기

　이제는 수련에 대하여 이야기를 하고자 한다. 남에게 이 수련을 시켜본 적이 없으니, 적이 걱정이 앞선다. 나는 그저 나의 수련경험을 바탕으로 이야기할 것이다. 명상센터에서 돌아오는 차 안에서, 그것이 수련을 하고자 하는 사람 혹은 길을 묻는 사람을 위하여 내가 하여야 할 일임을 깨닫고 수련에 관한 이야기를 해야겠다는 마음을 냈던 것이다. ○○명상센터 가람원에 가서 수련을 하였지만, 나는 그곳에서 1코스를 마치고 2코스 초반에 중도 하산하였다. 그래서 ○○명상센터의 수련방법은 1코스밖에 모른다. 2코스에 올라갔을 때 하필이면 그때따라 지도 강사님이 1코스에서 한 수련을 확실하게 끝낸 다음 2코스의 수련을 본격적으로 들어가겠노라 하셨기 때문에, 2코스 방법은 듣기는 했어도 해보지는 못했다. 내 수련에 몰두해 있어

방법을 써두지도 않았으므로 정확히는 알 수가 없지만, 수련 조교님이 2코스야말로 '명상수련의 꽃'이라고 했던 것은 기억난다. 그러니 나는 내가 지나온 길을 이야기할 수밖에 없다. 설명하는 말이 다를 뿐 이 세상의 모든 수련은 목적지가 다 같다.

수련도 인연 따라 만나는 것이어서 수련하는 단체나 방법들이 많이 있건만, 나는 그때 ○○명상센터로 갔다. 아바타 프로그램을 시작해볼까 하는 마음도 있었고, 템플스테이도 염두에 두고 있었지만, 나에게 닿은 인연은 ○○명상센터였다. 지금 생각해보면 그것이 인연이다. 이 글을 보시는 독자에게도 이 책을 만난 것이 하나의 인연임을 명심하시라.

우리는 수련을 하지 않아도 산다. 수련을 하면서 사는 것이 어쩌면 번거롭고 바쁠 수도 있다. 그러나 수련을 하지 않더라도 일상은 바쁘고 번거롭다. 그 바쁘고 번거로운 것으로 인하여 마음이 불편하고 무거워지면 삶은 고달프다. 수련은 궁극적으로 그 번거롭고 바쁜 것으로부터 자유로워지고자 하는 것이다. 마음으로부터 바쁜 일상이 한발 물러나 관망할 수 있는 거리와 여유가 생기고, 왜 그렇게 사는지를 확연히 깨달아 마음에 남는 거짓된 찌꺼기가 없게 되니 마음이 순수 허공이 되어 평안하게 살게 되는 것, 그것이 수련이다.

하루 종일 일하고 불행한 사람이 있는가 하면, 하루 종일 똑같이 일하고서도 행복한 사람이 있다면 우리는 당연히 행복한 사람이 되어야 하지 않을까. 바쁘고 번거로운 것에 잠시만 더 바쁘고 번거로움을 보태는 것으로 남은 아주 긴 시간을 자유롭고 여유롭게 살 수 있다면 기꺼이 투자할만한 것이 아닐런지. 엄마 때문에 아빠 때문에,

아내 때문에 남편 때문에, 직원 때문에 상사 때문에, 자식 때문에 친구 때문에…. 나와 마주하는 그 사람들 때문이라고 하던 것을 이제는 그쳐야 한다. 손가락을 밖으로만 향하던 것을 이제는 내 가슴을 향하게 하시라. 아직도 마음으로 나를 대상으로 삼기가 어려울 수도 있지만, 그것이 되어야 수련이 가능하다.

지금 주변에 좀 달라졌으면 싶은 사람이 있는가? 좀 이렇게 혹은 저렇게 바뀌었으면 하고 바라는 사람이 있는가? 만약 그런 사람이 있거든 그 사람을 당신이 바꿔보시라. 어떻게 하시겠는가? 어떻게 하면 그 사람을 바꿀 수 있을 것인가? 그 사람에게 '당신은 이런저런 단점이 있으니 고쳐보라' 고 할까? 진짜로 그 사람은 이런저런 단점이 있는데도 그것을 인정할 줄 모르니 답답하기 그지없다. 그렇죠?

그러나 말해보았자 싸움밖에 더 되겠는가. 싸움은 그렇게 시작이 되는 것이다. 싸움이 나면 분명 상대방은 이렇게 나를 대적해올 것이다.

"너는 잘못이 없어? 너에게는 이런저런 잘못이 있는데 감히 나한테 잘못한다는 말을 해? 너나 잘해!"

그렇다. 그 사람이 볼 때에는 내가 잘못 투성이이다. 그러니 그 사람은 자신이 달라지는 것보다 나부터 잘해야 한다고 생각한다. 그 사람에게 있어서는 그래야 하는 것이다. 어떻게 하시겠는가?

때로는 나는 최선을 다했는데 그 사람이 개선이 안 된다고 괴로워하는 사람을 본다. 바로 내가 그랬다. 고부갈등으로 괴로워할 때 그 원망스러운 시어머니 때문에 그런 마음으로 살았다. 직장 가진 며느

리와 같이 살면서 청소며, 주방 일이며 일체 손놓고, 손가락 하나 까딱도 하지 않으려던 시어머니. 그야말로 밥 다 차려놓고 "진지잡수세요" 하면 들어와서 당신이 밥을 다 잡수시면 숟가락 딱 놓고 나가시던 시어머니였다. 결혼하고 5년여를 남편은 취직도 못하고 지냈는데, 거기에 대고 시집에 하라는 것은 보통을 훨씬 넘으시던 내 시어머니. 불만에 불평을 더하고 내 마음이 너덜너덜 헐고 헤져서 정신이 반쯤 돌아가는 지경이 되었지만, 그 양반을 바꿀 수는 없었다. 내가 달라지는 수밖에는.

그렇다. 맞서는 사람은 거울이다. 우리는 대인관계를 거울 보듯이 하여야 한다. 거울 앞에 서면 나의 상이 보인다. 남은 그런 존재이다. 거울을 보며 웃으면 거울 안의 나도 웃는다. 내가 거울 속의 내 모습을 때리려고 주먹을 휘두르면 거울 속의 나도 나를 때리겠다고 주먹을 휘두른다. 거울 속의 그 모습이 밉고 마음에 안 든다고 아무리 너 바뀌어보라고 해봐야 아무 소용이 없다. 그 상을 바꾸려면 방법은 오직 하나다. 내가 바뀌는 수밖에.

그렇다. 내가 바뀌는 수밖에 없다. 내가 바뀌면 비로소 나와 마주하고 있는 그가 바뀐다. 내가 바뀌는 것은 싫은 마음, 미워하는 마음, 원망하는 마음에서 그렇지 않은 마음으로 바뀌는 것을 말한다. 미워하는 마음이 다름 아닌 지옥이다. 생지옥. 나는 그 지옥에서 살고 있었고, 그래서 마치 접시를 들고 있다가 떨어뜨리면 산산이 깨어져버리는 것처럼 그렇게 그 미움을 내려놓고 싶었다. 그러나 그 미움 내려놓기는 생각만큼 만만한 것은 아니었다. 만만은커녕 너무나 어려웠다. 진짜 너무나 어려운 일이 아닐 수 없었다. 10년도 넘는 아주 많은 시간과 아주 많은 우여곡절을 겪어낸 다음, 그 끝에서 얻은 깨달음이 조금이라도 감사하는 마음을 가지면 미움을 내려놓을 수 있겠구나 하는 것이었다. 나는 참 미련하다. 이런 것을 몽땅 겪어서 알았으니. 좀 더 그것으로부터 벗어나는 정보를 검색하고 좀 더 능동적으로 대처하였더라면 좀 덜 마음고생을 하지 않았을까. 그러나 그것도 다 인연인거라 내가 겪을 만큼 겪고서야 되어진 것이 아니겠는가.

눈곱만큼만이라도 감사하는 마음이 가슴에 들어오면 그것으로부터 기적이 일어난다. 그런데 아무리 감사할 거리를 찾아도 도대체가 감사할 거리가 없었다. 나한테 해준 게 뭐가 있다고! 나는 그 양반이 나한테 해준 것을 찾았지만 찾을 거리가 있어야 말이지. 그러다가 친정 고모를 생각했다. 우리 착한 고모는 풍으로 자리에 누우신 시어머니를 벌써 몇 년째 수발하고 계신다. 병들어 똥오줌을 받아내야 하는 노인네를 모시고 사는 사람들도 많은데, 그렇지 않은 것만으로도 얼마나 감사하냐. 아, 이것이 마음을 다스리는 키포인트다! 정말이지 하느님이 나를 도우신 거다. 지금 생각해보면 이 대목에서 내가 기특하기 그지없다. 나는 그렇게 내 마음을 다스렸었다. 그런 마음으로 살다보니 내 마음이 좀 더 열리고, 내 마음이 그렇게 바뀌고 나니 내 시어머니가 달리 보였다. 그동안 내가 싫고 미워서 못 보았을 뿐이지 쓰레기 버리기를 하셨으며, 보일러실에 일이 있는 것은 어머니가 항상 봐주시지 않았는가.

지금 내 시어머니는 서서히 본인이 달라져야 하는 때를 만나고 계신다. 내가 직업 때문에 타지로 나오고 나서, 내가 겪었던 대로 어머니를 고스란히 다 겪으면서 사는 남편에게 그분이 달라질 것이라는 말을 하면 기대도 하지 말라고 일축한다. 참으로 터무니없고 어불성설 같아 보이지만, 그분의 인연으로 때가 되어가고 있다. 나는 그분이 조금씩이나마 나아가시리라는 것을 안다. 아직도 때가 설익어 지금 무척이나 많은 어려움을 당하고 계시지만, 그런 줄을 본인도 모르고 주변 사람들도 아직 모른다. 그래도, 그래도 나아가실 것이다. 언제가 될지는 모르지만, 그러나 그분도 그 때를 만나게 되리라. 그래야만 된다. 그것이 이 세상의 이치인 것이다.

지금 현실이 고달픈 사람, 지금 현실이 괴로운 사람, 지금 이 현실이 아픈 사람, 그래서 지금 내 상황이 바뀌었으면 좋겠다는 사람은 자신을 바꿔보시라. 그런 사람은 때가 된 것이다. 내가 달라져야 하는 때. 그런데 사람들은 그때를 알지 못하고 나와 마주하고 있는 사람을 바꾸면 나의 상황이 달라지리라 생각한다. 환경을 아무리 바꿔도 내가 달라지지 않으면 마음의 갈등은 언제라도 다시 온다. 마주하는 대상이 달라졌을 뿐 다른 것으로라도 반드시 온다. 사람이 아니면 돈이라든가, 건강이라든가, 일이라든가 그런 것으로. 왜 그렇겠는가? 당신이 명상하여 답을 내어보시라.

이 수련은 처음서부터 끝까지 내 마음을 확인하여 거기에 있는 것을 버리는 수련이다. 버리면 된다. 되면 또 버릴 것을 만난다. 그러면 또 버리고, 버리면 또 된다. 되어지는 것이다. 되면 되어진 그것으로 성심껏 살다보면 또 버릴 것을 만난다. 그렇게 경계를 넘어가면서 나아간다.

수련일지를 정리해보니 각 과정마다 다 된 줄 알고 정말로 용어를 함부로 썼다. 그래서 읽는 이가 혼선을 빚을 수가 있지만, 되는 느낌이나 단계에서는 그 잘못 쓴 용어가 수련 중에 있는 사람들이 공감할 수 있는 생생한 것이어서, 아주 많이 혼란스러울 것 같은 부분을 제외하고 대개는 그대로 썼다. 지금 이 자리에서 정리를 하여보면 경계는 이렇다.

1. 진짜 나(진리 알기)
2. 가짜 나(깨어나기)
3. 몸 나(경험 버리기)
4. 귀신 나(한알 자리)
5. 영혼 나(한울 자리)
6. 우주 나(한얼 자리)
7. 본 나(없음도 없는 쏫의 자리)
8. 마음 나(거듭 나기)
9. 참 나(살 나기)
10. 참사람으로 살기

중국 선종의 육조 혜능은 오조 홍인으로부터 의발을 물려받고 다툼을 피해 무명으로 떠돌며 오랜 기간을 살았는데, 서기 676년 광주 법성사에 이르렀을 때 하루는 그곳의 인종법사가 법문을 강해하였다. 그날은 바람이 심해 절의 깃발이 하늘에 펄럭이고 있었다. 그것을 보고 한 신도가 말했다.

“저건 바람이 움직이는 거야.”

그러자 다른 신도가 말했다.

“아니지, 저건 깃발이 움직이는 거다.”

아니다 분명 바람이 움직이는 거다, 아니다 깃발이 움직이는 거다. 둘은 급기야 목소리가 높아지기에 이르렀다. 그때 혜능이 말하였다.

“움직이는 것은 바람도 아니고 깃발도 아닙니다. 바로 당신들 마음입니다.”

그렇다. 세상은 처음서부터 끝까지 나의 마음에서 비롯되었다. 이것을 알아야 한다. 이것이 바로 진리이다. 내가 초등학교 2학년 때 친구를 따라 성당에 갔더니 기도를 하는데 “내 탓이오, 내 탓이오, 내 탓이로소이다”하면서 가볍게 주먹 쥔 손으로 자신의 가슴을 치는 시늉을 하는 것을 보고 기분이 무척 나빴다. 내가 잘못한 것도 없는데 내 탓이라니. 아직 마음이 어려서 그 말을 수용할 수가 없었던 것이다. 지금에 이르러 보니 그것이 바로 진리인 것을.

나는 오로지 나로 인하여 되어진다는 이 말이 불쾌한 사람은 아직 이 수련과 인연이 아니다. 수련은 인연과 때가 닿지 않고는 할 수가 없다. 초등학교 2학년 때 나는 그 후로는 성당에 가지 않았다. 지금은 성당도 좋고, 교회도 좋고, 절도 좋고, 제대로 된 경전을 가진 모든 종교가 다 좋다는 생각이다. 하지만 그때는 아무 잘못도 없는 내 탓을 해야 하는 것이 견딜 수가 없었다. 여기서 보니 모든 잘못이 내 탓인데 아직 어린 나는 그것을 이해할 수가 없었다. 오히려 자존심이 무척 상했던 것이다.

그렇다. 내가 겪고 있는 이 모든 괴로움, 서러움, 고통은 나의 마음에서 비롯된 것이다. 몸 나로 살고 있는 내가 낸 거짓 마음인 것이다. 그래서 몸 나가 낸 그 거짓 마음들을 다 거두어내면 공의 자리 즉, 본성에 이르게 된다. 이 수련은 바로 그 본성 즉, 본 나를 찾아가는 수련이다. 본 나가 되어서 참 나로 다시 나는 수련, 그래서 마음으로 참 마음을 찾아가는 수련인 것이다. 참이 진리 아니던가.

과정의 수련내용을 요약하면 다음과 같다.

① 맨 처음은 진짜 나가 무엇인지를 아는 단계이다.

진짜 나가 무엇인지를 알기 위해서는 진짜인지 아닌지를 판단할 수 있는 기준이 있어야 하는데, 그 기준이 될 수 있는 것은 오로지 진리뿐이다. 그렇지 않은가? 진리에 어긋남이 없으면 진짜요, 진리에 어긋남이 있으면 가짜이다.

② 그래서 진짜 나가 무엇인지 알면 그 다음에는 가짜 나가 가짜인 것을 알아야 한다.

우리는 진짜 나도 모르고 살았지만 가짜 나도 역시 모르고 살았다. 진짜 나가 진짜인 것을 모른 이유는 가짜 나가 가짜인 것을 몰랐기 때문이다. 우리가 여태껏 가짜 나가 진짜 나라고 알고 있었던 까닭은 그 가짜 나 이외에는 없는 줄 알았기 때문이다.

아직도 진짜 나가 진짜인지는 알 길이 없지만 내가 알고 살았던 나는 안다. 그 내가 가짜 나라는데 가짜 나는 내가 진짜 나인 줄로 잘못 알고 있기는 하지만, 어쨌거나 알고는 있다. 그러므로 알고 있는 것을 단서로 가짜인 것을 밝혀낼 수 있을 것이다. 진짜 나라고 알고 있었던 그것이 "가짜구나"라고 마음으로 확인이 되면 된다. 그렇다고 치는 것이 아니고 마음에서 그것이 정말로 가짜 나가 되어야 한다. 내가 알고 있는 내가 가짜인 것을 나의 진심이 알아야 한다.

몸 나는 몸으로 우주와 경계를 짓고 있으며, 그 몸 안에 몸으로 산 경험과 함께 느낌과 개념을 모두 가지고 있다. 이것들은 살면서 몸이 낸 거짓 마음이다. 그것들이 다 가짜이다.

③ 그래서 가짜 나가 가짜인 것을 알았으면 그것을 버려야 한다.

그것을 버리고 진짜 나로 살아야 한다. 가짜 나가 몸 나라고 하였다. 몸 나를 버리는 것은 바로 죽는 것이다. 걱정하지 마시라. 수련은 진짜로 몸을 죽이는 것이 아니고 마음으로 거짓 나인 몸 나의 상태를 떠나보는 것이다. 마음으로 아무리 죽어도 몸이 죽지는 않는다. 오히려 내 몸에 독이 되어 쌓여있던 경험의 찌꺼기들을 모두 버림으로써 몸과 마음이 정화되는 과정을 만날 것이다.

몸 나가 죽으면 몸은 없어진다. 그러나 몸만 죽었지 마음은 여전히 몸으로 살았던 인식을 그대로 가지고 있다. 형태가 없기는 하지만 마음은 여전히 몸 나의 형상을 그대로 지니고 있는 마음이므로 그 마음은 역시 거짓 마음이다. 그 거짓 마음은 몸으로 지었던 경험들이고, 몸을 가지고 살면서 지녔던 느낌과 개념들이다. 이것을 다 버려야 한다. 우선 죽어보자. 죽어야 산다.

④ 그래서 죽으면 그 다음은 몸 나의 몸을 버린 다음의 단계이다.

경험은 몸 나가 죽으면서 함께 버렸다. 그래서 몸으로 살 때의 느낌과 개념을 인식하는 인식체(認識體)의 마음은 많이 밝아져 있지만, 그래도 아직 몸 나로 살았던 습(모습)을 그대로 가지고 있다. 그 습성이 바로 느낌과 개념이다. 경험은 다 없어졌어도 사랑하면 떠오르는 느낌이 있고, 서울하면 떠오르는 느낌이 있으며, 앞이라고 하면 느껴지는 앞이 있고, 어머니하면 떠오르는 느낌이 있다. 이것을 또 버려야 한다. 티끌만한 것도 남기지 말고 다 버리시라. 그래야 마음에 끄달림 없이 살고, 다음 단계로 넘어갈 수 있다.

⑤ 느낌과 개념을 다 버렸으면 이제는 오직 그냥 나라는 개념만 남는다.

이것이 영혼 나이다. 영혼 나는 나라는 의식만을 가지고 있다. 그래서 의식체라고 하였다. 한울로써의 하나의 울타리 즉, 나라고 의식하는 그 범위 내지는 영역 테두리선, 그것이 의식체이다. 이 테두리선을 경계로 그 안도 비었고 그 밖도 비어있다. 한울의 의식은 순수의식이고, 순수의식은 비어있다. 순수의식은 색이 없다. 밖은 그대로 우주이다. 그러니 그 테두리선을 지워버리면 된다. 경계를 이루었던 그 영혼의 껍질(의식체)을 홀랑 벗어버리면 된다. 그러면 경계가 없는 우주 허공이 나타난다.

⑥ 우주 나가 되면 경계도 없고 그냥 허공인데 수련하여 보시라.

그 안에 하나의 목소리가 여전히 존재한다. 태초에 말씀이 있었다고 성경에도 있지 않던가. 참 나를 찾아가는 수련에서도 목소리를 만나게 된다. 수련하는 동안 내내 나와 함께해온 목소리임도 수련을 하여보면 안다. 이제는 이 목소리를 없애야 한다. 없앨 수 없을 것 같지만 정진 또 정진하다보면 비워지는 때가 온다. 그러니 믿음으로 수련하시라.

⑦ 그 목소리까지 비워내면 비로소 순수 허공인 공의 자리가 되는 것이다. 없음도 없는 공의 자리.

어느 단계이던지 자신이 깨달음으로 된 그것으로 살아보아야 한다. 몸이 살만큼 살아서 늙어진 다음에야 죽음을 만나듯이, 몸 나 다음의 단계마다 되어진 그것으로 살아서 시간이 무르익어야 다음 단계로 이어지는 때를 만난다. 지금 살고 있는 그 단계의 지평을 버리게 되는 경계를 만나게 된다는 뜻이다. 그러니 우리의 생활이 그냥 성실하듯이 그냥 그것으로 성실하게 살면 또 되어진다. 공(空)의 자리에 이르렀으면 그 상태를 명상하시라. 단지 그것임을 명상하시라. 그것이 공으로 사는 방법이다.

⑧ 그렇게 누리고 살다보면 홀연히 마음 나로 낳아진다.

이것이 거듭남이다. 거듭나면 실제로 몸의 감각이 갓난애처럼 되어진다. 촉감도 새로 익혀야 한다. 눈도 새로 떠야 한다. 그래서 성장하여야 한다. 처음에는 내 마음이 거듭난 줄을 알기 때문에, 범 무서운 줄 모르는 어린애처럼 자만심을 낼 수도 있다. 자만심, 그것은 단연코 거짓 마음이다. 그러므로 경계하여야 한다. 스스로 한번 보고 버리시라. 사는 것은 우리가 이 세상을 사는 것 그대로이다. 이 세상에 태어났다고 하여 뻐기고 자만하며 살던가. 아무도 그렇게 하지 않는다. 그러니 그것으로 그냥 성심껏 사시라. 이제는 '성심껏'이라는 말이 '지어서 사는 것이 아닌 그냥 성실한 것' 임을 알 것이다. 각 단계마다 겸손하고 또 겸손하여야 한다. 겸손하지 않은 마음이 난다면 역시 깨달은 사람이 아니다. 자연히, 내가 겸손하다는 의식도 없이 겸손해지는 것이 깨달음이다. 나를 일으키지 않으니 겸손할 수밖에. 깨달은 사람은 물이 흐르듯 바람이 불듯, 사는 것이 그냥 자연스럽다.

⑨ 그렇게 살다가보면 마음 나가 성숙하고 무르익어 때가 되면 마지막 경계를 만난다.

그리로 해서 살아가다보면 다시 살이 난다. 이것이 마음과 몸이 하나가 되어 참사람으로 되는 것이다. 참사람이 사는 세상이 참세상이다. 그러므로 참세상은 그 참사람이 되어 눈을 떠보면 안다.

⑩ 참사람이 되어 참세상에서 살아보시라. 어떤 세상인지 자연히 알게 된다.

참세상. 참은 거짓이 없는 것 아니던가. 거짓이 없는 세상이 참세상이다. 거짓 없는 세상은 어떤 세상인지 알고 싶지 않으신가? 거짓이 없는 세상에서 살고 싶지 않으신가?

그러니 수련하시라. 수련하여 당신도 참세상으로 오시라. 모든 이가 참사람이 되어 여기서 살아보자. 거짓이 없어서 재미가 없을 것 같은가? 되어 보지도 않고 어떻게 아시겠는가? 오시라. 와서 함께 살아보시라.

　바르게 뜻을 전달하기 위하여 몇 개의 용어를 나름대로 정의하고 넘어가고자 한다. 말은 형체가 없어서 마치 밀가루 반죽과 같다. 이런 모양으로 던졌어도 받는 이가 나름대로 저런 모양으로 받을 수가 있는 것이다. 각자가 각자의 입장에서 말하고 듣기 때문에, 같은 뜻으로 말하고 듣기 위하여 의미를 정의해볼 필요가 있다고 본다. 억지가 있다고 여기실 수도 있지만, 내가 수련하는 과정에서 만난 단계이고 경계들이었다. 수련에 있는 것들이었으므로 말을 만들기도 하였다.

- 나아가기 : 본 나 쪽으로 가는 것. 참 나에게로 가는 것
- 수련 : 정신을 집중하여 마음으로 나아가기
- 수행 : 실천을 통하여 몸으로 나아가기. 생활수련
- 몸 나 : 몸 ＋ 거짓 마음
- 거짓 마음 : 몸 나가 낸 마음(경험＋인식체)
- 개체의식 : 낱개로 인식하는 나
- 순수의식 : 빈 의식. 색(色)이 없는 의식
- 한알 : 낱개 의식. 분리된 자아의식. 몸 나의 의식
- 한울 : 테두리만 가지고 있는 낱개 의식. 의식체
- 한얼 : 본 나의 한 의식. 전체가 하나로서의, 울 없는 나 의식. 흔 목소리(수련을 해보면 아는데…)

- 본 나 : 순수 허공. 쏜. 진리. 본성

• 마음 나 : 순수 허공의 자리에서 거듭난 나. 마음으로 새로이 태
  어난 나

• 참 나 : 마음 나에 살이 난 참사람 나

• 신체(身體) : 몸 나. 

• 인식체(認識體) : 인식으로 지은 몸으로, 몸 나로 산 삶의 느낌
  으로 이룬 형상이다.

• 의식체(意識體) : 몸 나의 기억과 느낌이 모두 빼내어졌지만, 나
  하나의 형상(개체 의식)을 가지고 있다.

• 심식체(心識體) : 마음 나

• 심체(心體) : 참 나

• 체(體) : 물질형상을 가지고 있는 나. 물질세계에서 살고 있는
  나이다. 몸 나와 참 나의 상태이다.

• 식체(識體) : 몸 형상이 없는 단계의 나. 귀신 나, 영혼 나, 마음
  나가 여기에 속한다.

진짜 나(진리 알기)

이 수련은 나를 찾아가는 수련이다. 참 나를 찾아가는 수련.

참 나를 찾아 참 나가 되는 수련이다.

참은 진짜이고, 진짜는 진실한 것이고, 진실한 것은 진리에 어긋나지 않는 것이므로, 참 나를 찾으려면 진리를 알아야 한다. 진리를 아는 것이 깨우침이고, 그러므로 깨우침이 없이는 참 나에 이를 수 없다. 따라서 진짜 나를 알기 위해서는 진리가 무엇인지를 알아야 한다. 우선 진짜 나는 어떤 나인가?

아니 그럼, 진짜 나도 있고 가짜 나도 있나?

그렇다. 진짜 나도 있고 가짜 나도 있다. 그런데 지금 나는 '가짜 나'는 가르쳐줄 수 있지만, '진짜 나'는 가르쳐줄 수가 없다. 그 진짜 나는 찾아내어 되어야 한다. 찾아내어 진짜 나가 되어보아야 그것이 진짜인줄을 안다. 그것을 찾기 위해서는 지금 가르쳐줄 수 있는 가짜 나를 알아야 한다. 우리는 아직 가짜 나도 모른다.

나는 몸과 마음이다. 몸과 마음이 나이다. 사람들은 보통 몸이 나라고 여기고 산다. 몸은 '나'가 아니고 '나의 것'이다. 이것만 알아도 한결 자유로우련만, 그저 몸이 나인 줄 알고 몸치장에, 몸 위하기에, 몸 섬기기로 사는 사람들을 어찌할까. 마음은 눈에 보이지 않으니 잊고 산다. 만져볼 수도 없으니 실제가 아니라고 한다. 그러나 나에게 마음이 없이는 나의 실제인 줄 아는 그 몸의 손끝 하나라도 움직일 수가 없다. 누가 마음이 없다고 하겠는가? 우리는 나에게 몸과 마음이 있다는 것을 누구나 다 안다. 이 세상에서 살면서 우리가 아직껏 한 번도 그렇게 해본 적이 없지만, '나'의 구성요소가 둘이라니 그 둘을 구분하여 몸 나와 마음 나로 나누어 보자. 그래서 진짜 나란 몸으로 된 나인지, 마음으로 된 나인지를 알아보자. 이것도 잘 안되지만 그래도 해보자. 자, 몸 나가 진짜일까, 마음 나가 신싸일까?

진짜 나를 알기 위해서는 기준이 있어야 한다. 그 기준은 두말할 필요도 없이 진리이다. 진리에 어긋나지 않는 것이 진실이고 진실한 것이 진짜이니까. 진리란 무엇인가? 되풀이하는 이야기지만, 진리가 무엇인지 알아야 진짜 나를 알 것이고, 또한 진리가 무엇인지 알아야 진리를 깨달을 수 있다. 진리가 무엇인지 모르면 깨달을 수가 없는 것이다. 나는 그 많은 세월을 수련하였어도 진리가 무엇인지 몰랐기 때문에 진짜가 되지를 못했었다. 그러니 수련에서의 진리가 무엇인지 아는 것은, 집을 떠나기 전에 가고자 하는 목적지를 알고 가야 하는 여행과 마찬가지이다. 목적지가 어딘지도 모르고 집을 떠난다면 우리는 그냥 길을 헤매다가, 너무 멀리 갔다면 되돌아오지도 못하고 객사할 것이요, 그마나 멀리 가지 않았다면 그냥 돌아와야 할 것이다. 그러므로 진리를 아는 것이 수련에서는 기본이다.

진리란 무엇인가. 가람원 수련 이틀째의 이태일 강사님 말씀으로도 이미 언급이 되었지만, 진리란 영원불변한 것을 말한다. 그런 것이 있다는 것을 알지 못했기 때문에 사전에서는 영원불변한 이치라고 풀이하고 있다. 영원불변한 것, 그것은 무엇인가? 이 물음에 답하기 위하여 영원할 것 같은 것들을 모두 생각해 보고, 그것이 정말로 변하지 않고 영원한지를 검토해 보자. 있기는 있다는데, 영원불변한 것이.

책을 덮고 오늘은 도(道 : 참 나로 가는 길) 닦는 기분을 내보자. 그래서 지금부터 이 문제를 풀어보자. 스스로 풀지 않고 답안지를 훔쳐보는 '초딩' 같이 하지 말고 오늘 하루쯤은 진지하게 시간을 투자하여 풀어보는 것도 의미 있을 것이다. 깊이 명상하면서 가까운 공원으로 산책이라도 한번 나갔다가 오시던지.

영원불변한 것. 아마 찾기 힘들걸!

자, 생각해 보며 찾으셨나요?

아차, 내가 또 건망증이 발동하였군요. 여기까지 읽어 오신 것을 잠시 잊었습니다. 하지만 읽어서 안 것이라도 마음으로 확인하는 과정이 필요합니다.

그것이 무엇인지, 어떤 놈인지, 어떻게 생겨먹었기에 그렇게 알쏭달쏭하고 어려운 건지 알아보기 위하여 우리가 부정할 수 없는 즉, 경험으로 확실하게 알고 있는 것들을 다 그려보는 거다. 경험. 보는 경험으로 알았던 모든 것, 들어서 배운 경험으로 알았던 모든 것을 우선 찾아보자. 별, 해, 달, 지구 그리고 사람. 그것이 다인가? 다라고 생각하시는 분은 대답해 보시라.

그럼 그것들은 어디에 있는데?

우리는 오로지 그것들만 있는 줄 알았지만 형태가 없어서 그렇지 그것들이 자리 잡고 있는 본바탕, 우리가 그것을 그림으로 그리고자 할 때 그림을 그리려고 가져다놓은 하얀 백지에 해당하는 바로 우주가 있다. 칠판에 그렸다면 칠판이 우주이다. 벽에다 그렸으면 벽이 우주이고, 땅바닥에 그렸으면 땅바닥이 우주이다. 우주는 별, 해, 달, 지구 그리고 사람이 있는 공간이다. 우주, 그 공간은 끝이 없어서 그릴 수가 없다. 그래서 깨달은 인류의 선조늘은 그 끝이 없는 우주 공간을 둥근 원으로 표현하였다. 자, 백지 위에 커다랗게 동그라미를 그리시라. 이것이 천부경에서의 天——이다. 우주 공간을 표현하였다면 다음에는 그 안에 있는 것들을 그려 넣는다. 별, 해, 달, 지구이다. 이것이 천부경의 地一二이다. 그리고 그 안에 사람을 그린다. 이것이 바로 人一三인 것이다. 이것이 우리가 아는 모든 것이며 이 세상에 있는 모든 것이다. 산과 들, 계곡, 강, 바다는 지구(땅)이며, 그 안에 모든 생명을 가진 것들은 사람이면 충분하다. 사람은 그 중에서도 바로 나인 것이다. 이 중에서 변하는 것, 사라지는 것들을 모두 빼보시라. 우리가 공간을 그릴 수도 없었기 때문에 그것은 없는 것이었다. 그러나 우리는 이제 우주 공간을 그릴 수 있다. "아, 그래 이게 우주 공간이다"라고 생각하고, 생각으로 그것을 인정하면 된다. 이제는 보고 들어서 아는 모든 것인 그것들에서 변하는 것, 사라지는 것을 다 빼고 나면 결국 변하지 않는 것, 영원한 것만 남게 된다. 100년도 못 사는 인간은 분명 빼야 할 것이고.

그 다음부터는 당신이 알아서 빼시라.

무엇이 남는가? 결국 남는 것은, 없는 것인 줄로만 알았던 그 우주 공간만 남는다. 空의 개념은 너무 어려워서 들어도 그것이 무슨 소리인지 알아들을 수가 없었지만 천체 물리학이 발달한 현재, 인류는 우주 공간이 무엇인지 누구나 다 안다. 그런데 영원히 변하지 않는 것은 별도 아니고, 해도 아니고, 달도 아니고, 지구도, 사람도 아니다. 그것을 다 빼어버린 바로 우주 허공인 것이다.

우주 허공. 그리고 더 나아가 순수 허공. 그 아무것도 없는 빈자리. 그 없는 것을 우리가 알아볼 수 있게 원으로 그렸을 뿐이지 그것은 없는 것이다. 그것은 변하지 않는다. 사라질 것이 없으므로 사라지지도 않는다. 그러니 영원불변한 것은 바로 그 空인 것이다. 진리는 바로 그 순수 허공(虛空), 空이다. 여기에 거짓이 있는가? 논리적으로 모순인가?

없다고 여겨온, 그래서 없다고 한 것을 있다고 믿어야 하는 이 상황에서, 순순히 '아 그렇지!' 하면서 받아들이는 사람보다 믿겨지지 않는 사람이 더 많을 것이다. 이해가 안 간다고 해도 조금도 이상할 것은 없다. 우리는 진리가 무엇인지를 들어본 적도 없는 사람들이다. 들었어도 몰랐다. 볼 수 없고 만질 수 없는 것이므로. 그러나 눈에 보이지 않는다고 하여 없는 것은 아니다. 전기와 공기를 생각해 보자. 전기가 우리 눈에 보이던가? 공기를 우리 손으로 만질 수 있던가? 보이지 않고 만져지지 않는다고 하여 그것이 없는 것이던가? 그것이 있기 때문에 우리가 사용하고 있고, 숨을 쉬고 있다. 보이지 않는다고 하여 없는 것은 아니다. 없는 것에는 이름조차도 없다.

여기서 우리가 명심하여야 할 것은 진리는 영원불변하다는 것이다. 진리는 참이고 진리가 아닌 것은 거짓이다. 그러므로 거짓은 변하는 것, 없어지는 것이다.

이제 우리는 나란 무엇인지, 진실로 나인 것은 무엇인지를 생각해 보아야 한다. 나를 가만히 들여다보자. 이 몸이 진짜 나인가? 이 몸이 나인지 아닌지를 의문시하고 있는 이 마음이 진짜 나인가?

내 어머니를 만났을 때 어머니가 말씀하셨다. 마음은 어릴 때 술래잡기를 하던 그 마음인데 벌써 쭈그렁 할망구가 되었단다. 나도 가끔씩 젊은 시절에 가졌던 '나'라는 인식과 지금 '나'라고 느끼는 그것에는 하나도 변함이 없음을 경험한다. 특히 책을 볼 때 그런 느낌이 확연하다. 거울을 보면 중년의 내 모습이 보이지만 그런 것 없이 나를 느낄 때는 전연 달라진 것이 없다. 나는 그때나 지금이나 여전히 변함없는 '나'인 것이다.

앞에서도 설명했지만 변하는 것 사라지는 것은 모두 거짓이다. 그러면 나에게서 변하는 것, 사라지는 것은 무엇인가? 진리는 참이다. 참인 진리는 영원불변한 것이고 그렇지 않은 것은 모두 거짓이다.

변하는 것은 무엇인가? 몸인가, 마음인가? 이렇게 물으면 마음이 수시로 변하더라는 말을 할 것이므로 질문을 고쳐보자. 일단은, 우리의 마음은 사라지던가? 이것에 대해서는 대답을 할 수가 없다. 마음이 어디에 있는지도 모르니 사라지는지 아닌지 알 수가 없다. 우리는 아직 마음 나를 모르기 때문에 우리가 확실히 아는 것으로 물어야 한다. 우리 몸은 변하는가? 우리의 몸은 사라지는가? 그것이 변하며 사라지는 것이라면 우리의 몸은 진리에 어긋나므로 거짓이다. 마음이 영원불변한 것인지는 아직 알 수 없지만 몸이 변하고 없어지는 것은 부정할 수 없는 사실이 아닌가. 그러므로 몸이 거짓인 것은 확실하다. 그렇다면!

거짓 나인 몸은 빼버리자. 그러면 나는?

마음만 남는다.

나의 실제는 마음인 것이다.

진실로 나인 것은 마음이다. 이것이 진짜이다. 이것이 진리이다.

우리가 아직 이것을 모르기 때문에 나인 것 중에서 거짓인 것을 모두 빼버리고, 진리이고 참인 것만 남게 하려고 한다. 그것만 남게 거짓을 버려가는 것이 진리를 찾아가는 길이다. 찾아서 알고 그것이 되고자 하는 중이다. 지금은 그냥 믿자. 마음이 진짜라고. 마음으로 된 나가 진짜라고.

마음 나가 진짜 나이다.

그럼에도 불구하고 사람들은 몸이 나라고 여기고 산다. 그 죽으면 썩어 없어질 몸뚱어리를 받들면서 산다. 일 안하면 병이 난다고 여기면서 성실하게 사시는 친정 부모님과는 달리 내 주변의 많은 사람들이 일을 하면 병이 나는 줄 알고 산다. 그런 사람일수록 남과 섞일 수 없는 철옹성으로 경계를 지어서 살게 된다. 그리하여 남을 이해할 줄 모르게 된다. 그러면 남에게 상처를 주게 되고, 남에게 상처를 주면 결국 자신이 상처를 받게 되어 나중에는 남을 탓하며 홀로 외로울 수밖에 없다. 그래서 남을 사랑하는 길이 나를 사랑하는 길인 것이다. 버려라. 거짓 나를 버려라. 아주 남김없이 버려야 한다. 거짓 나는 몸으로 사는 나이고 참 나는 마음으로 사는 나이다. 그러므로 몸으로 된 내가 죽어야 참 나가 살 수 있다. 거짓 나인 몸으로 살고 있는 사람은 마음이 어디에 있는지도 모른다. 그러니 진리가 무엇인지 알 수가 있겠는가. 몸 나로 살면서 그 거짓 내가 경험한 것이 진실인 줄 알고, 몸으로 낸 마음이 진짜인 줄 알고 살게 되니, 몸치장에 몸의 안락이 생의 목적인 줄 알고 살게 되는 것이다. 그것은 가짜이다. 거짓이다. 참이 아니고 진리가 아니다.

이 실재하고 있는 몸을 거짓이라고 하는 데에 거부감이 많이 드는 사람은 거짓을 '진실이 아닌 것'으로 바꿔서 읽어보는 것도 좋은 방법이다. 이 단계에서는 몸 나로 사는 것이 거짓 즉, 진리가 아님을 알면 된다. 마음으로 그것이 확인이 되어야 한다. 우리는 마음으로 확인이 안 되는 상황이 어떤 것인지 안다. 당신도 이런 말을 한 적이 있을 것이다. 이해는 되는데 수용이 안 된다고. 마음으로 확인이 된다함은 이해도 되고 수용도 됨을 뜻한다.

참, 이상도 하군. 몸 나도 마음으로 사는데!

그렇다. 몸 나도 마음으로 산다. 각 단계마다 이야기하는 나 즉, 몸 나, 귀신 나, 영혼 나, 우주 나, 마음 나, 참 나는 모두 마음으로 산다. 기가 막힌 아이러니가 아닌가! 우리는 언제나 마음으로 산다! 그러나 이 중에서 거짓이 낸 마음은 거짓 마음이다. 그러니 몸 나나 귀신 나가 내는 마음은 거짓 마음이다. 잘 살펴보시라. 몸 나의 속성은 유한성이며, 분리성이며, 변화성이다. 몸 나가 내는 마음은 이 유한성에 얽매여 있고 분리되어 있으며, 변화하는 성질을 가지고 있다. 우리의 마음 중에서 이것에 근거하고 있는 마음들이 다 몸 나의 마음이며, 거짓이다. 그렇지 않은가?

몸 나는 거짓인 가짜 나이고 마음 나가 진짜 나이다. 그 진짜 나로 거듭나기 위하여 가짜인 몸 나를 없애야 하는 것이다. 그래서 죽어야 산다.

가짜인 몸 나가 사는 세상은 당연히 거짓이다. 거짓 세상은 근심이 많고 고통이 많고 괴롭다. 그래서 나쁘다. 정확히 말하자면 나빠서 괴롭다. 나빠서 고통스럽다. 나빠서 근심이 많다. 나쁜 것이 뭔 줄 아시는가? '나뿐인 것' 이 '나쁜 것' 이다. 오로지 나만 알고 내는 마음이 나쁜 것이라는 말이다. 기분이 나쁘다는 말은 '기분이 나뿐이다' 라는 말과 같다. 나쁜 것이 바로 분리의식이다. 마음에는 나도 있고, 너도 있고, 다 있어야 하는데, 나뿐이어서 나쁜 것이다. 사람은 사랑이다. 나쁘면 안 된다.

우리는 말을 많이 하면서도 말을 참 모른다. 그저 껍데기 뜻으로만 쓴다. 깊은 뜻은 잊은지 오래되었거나 아직 알지 못한다. 나쁘면 안 되는데. '안' 이 되는데. 나뿐인 그 안. 윤회전생의 굴레 그 안. 그 게 '아니다' 라는 건데….

거짓 세상에서 사는 사람들은 몸 나에 이득이 되면 '좋다' 한다. 그럼 좋은 것은 무엇인가? 조화되는 것이 곧 '좋다' 이다. '나' 와 조화 로운 것, 어울리는 것, 그것이 '좋다' 인 것이다. 거짓 나에 조화로워 도 좋은데, 하물며 진짜 나에 조화로우면 얼마나 좋을까.

그러나 좋은 것은 일치하는 것만 못하다. 일치하는 것, 그 자체가 되 는 것. 그게 깨달음이다. 그러니 깨달음은 좋은 것보다 더 좋다. 생활이 번거롭고 바쁘더라도, 아니 그럴수록 더 열심히 수련하시라.

가짜 나(깨어나기)

우리는 몸 나로 살고 있기 때문에 죽음을 끝이라고 알고 있다. 그래서 죽는 것이 매우 두렵다. 어떤 이는 죽는 것은 무섭지 않지만 죽을 때의 고통이 두렵다고 한다. 그러나 조금만 명상을 해보면 죽을 때 고통스러운 것은 진짜 나가 무엇인지 모르는 사람들에게 신이 주신 사랑이다. 그 고통이 없었다면 사람들은 이 세상에 왜 왔는지도 모르고, 성심껏 살아서 성령으로 거듭나고, 성통공완하고, 성불하기도 전에 쉽게쉽게 목숨을 끊을 것이다. 깨닫지 못하고 미망이 두터울수록 삶은 고달픈 것 아닌가. 그러니 죽음의 고통은 감사한 것이지 무섭고 두려운 것이 아니다. 죽음의 고통마저도 사랑이라는데! 그렇다면 이 세상의 고통 중 은혜 아닌 것이 어디 있겠는가.

몸 나가 낸 마음이 거짓 마음이라고 하였다. 그리고 이 수련은 참 나를 깨닫기 위한 수련이라고 하였다. 깨닫는 것은 무엇인가? 깨고 닿음이다. 현재의 의식수준을 깨고 더 높고 넓은 내 의식의 현실수준에 닿음인 것이다. 깨달음으로 우리는 거짓 몸 나를 깨고 진리에 닿아 진리가 되어야 한다. 진리에 닿아 진리와 하나가 되어 그 자체가 된 나가 참 나이다. 참 나가 사는 세상은 참세상이고, 거짓 나가 사는 세상은 거짓 세상이다. 당연히 그렇다. 거짓 나는 몸 나이므로 몸 나가 사는 세상은 거짓 세상이다. 그런데 우리는 거짓 마음으로 사는 몸 나가 참인 줄 알고 살기 때문에 이 세상이 그냥 진짜인 줄 알고 산다. 이것을 어떻게 깨달을 수 있을까.

나는 지금 그것이 고민이다. 이것을 당신이 어떻게 깨닫게 할 수 있을까. 지금 당신의 고민은 무엇인가? 당신의 고민부터 써보자. 쭉 내려써서 목록을 만들어보는 거다. 그런 다음 그 고민들이 과연 이 몸이 없어져도 남아있을 것인지를 살펴보자. 아들을 못 낳는 것이 고민인가? 아들이라는 개념은 몸으로 인하여 생긴 것이다. 참마음은 성을 가르지 않는다. 돈이 없는 것? 마음이 돈을 필요로 하는가, 몸이 돈을 필요로 하는가? 돈이 왜 필요한가를 살펴보고 왜 그런가에 대답하면서 '왜?'를 자꾸만 넘겨보시라. 그것도 결국은 몸 때문인 것을 알게 되리라. 건강 때문에? 그것은 두말할 필요도 없이 몸 때문이다. 또 뭐?

또 한번 책을 덮어야겠다. 오늘 하루는 이 질문으로 보내는 거다. 이 세상의 고민 중 몸 때문이 아닌 것을 찾아보시라. '나'가 가진 고뇌 중 몸 나로 인한 고뇌가 아닌 것을 찾아서, 깊이 명상하면서 가까운 공원으로 산책이라도 한번 나갔다가 오시던지. 자, 또 한번, 크크….

아마 찾기 힘들걸!

깊이 생각해 보고 찾아 보셨나요? 있던가요?

몸으로 인한 고민, 고뇌가 아닌 그런 것을 하나라도 찾으셨다면 더 깊이 명상하여 보십시오. 그것의 근원이 진짜 몸으로 인한 것이 아닌지를 검증하여 보십시오. 이 단계에서는 어떤 고민도 어떤 고통도 어떤 고난도 다 몸에서 비롯된 것임을 깨달으셔야 합니다. 그냥 그렇다 치지 말고 마음으로 확실하게 확인하셔야 합니다.

나를 불행하게 하였던 것들의 정체를 이제는 알아야 한다. 그래야 몸 나가 거짓인 것을 믿고 싶어진다. 아직도 그것이 거짓인 줄은 모른다. 그래도 그것이 참은 아닌 것 같기는 하다. 왜냐하면 진실하게 살면 근심걱정이 없다는 말을 늘 들어왔으니까. 하기는 나는 그 말을 들으면서도 역시 그 말이 무슨 뜻인지 몰랐었다. 진실하게 살라는 하나의 채근담 정도로 여겼던 것이다. 진실한 삶, 그래서 근심걱정이 없는 삶은 참세상의 삶이다. 거짓 세상의 삶으로는 알기 어렵다. 심지어 이 험난한 세상에 진실하게 사는 사람만 바보가 아니냐, 당하고 살지 않으려면 진실보다는 약게 살아야 한다는 의식이 팽배해 있는 지경이다. 참으로 어리석기 그지없다. 어떻게 이것을 깨달을 수 있을까.

어쨌든 깨달아야 한다. 거짓이 없는 진리의 세계, 참세상이 있다는데. 여기가 거짓 세상이라는데. 그리고 어떤 사람은 여기 거짓 세상이 아닌 참세상에서 살고 있다는데, 나라고 이 거짓의 세상에서 가만히 있을 수만은 없다. 그래서는 안 된다. 절대로!

　나 하나의 형상, 나 하나의 의식으로 경계를 가지고 몸으로 낳아진 이 세상은 꿈과 같은 것이다. 손등을 꼬집어보면 틀림없이 아프다. 이 생생한 감각을 어떻게 꿈이라고 여기란 말인가. 어렵다고 생각하지 마시라. 당신이 꿈속에서 당신의 손등을 꼬집었다면 꿈속의 당신도 지금 이 현실에서와 똑같이 통증을 느낀다. 꿈속에서 안 꼬집어보았으니까 모를 뿐이다. 왜서 그런가 하면 꿈에서는 꿈속 세상이 진짜이기 때문이다. 믿기지 않거든 잠자리에 누우시라. 그리고 잠에 들어 꿈을 꾸시라. 그 꿈속에서 손등을 꼬집어보시라. 아픈가, 안 아픈가? 어떻게 마음대로 꿈을 꿔? 그렇다. 우리는 가짜인 줄 확실히 아는 그 꿈마저도 내 마음대로 꿀 수가 없다. 하물며 거짓이지만, 이 세상이야 말해 무엇 하겠는가. 내 마음대로 할 수 없는 것은 단연코 그것이 꿈처럼 가짜이기 때문이다. 얼마나 신나는가. 내 마음 내는 대로 사는 참세상. 그러니 열심히 수련하시라. 열심히 수련하시어 참세상에서 사시라.

　그런가? 이 세상 삶이 한갓 꿈인가? 나도 이 세상이 남가지몽(南柯之夢)인 것을 알고 싶구나. 그런 마음이 났거든 명상으로 들어간다. 명상이란 바른 마음으로 깊은 의식에서 바르게 생각하는 것이다. 어떻게 이 현실이 꿈인 것을 알지? 그것을 아는 방법은 오직 하나밖에 없다. 깨어나시라! 꿈에서 깨어나시라. 꿈에서 깨어나야 꿈인 줄을 알지, 깨어나지 못하면 꿈은 여전히 현실이다. 깨어나는 방법도 오직 하나다. 명상. 명상으로써 깨어날 수 있다.

문제가 생겼다. 한번도 깨어나 본적이 없어서 깨어나는 방법을 모르겠다. 그렇죠?

아닙니다. 우리는 꿈에서 많이 깨어나 보았습니다. 어젯밤에 꾼 꿈과 잠에서 깨어나 눈 뜨고 있는 지금 이 현실을 지칭하는 꿈이 뭐가 다른가요? 똑같습니다. 아직도 그것을 다르다고 생각하기 때문에 모를 뿐이지요. 명상하십시오.

그렇다면 밤마다 꾸어온 그 숱한 꿈들을 생각해 보자. 그리고 그 꿈에서 깨어나면 어떻던가를 생각해 보자. 꿈속에 만나는 사람들은 어떤 사람들이던가? 늘 지금 만나는 그 사람들이던가? 나는 꿈에 아는 사람이 거의 등장하지 않는다. 아주 가끔 아는 사람이 있기도 하지만 거의 늘상으로 모르는 사람들이다.

그러면 지금 이 세상에서 인연 따라 만나서 살고 있는 가족이며, 친지며, 친구들이며, 그들은 누구인가? 이 물음에 집착하지는 마시라. 단지 인연 따라 한 세상 함께 살고 있는 내가 사랑하여야 하고, 내가 사랑 받아야 할 내 소중한 이들인 것을 알면 그것으로 족하다. 우리가 지금 하여야 할 일은 꿈에서 깨어나는 일이다. 그런데 지금 사는 이 현실이 현실인데 어떻게 깨어나라는 이야기인가?

그것은 하나의 자리바꾸기이다. 패러다임의 전환. 현실을 꿈에 놓아보시라. 그리고 그 꿈에서 깨어나 보시라. 이 세상이 가짜이고 꿈이면 거기에서 나와야 한다. 당신의 꿈이므로 당신이 나와야 한다.

자꾸만 꿈에서 깨어났을 때를 대입해 보시라. 꿈에서 깨어나니 이렇더라. 지금의 현실을 꿈에 놓고, 그 꿈에서 깨어나면 어떨지를 간밤의 꿈에서 깨어났을 때 어떠하였는지로 차근차근 명상하시라. 한꺼번에 깨어나든, 조각조각 작은 크랙으로 금이 간 다음에 깨어나든 당신은 깨어날 수 있다.

다시 명상하십시오.

어떤가요? 꿈에서 깨어나셨나요?

몸 나(경험 없애기)

이 과정은 몸 나를 버리는 과정이다. 몸 나 버리기는 죽는 것이다. 죽어야 산다. 살아오면서 이 말을 참 많이도 들었다. 어렸을 때는 이 소리가 매우 불쾌하였다. 죽음이란 내가 사라지는 것인데 무슨 수로 그래야만 산다는 것인지 도무지 이해할 수 없었다. 진짜로 죽으라는 소리인 줄 알고. 많은 사람들이 우리 생활 속에 녹아있는 수련과 관련된 말들을 제대로 알아듣지 못한다. 말들을 살펴보건대 우리 민족은 삶이 그냥 수행이었던가 보다.

죽어야 산다는 말은 진짜 죽으라는 말이 아니다. 욕심 없이 살라는 말도 아니고, 희생하면서 살라는 말도 아니다. 이 말은 마음으로 죽으라는 말이다. 마음으로 몸 나가 다 죽어 없어져야 진리로 살 수 있다는 말이다. 언젠가 항아에게, 우리에게 진리로 나아가는 지식이

있다면 그것은 과학이나 기술이 아니라 오직 하나, 바른 상상력이라
고 하였을 때 그녀가 의아해 하였던 것도 무리가 아니다. 항아는 그
때 수련이라는 것에 관심은 있었지만, 아직 입문도 하지 않은 때였
다. 지금 그녀는 때가 되었다. 아직 자신이 다른 길을 타진하고 있지
만 곧 알게 되리라.

수련은 바른 상상이다. 정갈한 상념이다. 고도의 집중으로 하여야
한다. 그리고 수련은 진리를 찾아가는 길(道)이다. 몸 나로 살고 있
는 세상에서 진리는 너무 깊이 묻혀있어서 일상의 의식으로 범접할
수 없는 마음의 세계이다. 그러면서도 누구에게나 있는 세상이어서
당신이 하겠다는 일념으로 집중하여 알고자 하면 누구나 깨달을 수
있는 것이 진리이다. 사실 우리는 깨닫지 않고도 진리인 것을 누구
나 다 안다. 그러나 깨닫지 못했기 때문에 그 자체가 아닌 것이다.
사실은 당신이 진리이다. 깨닫지 못해서 아직 진리인 줄 모르는 것
뿐이지 깨닫고 나면 당신이 진리 그 자체이다.

호흡 수련을 할 때는 반드시 정좌(반가부좌)하고 앉아서 수련하였
다. 자세가 매우 중요시되었다. 그러나 가람원에서는 자세가 중요하
지 않았다. 힘들면 다리를 뻗어도 되고, 구부려도 되었다. 다만 누우
면 심신의 이완으로 인하여 잠이 들기 때문에, 앉을 수 없는 중환자
가 아니면 눕는 것은 금지되었다. 역시 중요한 것은 깨닫는 것이지
자세가 아니다. 그러나 오래 앉아있으려면 아무래도 정좌를 하는 것
이 좋다.

예전에는 온갖 끔찍한 방법으로 죽었다고 한다. 그러나 내가 갔을

때에는 순한 방법으로 죽었다는데, 그나마도 불만인 사람들이 많았다. 차에 치여서 순식간에 죽거나, 지진이 나서 죽거나, 옆에 수류탄이 떨어져 갑자기 "펑!" 터져서 죽거나, 아파트 건물 옥상에서 떨어져서 죽거나, 총에 맞아 죽거나, 도끼에 찍혀서 죽거나, 불이 나서 죽거나, 하여간 죽는 방법은 여러 가지이다. 많은 심성훈련 프로그램에서도 죽어보기를 한다. 그때에 죽기는 장례식까지만 한다. 약식이기는 하지만 이 방법도 많은 깨달음을 준다. 심각하게 해보면 죽는 수련연습도 된다. 심성훈련에서 하는 이러한 방법만으로도 심경에 많은 변화를 가져와 생활에서 찌든 마음의 독이 많이 해소된다. 실제로 집단상담 프로그램으로 이러한 훈련을 하다 보면 눈물도 많이 흘리게 되는데, 이런 때 흘리는 눈물은 마음의 찌든 얼룩을 씻어주는 성수(聖水)라고 생각하면 된다. 그럼 지금부터 심성훈련을 해볼거나. 한번 따라서 해보시라. 명상 수련의 연습으로 성의껏 해보시기 바란다. 여기서 진리에 닿는 신성한 자리에서 만나는 눈물을 흘리게 된다면 당신은 수련에 타고난 자질이 있다고 생각해도 좋다. 먼저 분위기를 만들어야 한다. TV나 음악은 모두 꺼두시라. 환한 형광등보다는 무드램프나 스탠드를 켜서 조용하고 엄숙한 분위기를 연출한다. 그런 다음 진지하게 시작하도록 한다. 혼자 보다는 지도하는 사람과 함께 하는 것이 좋다.

자, 마음을 가다듬고 마음이 편안하도록 깊숙하게 심호흡을 몇 번 하고 눈을 감으시라. 그리고 마음으로 따라 하시라.

나는 곧 죽을 것이다. 죽을병에 걸려 병원 침대 위에 있다. 지금은 임종에 임박하였다. 나는 나의 죽음을 보러온 가족들을 바라본다. 남편 또는 아내, 어머니, 아버지, 형제들, 자식들 등. 누구누구가 왔는지 그 하나하나를 떠올리고 그 사람을 보는 나의 느낌과 죽어가는 나를 바라보고 있는 그 사람의 느낌을 느껴본다. 깊은 명상으로 하여야 한다. 놀이삼아해서는 절대 안 된다.

이제 나는 죽었다. 내가 죽은 다음 나는 영혼이 되어 그들이 하는 이야기를 듣고 있다. 그들은 나에 대하여 어떤 이야기를 하고 있는지 잘 들어본다. 한 사람 한 사람을 떠올리며 그가 하는 말을 들어본다.

그리고 드디어 장례식이다. 내가 죽었을 때 내 장례식에는 어떤 사람들이 올까. 그들 한 사람 한 사람의 반응은 어떠한가를 명상을 통하여 보는 것이다.

자, 눈을 뜨시라. 그리고 일어나 한 사람 한 사람에게 보내는 유언장을 작성해 본다. 실제로 종이를 가져다놓고 써본다. 한 사람 한 사람을 떠올리면서 진심으로 쓴 다음에는 반드시 하나하나 음미하면서 읽어보도록 한다.

주의할 점은 반드시 끝내는 시간을 가져야 한다는 것이다. 심성훈련이지만 이 마음의 경험에서 헤어나지 못하고 훈련 중에 내려간 마음의 지경에 얽매이게 되면 자칫 현실과 유리될 수도 있으므로 반드시 끝맺음을 하도록 한다. 마음의 평정을 잃었다는 생각이 들거든 더욱더 지켜야 한다. 즉, 눈을 뜨기 전에 마음속으로 외치시라. 자, 셋을 세면 깊은 내면으로부터 현실로 나옵니다. 하나, 둘, 셋!☺☺☺

이 심성훈련으로 내 가족, 내 친지, 내 친구 등 주변의 사람을 새삼 만나게 될 것이다. 바쁘고 피곤한 일상에 쫓겨 그동안 잊고 지낸 소중한 것들을 확인할 수 있는 놀라운 경험을 하게 될 것이다. 가족은 나를 사랑해 주어야 할 사람들이지만 그 전에 내가 사랑하여야 하는 사람들이다. 그들이 나를 사랑하여야 하는 것이 먼저가 아니라 내가 그들을 사랑하여야 하는 것이 먼저이다. 나는 자식이고 그들은 부모이니까 그들이 먼저 나를 사랑하여야 한다고 생각하지 마시라. 그 사람들은 당신의 사랑을 받기 위하여 당신을 낳은 것이다. 잘 생각해 보시라. 당신에게서는 이것이 먼저이다. 그리고 부모로서의 당신 또한 마찬가지이다. 자식을 사랑하여야 하는 것은 부모의 천성이다. 이것이 먼저이다. 아내는 남편에게, 남편은 아내에게, 배우자가 먼저 나를 사랑하여야 나도 사랑하겠다는 조건부 사랑으로 마음을 거스르는 사람은 마음이 편할 날이 없다. 저것이 나에게 잘 하는가 못하는가를 늘 살펴야 하고, 조금이라도 관심이 없다고 생각되어지면 당장에 서운하기 때문이다. 사랑에는 조건이 있을 수 없다. 왜? 사랑은 진리이기 때문이다.

당신이 진지하게 이 심성훈련을 해보았고 그러는 동안에 뜨거운 눈물을 흘릴 수 있었다면 당신은 소중한 것에 마음이 닿았기 때문이다. 그렇게 마음에 확인되는 소중한 것들이 있었거든 아주 많이 낯이 간지럽고 쑥스럽더라도 용기를 내시라. 그래서 자신이 찾은 것들을 누릴 수 있도록 개선해 나아가는 것이 다름 아닌 수행이고 정진이다. 실천이 없으면 깨달음은 정녕 허울이다. 반드시 실천이 따라야 한다. 깨달음이란 알게 된 그것이 그대로 삶이 되는 것이므로 실천이 없다는 것은 깨닫지 못했다는 뜻이다.

우리의 일상에서는 깊이 명상하기가 어렵다. 청소년들이나 싱글이라면 잠자리에 들어서 자기 전에 이 심성훈련 죽어보기를 진지하게 해볼 수도 있겠지만, 더블침대나 더블 잠자리를 써야 하는 사람들은 그나마도 어렵다. 이 죽어보기를 명상으로 해보기 위해서 혼자 조용히 하루 산행을 하시던지 여행을 해보는 것은 어떠실런지.

사람이 죽으면 몸과 마음이 분리되고, 그래서 몸을 떠났지만 마음은 여전히 몸인 상태이다. 이 세상을 살면서 나라고 여겼던 것에서 몸만 쏙 빠진 상태이다. 마음은 아직도 몸 나이다. 이 상태를 귀신이라고 한다. 나는 귀신을 본 적은 없지만, 아무튼 그것이 귀신이다. 우리는 귀신의 상태를 이해하여야 한다. 한번 귀신이 되어보시라. 귀신이 되어 살아보면 몸으로부터 해방된 느낌을 느낄 수 있을 것이다. 귀신이 되는 것이 무섭다고 생각하지 마시라. 실제로 귀신이 되지도 않을뿐더러 나 자신이 마음으로라도 귀신이 되어보면 그것이 하나도 무섭지 않다. 그것도 하나의 과정 속의 나일 뿐이다. 세상에 내가 무섭다니 말도 안 된다. 그것은 나 자신을 너무너무너무 모른다는 말밖에 아무것도 아니다. 그러니 평소에 귀신이 무서운 사람은 더욱 귀신이 되어보시라. '귀신놀이'는 아주 재미있다. 그렇다고 귀신놀이에 빠지지는 마시라. 진짜로 어리석은 짓이다. 그보다 더 나아간 단계는 더욱더 신나고 재미있으며 풍요로운데, 그 잔재미에 붙들려서 헤어나지 않는다면 너무나 어리석다. 하물며 거짓을 버리기 위하여 하는 수련인데 잔재미가 있다고 거짓 마음에 빠져서는 안 된다. 귀신 나 되어보기는 오래할 필요가 없다. 그것이 어떤 것인지만 깨달으면 된다.

자, 명상입니다.

1. 나는 지금 '편안한 자리'에 앉아있다. 이 자리—방석이어도 좋고 의자여도 좋다.—나의 몸 나이를 순식간에 이동시켜 미래로 데리고 가는 일종의 타임머신이다. 이 '편안한 자리'에 앉아 있으므로 지금 내 마음은 편안하고 아늑하며, 주변이 다 편안하다. 자, 나는 이제 죽어볼 마음의 준비가 다 되었다.

2. 나는 리모컨으로 스위치를 켰다. 카운트가 시작되었다. 앞에 있는 조그만 화면에 지금의 내 나이로부터 앞으로의 내 나이가 숫자로 후다닥 지나간다. 처음에는 현재의 내 나이에서 10자리까지 채워지고는, 그 다음부터는 10년 단위로 넘어간다. 36세라면 37, 38, 39, 40, 50, 60…. 드디어 100살! 나는 이미 이전에 죽은 것이다. 그러나 나에게는 아무런 변화도 없었다.

3. 자리에서 일어나 몇 걸음 앞으로 나와서 돌아섰다. 그리고 '편안한 자리'를 보니 거기에는 자리에 앉아있는 내가 있는 것이 아닌가! 아마도 나는 내가 수련을 하던 그날, 바로 오늘 이 시간에 죽었는가 보다. 그때에 입었던 옷을 그대로 입었으며 모습도 그대로이다. 너무나 놀라워 의자에 죽어있는 나에게로 다가가 만져보았다. 그러나 나는 나를 만질 수가 없다. 그대로 손이 통과해버리고 말았다. 마음으로 하는 것일망정 나는 나를 잡을 수가 없다. 수련해 보시라, 진

짜로 그런가 안 그런가. 나는 정말로 나를 잡을 수가 없다. 아, 어쩐다? 나는 나의 죽음을 실감할 수 없어 집으로 가본다.

4. 나는 당황하여 집으로 가서 식구들을 만난다. 그러나 아무리 나 여기에 있다고 잡고 흔들어보았자 나는 그들을 잡을 수조차 없다. 그들은 나를 알아보지도 못하고 내 말을 듣지도 못한다. 나는 죽은 것이다.

5. 그 상태를 가만히 명상한다.

하루쯤 귀신으로 살아보는 것도 좋다. 살다가 진짜 귀신을 만나면 어떻게 하지? 그것이 걱정이 되어 차마 시도하지 못하는 사람이 있을 수도 있다. 겁내지 마시라. 만나지도 않겠지만, 만나거든 이겨버리시라. 마음으로는 있다고 하면 있는 것이고 없다고 하면 없는 것이므로, 귀신조차도 당신의 마음 하나에 달려있다. 수련은 마음으로 하는 것 아니던가. 당신이 더 힘이 세다고 생각하면 그렇게 되는 것이 마음이다. 만약 귀신이 무서운 얼굴로 달려들면 당신은 마음으로 더 무서운 얼굴을 하시라. 그렇게 이겨버리시라.

귀신 나로 살기는 이렇게 한다. 일단 눈을 감고 명상에 들어간다. 마음으로 죽어서 귀신이 된 다음 마음의 팔을 내밀어 앞에 있는 사물들을 만져본다. 책도 만져보고, 스탠드도 만져보고, 컴퓨터도 만져보시라. 거죽을 더듬어보고 이어서 그 안을 더듬어보시라. 잡히는 것이 있는가?

그 다음에는 눈을 뜨고 마음으로 손을 내밀어 아까 잡아보았던 것들을 다시 만져본다. 온방을 돌아다녀도 좋고, 거리로 나가서 사람들을 마음으로 만져보아도 좋다. 지나가는 사람을 마음으로 팔을 내어 만져보시라. 잡히는 사람이 없다. 당연한 것이지만 수련으로 해보시라. 일단 해보면 참으로 신기한 경험이 아닐 수 없다. 나중에 이 감각을 한 번 더 느껴보는 기회가 있을 것이다.

그렇게 하여 귀신 나를 알았으면 부지런히 수련하시라. 죽어서, 살았을 때 집어먹은 거짓 마음들을 부지런히 버리시라. 경험을 다 빼고 나면 느낌과 개념이 남는다. 이 느낌과 개념은 아직도 몸으로 산 몸 나를 다 버리지 않았기 때문에 있는 것이다. 여전히 몸의 그림자로 경계를 가지며 몸 나의 상을 그대로 인식한다. 이것이 인식체이다. 이것도 버려야 한다.

수련은 심성훈련과는 다르다. 한번도 수련을 해보지 않은 사람이라면 도대체 수련이라는 것을 어떻게 해야 할지가 막막할 것이다. 그래서 수련을 지도해 주는 사람이 있는 수련원에서 수련할 것을 권한다. 방금 해본 귀신놀이만 해도 그렇지 않은가. '행복한 자리' 가 어때야 하는 것인지에 얽매일 수도 있다. 그 자리는 그냥 당신이 앉아있는 자리이다. 방석이면 방석이 '행복한 자리'인 것이다. '혹시라도 귀신을 만나면 어떻게 하나?' 하는 염려로 수련을 못하는 경우도 생길 것이다. 이런 때 수련을 지도해 주는 이가 함께 있으면 마음이 든든하지 않겠는가. 또 한 가지의 이유는, 거짓 마음으로 살았던 습성으로 인하여 우리의 몸은 아주 많이 혼탁해져 있다. 미술시간에도 배우지 않았던가. 색의 혼합에서 물질인 물감은 혼합할수록 탁해진다고. 빛의 혼합은 섞을수록 밝아진다. 그러니 깊이 수련하여 영혼을 밝히시라. 수련을 하다보면 독이 빠진다. 그런 과정에서는 평소에 경험해보지 못한 여러 가지 기(氣)적인 현상을 수반하게 되는데, 기 감각을 익히지 못한 일반인들은 대처할 방법이 없다. 책에 보니까 과정이라더라. 그냥 놓아두고 열심히 '단무지'로 하다 보면 극복이 되겠지 하다가 기가 상충되는 경우도 생길 수 있다. 기가 상충되어 기혈이 막히는 것을 주화입마(走火入魔)라고 한다. 약초의 효능을 정리해 놓은 책을 보니, 기수련을 하다가 잘못된 데에 먹는 약초라는 해설이 있었다. 나는 당해보지 않았지만 주화입마라는 부작용이 있을 수도 있다는 얘기여서 처음 접해보는 초보자는 수련원으로 갈 것을 강력 권장한다. 마음수련이니만큼 자만심을 내서는 안 된다.

"나는 괜찮겠지."

당신이 무어라서 괜찮다는 건가?

그래도 피치 못하게 혼자서 하여야 하는 사람을 위하여 우선 수련하는 방법부터 알아보도록 하자. 병도 다 자신이 내는 것이고 또한 인연이니.

1. 바르게 앉는다.

아까 말했듯이 정좌를 하던지, 책상다리를 하던지 바른 자세로 앉는다. 그냥 방바닥에서 하게 되면 엉덩이와 복사뼈가 배겨서 오래 있지를 못하므로 푹신한 방석을 준비하여 앉는다. 그런 자세가 자신

없는 사람은 벽에 기대어 등받이를 해도 좋다. ○○명상센터에서는 좌식의자에 등받이용 긴 방석을 세로로 걸쳐놓고 방석과 등받이를 통째로 해결하고 있었다. 집에 돌아와 당장 마련해야지 한 것이 아직까지 마련하지 못하고, 집에 있는 50×70㎝짜리 베개커버 두 개에 폭신한 오리털을 넣고, 그것으로 방석이며 등받이를 대신하고 있는데 쓸 만하다.

자세를 잡고 앉으면 조용히 눈을 감는다. 그리고 깊은 호흡을 두어 번 해주는 것이 좋다. 정숙하게 숨을 깊이 아랫배까지 들이마신 다음 아랫배 맨 밑바닥까지 공기를 천천히 내려 보낸다. 그런 다음 아주 천천히 숨을 내쉬되 아랫배가 쪼그라들어 배꼽 뒤쪽 등가죽에 붙을 때까지 내어보낸다. 이때 의식은 호흡을 따라가도록 한다. 그 다음에는 편한 숨을 네댓 번 정도 쉬어 몸이 완전히 풀어지게 해준다. 역시 의식이 숨을 따라가되 천천히 아랫배까지 내려가게 해야 한다. 그것만으로도 머리에 느껴지는 기운이 달라질 수 있어 기 감각이 예민한 사람은 느낄 것이다. 기수련이나 호흡수련을 해본 사람에 따라서는 들숨이 길어야 한다느니, 날숨이 길어야 좋다느니, 또는 중간에 멈추는 기간이 있어야 하고 그것이 길수록 축기(蓄氣)가 잘된다느니 각자의 이론을 가지고 있을 터이지만, 축기나 호흡이 목적이 아니므로 그런 마음도 버리시라. 숨을 자신의 몸이 알아서 쉬도록 내버려두시라. 가슴과 몸이 편안해지는 것이면 된다. 그래서 심신이 이완되면 의식은 깊은 수준에 도달할 수 있게 된다. 그러면 마음을 집중하여 명상에 들어간다. 명상은 깊은 의식에서 나온 마음으로 하는 것이다.

2. 마음으로 죽는다.

마음으로 아무리 죽어보았자 진짜 죽지는 않는다. 그러니 마음껏 죽으시라. 죽는 방법을 구체적으로 경험할 필요는 없다. 우리는 언제 어떻게 죽을지 모른다. 그러나 언제 어디서 죽든 그것은 다 나의 인연이며, 나의 천수이다. 사람들이 천수를 누린다고 할 때에는 병이나 사고로 죽지 않고 오래도록 살만큼 살고 늙어서 죽었다는 의미로만 쓰고 있으나, 사실 사람은 누구나 예외 없이 천수를 누린다. 나이가 어려서 죽는다고 해도 그것은 천수를 다한 것이다. 어떤 이가 나를 죽음에 이르게 했다고 해도 그것은 어떤 이와 나와의 인연일 뿐이지, 나의 천수라고 하는 것은 거기까지인 것이다. 나는 오로지 나에 의해서 이루어진다. 죽음까지도 그렇다. 아니 죽음이란 더욱 그렇다. 그리고 당신이 이해하기 어려운 이야기이기는 하겠지만, 꼭 밝혀두고 싶은 것이 있다. 뭐냐 하면 사실은 이 세상에 나쁜 인연이란 없다는 것이다. 그 악연이란 것이 없다면 우리는 나아가지 못한다. 아직은 이 말의 의미를 당신이 모르므로 너무너무 억울하고 분할 수도 있지만, 그러나 이 세상은 사랑임을 믿어야 한다.

이 단계에서 가장 중요한 것은 죽었다는 사실이다. '편안한 자리' 는 당신을 편안하게 언제 죽었는지도 모르게 죽게 할 것임을 믿고 수련하시라.

3. 명상 속에서 마음으로 일어나서 죽은 나를 가만히 내려다보시라. 그런 다음 "아, 이제는 내가 죽었구나" 하는 것을 깨닫고 집으로 간다. 어머니가 있고, 아버지가 있고. 동생들, 형, 누나. 혹은 마누라

또는 남편이 있고 '토깽이 새끼' 같은 자식들이 있고. 그 자식들에게 일일이 내가 왔음을 알린다. 귀신이 되어본 사람은 이미 알겠지만 비록 마음으로 하는 것인데도 불구하고 내가 왔다고, 여기에 내가 있다고 아무리 말해보아도 아무도 나를 알아보지 못한다. 그러는 중 누군가가 와서 내가 죽었노라 나의 가족에게 알려주고, 그 말을 들은 식구들은 난리가 난다. 나는 여전히 여기에 있다고 말을 하지만, 식구 중 누구도 알아듣는 이가 없다. 나는 아내를 혹은 남편을 붙잡고 나 여기 있노라고, 나 좀 보라고 흔들어보지만, 내 손은 그들을 붙잡지도 못한다. 나는 죽은 것이다.

4. 한동안 그들 곁에 머물지만 더 이상 이곳에 있을 필요가 없다는 것을 깨닫고 그대로 하늘로 올라간다. 지구가 저만큼 발아래로 점점 멀어진다. 순식간에 이동하여 이제는 지구가 콩알만 하게 보인다. 다음 순간 나는 은하수를 내려다보며 앉아있다. 저 아래 발밑에는 아름다운 은하수가 방석처럼 펼쳐져 있다. 고요한 가운데 앉아있는 다리와 엉덩이에서부터 머리까지 하늘의 기운이 가득히 차오른다. 다 차오르면 머리에 집중하시라. 소리에 집중하는 것을 관음(觀音)수련이라 하는데, 이 소리를 염두에 두고 수행하면 고도의 집중도를 지속할 수 있다. 수련을 할 때에도 깊은 의식상태를 유지시켜 준다.

5. 이제는 지구라는 곳에 몸 나로 태어나서 지금까지 살아온 기억을 버려야 한다. 기억은 대천문으로 버린다. 대천문은 갓난아기의 머리에서 가장 늦게 굳어지는 말랑한 부분이다. 마음속으로 "지금부터

내가 생각하는 것은 모두 대천문으로 나갑니다"라고 주문한다. 나가는지 안 나가는지 확인하지도 마시라. 지금은 당신이 죽었기 때문에 그것을 확인하지 않아도 다 나간다. 그것은 벌써 당신이 죽은 그 시점에서 당신의 집어먹은 거짓 마음을 내보낼 준비를 다 끝내고 있었다. 그러므로 내가 생각하는 것은 무엇이든지 그 대천문으로 다 빠져나가는 것이다.

한 살 때 기억, 두 살 때 기억, 세 살 때 기억…. 재작년에 있었던 기억들, 작년에 있었던 기억들 그리고 올해 지금까지 있었던, 기뻤던 기억, 슬펐던 기억, 억울했던 기억, 미안했던 기억 등등 모든 기억을 떠올려버린다. 지금까지의 기억을 다 버린다.

6. 다 버렸으면 마음의 손으로 머리끝 백회를 잡고 위로 잡아당겨 나라는 인식의 껍질을 통다지 옷을 벗듯이 벗어버린다. 그리고 껍질마저 버린 그 상태를 가만히 바라보면서 그 느낌을 2~3분 동안 유지한다.

처음 할 때에는 그 떠오르는 기억들을 얼마나 기뻤는지, 얼마나 슬펐는지, 얼마나 억울했는지 또는 얼마나 미안했는지 음미하느라고 시간이 많이 걸린다. 그러면 그 기억 속으로 빠지게 되므로 되도록 한 기억 장면에 머무르지 마시라. 그 느낌을 느끼려하지 말고 부지런히 버리도록 한다. 그래서 50내지 60바퀴를 돌리면서 버려야 한다. 태어나서부터 현재까지가 한 바퀴이다.

어떤 이는 시간이 더 걸릴 수도 있다. 어쨌거나 열심히 버리다보면 다 버려지는 때가 온다. 그러니 의심하지 말고 부지런히 단순, 무식, 지극하게 열심히 버리시라. 한 바퀴가 끝날 때마다 영혼의 껍질마저 벗어버리고 그 느낌을 조용히 이삼 분 동안 누려보도록 한다. 단순, 무식, 지극하게. 이 '단무지'는 삼독을 내지 않는 좋은 방법이다. 불교에서는 삼독을 탐진치(貪嗔癡)라고 하는데, 단순은 나에게 이로울까 아닐까, 이 생각 저 생각으로 욕심(탐)내어 하지 말라는 것이고, 무식은 옳은가 그른가 사리 분별하여 마음에 거슬림(진)을 일으키지 말라는 것이고, 지극은 요렇게 하는 것이 더 빠를까, 조렇게 하는 것이 더 빠를까 하는 어리석은 꾀(치)를 쓰지 말고 최선을 다하라는 것이다. 그러니 단순, 무식, 지극하게 '단무지'로 버리시라. 가람원에서 우스갯소리로 쓰던 말인데, 수련하는 자세를 정말 잘 반영한다는 생각이다.

다 버리게 되면 다 버린 줄을 당신이 마음으로 알게 된다. 이것도 그렇다고 치자는 것이 아니고 더 이상 아무것도 버릴 것이 없는 즉, 정말로 아무것도 떠오르지 않는 때가 온다는 것이다. 나는 왜 이렇게 늦지 싶어 고민인 사람도 있으리라. 그러나 서두르지 마시라. 다시 당부하건대 제발 서두르지 마시라. 되어서 익어야 비로소 때는 만날 수 있다.

☐ + ◯ + ⬤ = ▣

1   2   3   4

1. 우주 나 : 몸 나의 세상을 그려보기 위해서 준비한 A4용지입니다.

2. 영혼 나 : 그 안에 나를 그렸습니다.

3. 몸 나 : 신체(身體). 몸 + 거짓 마음(경험).

   내가 살면서 경험한 것, 경험으로 안 것, 그 산 삶으로 그 안이
   채워졌습니다.

4. 이 세상에 살고 있는 몸 나의 모습입니다.

이제는 진짜 죽었다. 죽었으면 죽은 사람으로 살아보자. 여기는 어떤 세상인지. 온전히 그 죽은 사람이 되어야 한다. 수행하시라. 생활수련. 앉으나 서나, 가나오나, 죽은 사람으로 살다보면 또 참 나로 한발 가까이 되어지리라.

사람이 죽으면 몸이 없어진다. 몇 년 전에 돌아가신 우리 할아버지의 몸은 이미 땅 속에서 뼈만 남았으리라. 그 분은 지금 이 세상에 없다. 돌아가셨다. 어디로 돌아가셨는가?^^*

죽은 다음에는 몸이 필요가 없다. 그러므로 우리는 마음으로만 수련을 해도 하나도 '나'에 어긋남이 없다. 그러므로 진실하게 하시라. 지금 하는 이 수련은 '나'의 실제 경험이 되기 때문이다. 죽은 사람으로 수행을 하는 것이지 실제로 죽은 사람처럼 행동하라는 뜻이 아니다. 다른 사람이 무엇을 물어도 나는 죽었으니까 대답하지 말아야지. 상사를 만나도 나는 죽은 귀신이니까 인사도 하지 말아야지. 내가 몸이 없는 귀신이니까 다른 사람이 나를 알아보아서는 안 되는 것 아닌가? 그것은 아니다. 만일 이렇게 생각하는 사람이 있다면 당신은 다시 시작하시라. 기억을 버리는 것부터 철저히 다시 하시라. 그리고

나는 수행중입네 하는 그런 생각도 버리시라. 평소보다도 더 진솔하게, 더 성실하게, 더 예절바르게, 더 즐겁게 생활하고 있어야 '되어 살기'의 수행이 제대로 되고 있는 것임을 명심하기 바란다. 귀신 되어 살기는 어떤 것인가? 지금은 귀신도 그냥 '죽은 사람' 귀신이 아니다. '인식체' 귀신이다. 기뻐하시라, 격이 다르다.

세 번째 단계는 이 세상에 살고 있는 몸 나에서 몸만 빼내는 과정입니다.

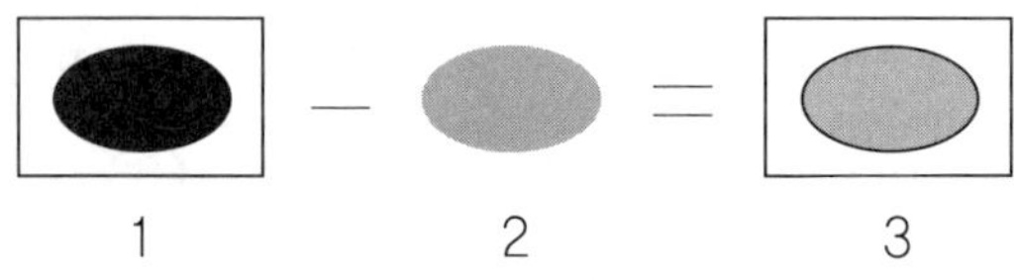

1. 몸 나입니다.
2. 몸 나의 삶 즉, 경험을 빼냈습니다.
3. 많이 밝아진 인식체가 되었습니다. 인식체는 몸은 없지만 몸을 인식하고 있습니다. 아직도 몸 형상에 매인 나의 단계입니다.

나는 지금 목이 마르다. 당신도 목이 마르다고 치고 주방으로 가서 컵에 물을 한 잔 떠온다. 지금은 마음으로 하는 것이 아니다. 진짜 몸으로 일어나서 컵에 물을 떠오시라. 시원한 물을 쭉 들이켠 다음 컵을 앞에다 놓는다. 이 컵은 있는 것인가, 없는 것인가?

당신이 죽어서 보아야 한다. 아직 덜 죽었는가? 아직도 죽지 못하였는가?

다시 귀신놀이 수련에 들어가자.

1. 자세를 바르게 하고 앉는다.

2. 호흡을 가다듬고 몸을 이완시켜 편안하게 한다.

3. 죽는다.

4. 죽어서 나는 몸을 떠나 귀신이 된다.

5. 그 되어진 귀신으로 팔을 내밀어 컵을 잡아본다.

6. 컵 속으로 손을 휘휘 저어본다.

7. 그 다음에는 이 방 안에 있는 사물을 모두 만져본다.

8. 이제 우주로 가서 대천문에 주문하고 지구에서 산 삶의 기억을 모두 버린다.

9. 머리끝 백회를 잡고 위로 당겨 껍질을 벗어버린다.

10. 그 상태로 가만히 이삼 분 동안 앉아 있는다.

아직도 컵이 손에 잡히시나요? 아직도 컵이 손에 잡히는 사람은 다시 깊이 명상하십시오.

갑자기, 처음 수련하는 사람은 별의 별 것에 다 신경이 쓰이므로 혹시나 대천문으로 버린 기억들과 나의 껍질을 어디에 버릴지를 몰라 당황하는 사람이 있을지도 모르겠다는 생각이 든다. 우리가 하는 수련에서 버린다는 것은 하나의 상징이다. 그것은 본래 없는 것이다. 그것들은 거짓이고 가짜가 아니던가. 버린다고 하는 것은 본래 없었던 것이므로 없는 것으로 하는 것이다. 당신이 버리면 사라진다고 이해하시라. 절대로 의심하지 말고 부지런히 단순, 무식, 지극정성으로 수련하기 바란다. 그것들이 내 안에서 나가기만 하면 된다.

아무것도 잡히지 않으면 이제 비로소 죽은 것이다. 이제부터는 귀신으로 살아본다. 수행인 것이다.

잘 때도 귀신이 되어 주무시라. 깨어날 때에도 귀신으로 깨어나시라. 용변을 볼 때도 귀신이 되어 볼일을 보시라. 이를 닦을 때도 귀신이 되어 닦으시고, 밥을 먹을 때에도 운전을 할 때에도 길을 갈 때에도 일을 할 때에도 귀신이 되어서 하시라. 귀신놀이를 하는 거다.

해보면 안다. 엄청 재미있다. 귀신놀이는 "있니, 없니?" "이게 있는 거니, 없는 거니?"로 한다. 끊임없이 마음속으로 물으면서 대답하시라.

"이게 있니, 없니?"

재미있다고 하염없이 귀신놀이에 빠져서는 안 된다. 온전히 귀신으로 사는 날이 오래 걸릴 필요는 없다. 내 마음으로 이 세상에 있는 것이 아무것도 없음을 경험하여 확고부동하게 인식되어지기만 하면 된다.

이제 확실히 없나요? 당신의 마음에는 이 세상에서 눈에 보이던 모든 것들이 이제는 없어졌나요?

이 컵이 이제는 정말 없나요?

네 번째 경계
귀신 나(한앎 자리)

몸만 없을 뿐이지 아직도 나에게는 지구에서 몸 나로 산 인식을 그대로 가지고 있다. 아직도 귀신이다. 죽는 수련을 하면서 기억도 버렸다. 기억을 다 버리게 뇌년 마음속에 아무것도 떠오르지 않게 된다. 당신이 아무리 애를 써도 떠오르지 않는다. 다 버려진 것을 자신이 알게 된다. 남에게 확인을 받을 수도 없다. 자신만이 되어진 줄을 안다. 다 되어본 사람이라면 확인을 해줄 수도 있다. 그러나 오십보백보 함께 가고 있는 같은 사람들이 무슨 수로 남의 되어진 정도를 볼 수 있겠는가. 다 버린 줄을 당신이 안다. 그러므로 다른 이에게서 확인을 받아도 자신이 되지 못하였으면 되돌아올 수밖에 없다. 수련의 정도는 절대로 속일 수가 없다. '나'가 하는 것이기 때문에 그렇다. 남을 속일 수는 있어도 '나'는 속일 수가 없는 것이다.

색이 엷어지기는 했지만 아직도 다 비워내지는 못했다. 그래도 여기까지 수련해 오신 분의 생활에는 변화가 제법 있으리라 여긴다. 독이 많이 빠졌다. 몸도 마음도 좀 더 여유롭고 넉넉해지셨다면 수련이 잘 되고 있다는 증거이다. 생활에 임하는 자세에 어떤 변화가 있는지 자신을 잘 살펴보기 바란다. 조그마한 변화라도 있으면 된다. 예전 같으면 성질이 불같아서 이러저러한 일이 있으면 참지를 못했는데 이제는 성질이 많이 죽었더라, 예전에는 일을 꾸준히 하지 못했는데 끈기가 생겼더라, 전에는 누가 일을 해도 내 일이 아니면 참견하지 않았는데 이제는 달려들어 함께하게 되더라. 이것이 다 수련을 잘하고 있다는 증거이다. 힘과 전사(戰士)가 찬양되던 시대가 있었다. 그러나 인류의 의식은 진화하였다. 그것은 덜된 시대의 덜된 사람의 의식이다. 더된 사람은 사랑을 내는 사람이다. 그러므로 남을 이기는데 사용되는 힘과 전투는 사실은 부끄러워해야 하고, 해서는 안 된다. 또한 남이 일할 때에 서있는 자, '이바구' 나 하면서 노닥거리고 있는 자는 참으로 치사한 사람이다. 일을 함께 하는 것은 마음의 여유이다. 넓이인 것이다. 남의 힘든 것 어려운 것은 나누어 잘게 하고, 좋은 것 기쁜 것은 보태어 크게 하라. 그것이 참살앎이고 남과 나에 대한 사랑이며, 살리는 방법이다. 그것이 무거운 내 짐을 덜어내는 방법이고 내려놓은 방편이다. 무거운 내 짐을 덜겠다고 남에게 나의 짐을 지운다면 그것은 그 남을 죽이고 또한 나를 죽인다. 우리는 고통에서 벗어나는 방법을 제대로 알아야 한다. 이것이 바로 지혜이다.

마음이 편해야 즐겁다. 즐겁게 사시라. 즐겁게 사는 것이 수행이다. 즐겁게 살라는 말은 재미있고 즐거운 것만을 찾아서 그것만을 하라는 이야기가 아니다. 즐겁게 살라는 말은 지금 하고 있는 일, 지금 해야 하는 그 일을 즐겁게 하라는 이야기이다. 즐거움을 밖에서 찾는 사람은 즐거움을 쫓아다닐 수밖에 없다. 그러나 즐거움의 본질은 바로 마음이다. 그것을 밖에서 찾았더라도 그것은, 밖의 즐거운 그것에 내 마음이 일치하였다는 뜻이지 밖의 그것 자체가 즐거운 것은 아니다. 그런데 밖의 즐거운 꺼리에 내 마음을 맞추어 살다보면 결국 자신을 잃어버리게 된다. 밖이 되어버리므로 그렇게 된다. 나 자신은 허망하고 허무하여 쓰러지게 되는 것이다. 즐거움은 그렇게 찾는 것이 아니다. 내 안의 것으로 즐거움을 찾아야 한다. 한순간만 즐거운 것은 마음을 편하게 하지 못한다. 수련은 늘 변하지 않는 진짜가 되기 위함이다. 진짜와 가짜를 가르는 기준은 간단하다. 영원한 것인가 아닌가를 살펴보면 된다. 지금 당장의 즐거움을 위하여 자신을 왜곡하지 않을 줄 알아야 한다. 변하지 않는 즐거움이란 때때로 지금 당장에는 어렵고 힘들며, 용기와 끈기와 혹은 실패나 지는 것 같은 자세를 요구하기도 한다. 그러므로 솜 더 지혜롭고 좀 더 밝아질 필요가 있다. 이 몸이 사라진 다음에도 나에게 이로운 것인가 아닌가를 볼 줄 알아야 한다. 마음이 편하기 위해서가 아니라 몸이 편하기 위해서 내는 거짓 마음을 수행으로 걷어내시라. 지금 여기에 임하여 보다 정견(正見)하고, 정사(正思)하고, 정행(正行)할 수 있어야 한다. 아직도 꾸준히 그리고 많이 수련하고 수행하여야 한다.

초원의 빛이라는 시가 생각난다. 고교시절 시를 좋아하는 학생이라면 자신의 마음에 드는 시 한편쯤은 외우고 다녔는데, 나는 워즈워드의 이 시가 마음에 들었었다.

초원의 빛

여기 적힌 까만 먹빛이

희미해질수록

당신을 사랑하는 마음 희미해진다면

이 검은 먹빛이 마름하는 날

나는 당신을 까맣게 잊을 수 있습니다

초원의 빛이여,

빛의 영광이여,

다시는 돌이킬 수 없을지라도 서러워 말지어다

초원의 빛이 다시 빛날 때

그때 영광을 얻으리니.

맞나? 이렇게 30년쯤 뒤에 써먹을 줄 알았더라면 어디에다 적어 두기라도 할 것을. 아니, 적은 것을 잘 보관할 것을. 그때는 명화 그림엽서도 많이 모았었고 시 노트도 있었는데. 어쨌거나 이 시에서 '나는 당신을 까맣게 잊을 수 있습니다' 라는 대목 때문에 기억이 났나 보다. 그렇다. 결코 잊을 수 없을 것 같은 기억까지 까맣게 잊을 수가 있다. 너무나 가슴이 아팠던 기억, 너무나 소중하여 잊기 싫었던 기억, 기쁜 기억, 좋은 기억도 다 까맣게 잊어진다. 그렇다고 선뜻 벌써 참 나가 된 것은 아니다. 단지 기억을 잊어보았을 뿐이다. 아직도 나는 몸으로 살 때의 나를 벗어나지 못하였다. 잘 들여다보시라. 열두 살 때 기억, 스물두 살 때 기억은 더 이상 떠오르지 않을지 모르지만, 엄마 하면 생각나는 이가 있고, 아빠 하면 생각나는 얼굴이 있지 않은가? 다시 잘 들여다보시라. 당신의 앞이 느껴지고, 당신의 뒤가 느껴지지 않는가?

이것이 몸 나는 죽였어도 남아있는 몸 나의 인식이다. 인식체(認識體)인 것이다. 몸과 몸으로 경험한 기억은 버렸지만 몸으로 살 때의 습성을 아직 버리지 못하였다. 이것을 또 버려야 한다. 이것도 다 버려야 하는 것이다.

다시 수련을 시작하자. 경험 버리기를 오륙십 바퀴 돌려본 이쯤이면 웬만큼 수련이 익숙할 것이다. 수련을 대략적으로 설명해도 알아들을 수 있으리라. 아직 수련이 어려운 사람은 안내해 주는 사범이나 강사가 있는 수련단체에서 다시 시작할 것을 권한다.

1. 바르게 앉아 눈을 감는다(모든 수련은 눈을 감고한다. 마음이 흩어 지지 않게 하기 위함이다).

2. 마음으로 죽는다.

3. 내가 죽었다는 것을 깨닫고 우주로 간다.

4. 대천문으로 느낌이나 개념들을 모두 버린다.

5. 다 버렸으면 마음의 손으로 머리끝 백회를 잡고 잡아당겨, 나라는 인식의 껍질을 홀랑 벗어버린다.

6. 껍질마저 버린 그 상태를 이삼 분간 조용히 느껴본다.

여기서 느낌이나 개념을 버리는 방법을 알아야 한다. 느낌이나 개념으로 된 나를 인식체라고 하였다. 몸의 인식 즉, 인식체란 어떤 것인가. 기억은 떠올려도 떠오르지 않는다. 그러나 몸 나가 사는 동안에는 경험에 의한 마음만 있었던 것이 아니다. 추상적인 개념들을 엄청나게 많이 가지고 살았다. 그것이 많을수록 잘 아는 것인 줄 알고 열심히 주워 먹은 지식이며, 정보들이며 그리고 느낌들인 것이다.

앞뒤, 분함, 서러움, 사랑, 미움, 그리움, 기다림, 새벽안개, 보리, 수수, 쌀, 향기, 복숭아, 딸기, 해바라기, 아름다움, 불쾌함, 쾌적함, 동쪽, 서쪽, 남쪽, 북쪽, 위아래, 여기저기….

우리는 낱말만으로도 그 기분을 느낀다. 그것들을 버려야 한다. 일일이 느낌으로 느껴보면서 버리려고 하지 말고 줄줄이 생각나는 대로 단어로 버리시라. 그래도 다 버려진다. 아무튼지 사전 하나가 다 나온다. 그것들이 다 빠져나올 때까지 버려야 한다. 그래야 몸 나의 마음이 완전히 비워진다. 그렇지 않으면 언제라도 시비분별에 휩싸이게 되므로 열심히 버리시라. 내 마음에서 그것들이 하나도 남김없이 다 없어져야 마음이 완전히 자유로워질 수 있다. 사람도 다 버리시라. 버리고 또 버리시라.

수련을 하면서 다 버렸다고 생각될 때마다 내 안을 휘휘 저어보시라. 아직도 다 비워내지 못했으므로 손에 걸리는 것이 있다. 이것이 심줄이다. 인식인 것이다. 그것이 있는 한 앞이 있고 뒤가 있으며, 위가 있고 아래가 있다. 이것이 버려야 할 것이다. 앞뒤, 사랑, 미움, 고독, 가녀림, 고달픔, 기다림, 가지, 오이, 수박, 단맛, 짠맛, 가을, 여름,

봄, 겨울, 눈, 별, 달, 해, 토성, 금성, 수성, 화성, 여기저기, 위아래, 들, 산, 바다, 분홍, 노랑, 하양, 검정, 소리, 냄새, 눈물, 슬픔, 아, 슬픔 슬픔 슬픔….

깊은 명상상태에서 줄줄이 나오는 것도 많고 그러다가 막히는 곳도 있다. 막히는 곳에서는 막히는 대로 그 느낌을 느껴보시라. 눈을 감은채로 깊은 명상상태에서 두 눈에서 눈물이 주르륵 흐르거든 흐르는 대로 놓아두고 수련하시라. 그리고 다시 버리시라. 다른 것은 아무것도 생각하지 말고 그냥 열심히 버리시라.

아기, 노인, 청년, 소녀, 학생, 선생님, 예수님, 부처님, 가이아, 손가락, 발가락, 솜사탕, 실타래, 미역, 바다, 바닷바람, 별, 나비, 지게, 미나리, 소중함, 기다림, 아픔, 괴로움, 피곤함, 노래, 향기, 여름, 봄, 가을, 겨울, 여기저기…. 떠올리면 그대로 대천문으로 나가므로 그냥 떠올리면 버려진다. 끊임없이 버리다가 한 바퀴 돌렸다고 생각되거든 껍질을 벗어버리고 그 느낌을 조용히 이삼 분 동안 느껴보도록 한다.

1. 인식체입니다.

2. 느낌과 개념을 빼냈습니다.

3. 나의 경험과 느낌, 개념은 없는 채로 나라는 의식만 남았습니다. 이제는 나에게서 거짓 마음이 다 빠졌습니다. 그리고 순수의식체인 영

혼 나가 되었습니다.

순수의식을 만나면 많은 것을 깨닫게 된다. 그 깨달음을 소중히 하고 그것으로 사시라. 거짓 나를 다 버린 자리이므로 일생일대의 위대한 깨달음이 온다. 당신이 직접 경험하여야 한다. 그러니 설명으로 들으려 하지 말고 수련하시라.

일상에서는 수행을 하여야 한다. 수련하여 깨닫기만 해서는 고목선이 되고 만다. 그것은 깨달은 것이 아니다. 깨달음은 아는 것 따로 실천 따로가 아니다. 깨달음은 곧 실천이다. 내가 낸 말에는 반드시 실천이 따라오게 된다. 깨달았다고 생각되는 그것이 생활에서 수행되지 않으면 덜 깨달은 것임을 명심하시라. 말로는 하되 실천이 안 되면 처음으로 되돌아가 점검하시라. 내가 된 만큼으로 돌아가서 다시 시작하여야 한다. '나' 가 되는 것이기 때문에 거짓이 있을 수 없다. 귀신을 속일 수는 있어도 당신 자신을 속일 수는 없다. 성심껏 사시고 늘, 항상, 언제, 어디서나 당신이 된 그것으로 사는 것이 수행이다.

이 단계의 수련은 안을 비운 의식체의 순수의식의 상태를 지속하는 것이다. 되어진 그것으로 사는 것이니까. 수행에서는 기운을 잡을 수 있다면 일상 속에서 '나' 라고 하는 의식을 잡고 생활하면 된다. 내 몸을 지나 확장된 나를 기운으로 느끼시라. 그러나 지평을 지나 경계를 만나는 지점에서 너무 진지하여 자칫 환경과 분리되어 있다면 자숙하시라. 말 수가 혹 줄었을 수도 있다. 그러나 진정 깨달은 사람은 여여할 뿐이다. 깨달은 사람의 얼굴은 부드럽고 자연스럽다.

그리고 밝다. 남을 불편하게 하는 정도라면 덜 되었다고 진단하고
다시 정진하시라.

영혼 나(한울 자리)

드디어 밝은 영혼 나가 되었다. 이제는 기억과 함께 몸으로 산 느낌도 없다. 그러나 아직 나라는 개체의식이 남아있다. 산 기억도 느낌도 없지만 '나' 라는 한울을 의식하고 있는 것이다. 이것이 의식체이다.

의식체는 테두리선을 경계로 안과 밖이 다 비어있다. 그래서 비어있는 한울의 의식을 순수의식이라고 이름을 붙였다. 쓸데없이 말을 만드는 것이 좋을 것은 없지만, 뜻을 분명히 해주리라 싶어서. 어쨌거나 이것도 버려야 한다.

자, 수련을 시작합시다.

1. 자세를 바르게 하고 앉는다.

2. 호흡을 가다듬고 몸을 이완시켜 편안하게 한다.

3. 죽는다.

4. 귀신이 되어 지구를 떠나 우주로 간다.

5. 대천문으로 지금까지 산 기억과 느낌들을 모두 버린다.

6. 내 안이 완전히 비었음을 확인한다.

7. 그 상태를 지속한다(두 시간도 좋고 세 시간도 좋다. 마음이 시킬 때까지 지속한다).

8. 마지막으로 머리끝 백회를 잡고 나라는 의식의 껍질을 홀랑 벗어버린다.

9. 그 상태로 나를 가만히 바라본다.

나를 가만히 느껴본다. 내 경계가 아직 남아 있는가?

순수의식으로 가지고 있었던 나라는 테두리 껍질을 벗었는데도 아직 허공이 되지 않는가?

깊이 수련하시라. 깊이 명상하시라. 단순, 무식, 시극하게 하시리. 이 단계를 넘어가기가 어렵거든 어디 마음공부를 하고자 하는 사람끼리 장소를 마련하여 수련하는 것도 좋을 것이다. 직장인이라면 수련을 위하여 곧바로 귀가하여 늦어도 여덟시까지는 수련을 시작하시라. 그래서 자정까지 하면 4시간을 확보할 수 있을 것이다. 아무리 적어도 한번 명상에 드는 시간이 두 시간 정도는 되어야 한다. 그래야 기운을 잡을 수 있으리라 본다. ○○명상센터 가람원에서는 하루 온종일 낮과 밤을 투자하여 수련한다. 그것도 한 코스가 일주일 또는 그 이상이다. 그런데 일상생활을 영위하면서 수련을 하려면 오늘 집어먹은 거짓 마음을 버려야 하고, 편안하고 깊은 의식상태에 이르러 명상 수준을 유지하는 데에도 시간이 필요할 것이다. 명상이 습관이 되지 않은 수행자라면 될 수 있으면 뜻이 맞는 사람끼리 여럿이서 동아리를 만드시라. 꾸준히 수련하도록 서로서로 격려하시라. 이미 알고 있지 않은가? '오고가는 대화 속에 늦어지는 마음공부' 라는 것을.

이 수련은 내가 되어야 하는 수련이므로 말이 필요 없다. 여럿이 함께 수련을 할 때에도 말을 하지 마시라. 서로 이야기를 해보았자 다들 오로지 자신의 이야기밖에는 하지 못한다. 남이 어떻더라고 남에 관한 이야기를 할 때에도 남을 빌렸을 뿐 나는 오직 나만을 이야기할 따름이다. 그를 이야기하는 줄 알지만 그를 내가 느낀 대로 즉, 몸 나가 내는 대로의 내 마음을 말로 하는 것뿐이다. 그것은 말하는 사람이나, 듣는 사람이나 버려야 할 마음을 하나 더 늘리는 것밖에 안 된다. 그러므로 수련에 들었을 때에는 남과 나의 수련을 위해서 말을 하지 않도록 한다.

여기에서도 많은 깨달음이 있다. 그 깨달음과 느낌을 소중히 하시라. 그리고 수행하여야 한다. 그냥 성의껏 되어진 그것으로 사시라.

수련 중 어떤 기적인 경험이 찾아와도 당황하거나 그 신기함에 빠지지 마시라. 그냥 겪어야 한다. 이것은 하나의 과정이고, 시험이라고 생각하시라. 나만이 특별나서 겪게 되는 경험이 아니라 내가 산 지난날들 혹은 무의식중의 경험들로 인하여 만난 인연일 뿐이라고 이해하면 된다. 그것에 현혹되면 더 나아가지 못한다. 우리는 아직도 더 되어야 한다. 그러므로 기적인 경험들은 그냥 지나가게 겪어내시라.

그 외에도 본 나에 닿음으로 하여 일어나는 감격들이 동반한다. 충만함. 지극한 평온함. 빛과 사랑과 그밖의 심오하고 드높은 영적인 체험들. 처음 겪는 이 놀라운 경험들 또한 남은 평생 지속되는 것이 아니다. 우리가 일상생활에서 무언가를 처음 배웠을 때에는 새롭고 신기하지만 그것이 생활이 되고나면 그 감각에 무디어지는 것과 같다. 그러나 이 마음 경험은 정말 소중한 것이니 많이 누리시기 바란다. 그것이 바로 '나'의 느낌이기 때문이다.

되셨는가?

나의 안을 확인해 보시라. 허공이 되시었는가?

여섯 번째 경계
우주 나(한얼 자리)

　나라는 의식의 껍데기를 홀랑 벗어서 던져버리시라. 안도 비어있고, 밖도 비어있고 오직 테두리(울타리, 울, 우리) 하나로 구분이 되어 있었는데, 그 테두리를 홀랑 벗겨버린 지금 이 허공 속에 앉아 있는 나에게 경계가 어디 있는가? 하얀 종이 위에 동그라미 하나를 그렸다가 그 동그라미를 이루었던 테두리선을 지워버렸는데, 동그라미가 아직 남아있을 수가 있는가 말이다. 그냥 하얀 종이만 남지!

　아직도 경계가 없어지지 않았거든 다시 하시라. 나라는 의식의 껍질을 벗어버렸어도 아직도 허공이 된 줄 모르는 사람은 다시 하시라. 죽고, 경험 버리고, 느낌과 개념 버리고, 껍데기를 벗어버리기를 하고 또 하시라. 그래서 허공이 될 때까지 하시라. 하고 또 해서 내가 사라져야 한다. 사라져서 허공이 되어야 한다. 나라는 의식의 경계가 없는 그 자리가 우주이다.

자, 다시 하시라.

다시 하시라.

다시 하시고 또 다시 하시라. 그래서 나라는 의식의 경계가 다 없어질 때까지 하시라.

다 없어져 허공이 되면 그 된 줄을 당신이 안다. 만약 당신에게 물었는데 확인이 되는 건지, 아닌지 모르겠거든 마음으로 나에게 물어보시라. 아니면 당신의 마음의 스승이나 당신의 신께 물어보시라. 다 되었는가를. 그러면 반드시 확인을 받을 수 있으리라. 욕심으로 물어서는 안 된다. 정심을 내어 물어보시라. 당신이 아직 되지 않았으면 안 되었다는 대답이 올 것이요, 되었으면 되었다는 대답이 올 것이다.

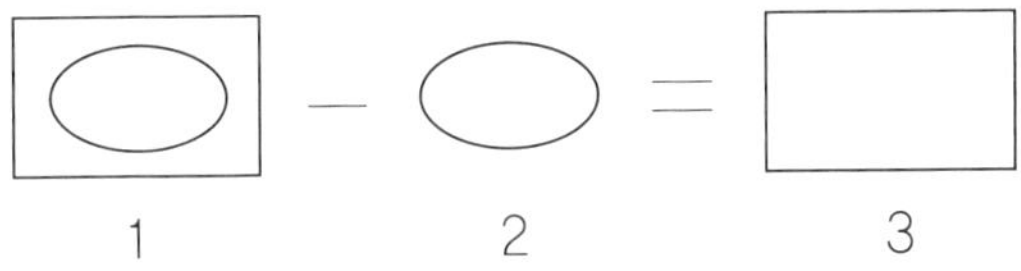

1. 영혼 나입니다.

2. 의식체를 빼내었습니다.

3. 그림이 모두 지워진 깨끗한 백재상태의 A4용지만 남았습니다. 비로소 우주 나가 되었습니다.

그래서 경계가 없는 내가 되었으면 그 상태를 누려야 한다. 그 상태로 살아야 한다. 경계가 없어지고 나면 또 다시 많은 것을 느끼게 된다. 경계가 없는 지경은 어떤 것인지 알뜰히 느껴보기 바란다. 당신이 여태껏 모르고 살아온 진리가 느껴지기 시작한다. 아, 그 말이 이런 뜻이었구나. 성경에서 보아온 말씀들이 비로소 이해가 가고, 불경으로 들은 것들이 비로소 실제가 되어 온다. 아, 그렇구나. 아, 그래서 그런 말씀을 하셨구나. 당신의 가슴에 이 세상 모든 것에 감사하는 마음이 깃들고 그리고 모두가 한마음인 것을 알 수도 있으리라. 그러나 경계를 벗어 허공을 알았어도 아직 다음으로 넘어가려고 서두르지 마시라. 이제 막 된 것이면 그 된 것으로 살아야 한다. 살다보면 다시 다른 경계를 만나게 된다. 만나는 때는 지금 되어진 그것으로 진실되게 살아서 역시 그 된 바가 다 익어야 비로소 닿는다.

되었을 때의 느낌, 되어 살 때의 느낌 그리고 경계를 만나는 때를 각각 구분하여야 할 것 같다. 이 단계에서는 나라는 의식 껍데기를 벗고 우주 허공이 된 느낌이 아주 소중하다. 순수의식체인 영혼 나의 자리에서도 많은 깨달음을 얻었지만, 우주 허공에서는 더 높은 진리를 만나게 된다. 그러므로 갓 된 느낌에서 서둘러 어른이 되려고 하지 말고 그 어린 시절을 뜻 깊게 보내라고 이르고 싶다. 여기서 많은 것을 보시라. 보고 또한 많이 느끼시라. 많이 배우고 많이 나누시라. 마음을 나누고, 일을 나누고, 즐거움을 나누고, 슬픔을 나누고, 행복을 나누고, 짐을 나누고….

이 책으로 수련을 하는 사람은 아마도 여기까지 오는 동안에 참으로 많은 감동의 눈물을 흘리셨으리라. 그것은 진리에 접하는 자리였으며, 또한 그것은 다 마음을 씻어내는 신성한 물이었음을 아시라. 그래서 닿은 여기는 지극한 기쁨을 경험하는 자리이다. 화려하고 들뜬

기쁨이 아니다. 지순한 환희심이다. 지순하고 지극한 그리고 완전한 평온지심, 완전한 자유와 완전한 충만감. 지금 당신은 무엇인가? 어디에 있는가? 그 되어짐을 마음껏 누리시기 바란다.

되어 살 때는 신나게 사시라. 신이 난 단계이다. 성의껏 온전히 되어진 그것으로 사시라. 성의껏 살아야 한다. 자, 당신의 안을 들여다보시라.

이 완전함이 거만스러운가?

게으른가?

어김이 있는가?

당신의 마음에 남(타인)은 어떤 존재인가?

이 완전함 속에 당신의 생활은 어떠한가?

당신이 이 자리가 되기 전에 알았던 것들이 얼마나 작고 좁은 것이었는지 당신은 알았으리라. 당신의 세상은 어떠하신가? 보지 않아도 당신의 얼굴에 떠오른 미소를 나는 알 수가 있다.

또 생활수련을 하여야 한다. 그렇게 살다보면 다시 뜻있는 시간을 만나게 된다.

자, 드디어 '전지전능 놀이' 이다.

1. 자세를 바르게 하고 앉는다.

2. 호흡을 가다듬고 몸을 이완시켜 편안하게 한다.

3. 죽는다.

4. 귀신이 되어 지구를 떠나 우주로 간다.

5. 대천문으로 지구에서 산 기억과 느낌들을 모두 버리고 영혼이 된다.

6. 머리끝 백회를 잡고 나라는 의식의 껍질을 홀랑 벗어버리고 우주가 된다.

7. 우주 허공이 되었으면 그것으로 산다.

마음으로 해보시라. 우주 나가 되어 앞에 있는 책상을 지나가 보자. 벽을 통과해 보자.

당신에게 경계가 없는 데야. 저 산속으로 들어가 보시라. 온전히 허공이 되었는데 앞에 있는 벽으로 뛰어들어보시라. 전차로 밀어보고, 불로 태워보고, 북두칠성까지 날아가도 보고, 태양 속을 휘젓고 다녀보시라. 할 수 있는지 없는지. "마음으로야 누군들 못해"라고 말로만 해보지 말고 마음으로 직접 해보시라. 아직 우주 나가 되지 못한 사람은 마음으로도 되지 않는다. 된다고 해도 수련을 통하여 여기까지 온 사람에게는 하나의 체험이지만 그렇지 않은 사람에게는 한갓 공상에 불과하다. 공상으로는 진리를 깨닫지 못한다. 어쩌면 좋을꼬.

경계가 없는 허공으로 살기. 그 우주 허공을 느껴보고 그 마음을 느껴본다. 여기서 우리가 깨닫고 되어야 하는 것은 두 가지이다. 우선 첫 번째는 모두 나임을 아는 것이다. 두 번째는 이것도 우주, 저 것도 우주인 우주 나로 살기이다.

1. 자세를 바르게 하고 앉는다.

2. 호흡을 가다듬고 몸을 이완시켜 편안하게 한다.

3. 죽는다. 살아온 기억을 모두 버린다.

4. 지구에서 산 삶의 느낌과 개념을 모두 버린다.

5. 의식체의 껍데기를 머리로부터 홀랑 벗어버리고 우주가 된다.

6. 그 상태를 한동안 느껴본다. 그래서 모두가 하나임을 느껴보도록 한다.

7. 앞에 있는 책이 나임을 느껴본다. 방안의 모든 사물을 하나하나 나임을 느껴보도록 한다.

"이것도 나, 저것도 나, 저것도 나…." 그냥 읽어온 사람은 이것도 나, 저것도 나가 절대로 되지 않는다. 그러나 수행으로 우주 나가 된 사람은 완선히 일치가 된다. 이것도 나, 저것도 나. 그 마음을 느껴보시라. 수행으로 해보면서 산다. 반드시 생활수련하시라. 거리로 나가서 보이는 것, 만나는 것들을 전부 느껴보시라. 그리고 해보면 안다. 도대체 나 아닌 것이 어디 있는가.

여기는 모두 나인 자리이다. 모두 나이다. 그렇게 치는 것이 아니고 당신이 안다. 정말로 모두가 나인 것을. 그렇지 않은가?

1. 자세를 바르게 하고 앉는다.

2. 호흡을 가다듬고 몸을 이완시켜 편안하게 한다.

3. 죽는다. 살아온 기억을 모두 버린다.

4. 지구에서 산 삶의 인식을 모두 버린다.

5. 의식체의 껍데기를 머리로부터 홀랑 벗어버리고 우주가 된다.

6. 그 상태를 한동안 느껴본다. 그래서 모두가 하나임을 느껴보도록 한다.

7. 이것도 나이고, 저것도 나임을 느껴본다. 그 다음에는 나도 우주임을 느껴보고, 이것도 우주이고 저것도 우주임을 느껴보도록 한다.

8. 이제는 우주로 산다.

나는 우주이다. "우주가 우주하여 우주하고 우주한다"로 사는 것이다.

내가 완전히 우주가 될 때까지 우주하고 우주하자. 나는 우주이다. 내가 온전히 우주 나가 되어야 한다.

수련도 하고 수행도 하시라. 부지런히 성실하게 '단무지'로 하시라.

일곱 번째 경계
본 나(없음도 없는 空의 자리)

몸으로 살았던 지구에서의 삶을 인식하던 나를 버리고, 나라는 한 울의 경계인 의식체(意識體)도 벗어버리고, 우주 허공이 되었으나 아직 순수 허공이 된 것은 아니다. 신나게 사셨는가? 경계가 없는 우주로 사는 우주 나는 신이다. 이 단계까지 와보고 다 된 줄 아는 사람은 아마도 사이비 교주가 될 것이다. 사람에게 영생을 준다느니, 기적을 행한다느니 하는 체험은 다 이 자리에서 나온다. 전지전능하여 이 세상에 못할 것이 없는 자리인 것이다. 그러나 이 자리는 아직도 다 된 자리가 아니다. 깨달은 사람은 기적을 행사하는 사람이 아니다. 자연스러운 사람이다. 마음에 걸림이 없는 즉, 본성으로 사는 사람. 어떤 사람은 본성을 본능으로 잘못 알고 있는가 보다. 본성은 공의 자리, 순수 허공, 본 나, 진리를 의미하는 것이고, 본능은 몸 나에 기본적으로 갖추어진 욕구체계를 말한다. 그 본능으로 인하여 몸 개체를 유지하고 세대를 이어간다. 본능 자체는 시비분별이 없지만 본능의 욕구를 채우는 과정에는 시비분별이 있다. 본능에 충실하되 본성으로 충실하여야 할 것이다. 특히 예술에 종사하는 사람들이 본 능에 충실할 것을 부르짖는 목소리가 높으나, 예술로써 성공하고자 하는 사람이라면 역시 본성에 충실하여야 한다. 본능은 몸 나의 영역이고, 본성은 진리의 영역이다. 자고로 명작이라 함은 진리를 담아 내지 못하면 이루어내지 못한다. 명작이라는 것에는 혼이 깃들어 있 다고 하지 않던가.

'전지전능 놀이'로 신나게 살면서 모두가 나인 것을 알았고, 내가 우주 허공인 것을 알았다. 그렇게 우주 허공인 나로 살다보면 때가 무르익어서 또 하나의 경계를 만나게 된다. 깊이 명상하는 당신을 항상 주시하고 있는 그 목소리. 아무것도 없는 가운데에 내가 알아 지는 그것. 어떤 때는 다른 사람이 되기도 하고, 어떤 때는 내가 되 기도 하며, 나를 미워하는 사람이 되기도 하고, 내가 싫어하는 사람 이 되기도 하며, 나무가 되기도 하고, 하늘이 되기도 하고, 신이 되기 도 하여 나를 시험하고, 안내하고, 격려하고, 꾸짖기도 하던 그 목소 리가 있는 것이다. 이제는 오직 하나인 그 목소리. 아무것도 없는 빈 공간에 이것은 또 무엇인가?

이것을 지워내야 비로소 순수 허공 즉, 공이 된다. 아직 목소리가 있는 여기는 순수 허공이 아니다. 이 순수 허공이 되는 것이 가장 어 려운 수련이지 싶다. 당신이 되어진 만큼으로 진척될 것이다. 이쯤에서 또다시 우리의 생활을 짚고 넘어가야겠다. 당신은 오늘 낮에 어떻게 지내셨는가? 아침에 눈을 떠서 지금까지 어떻게 사셨는가?

그냥 미소하며 사셨는가?

자비로웠는가? 사랑하는 마음이 그윽하셨는가?

평안하셨는가? 거짓이 없었는가?

하찮은 것이라도 말로 낸 약속을 어기지 않고 지켰는가?

그리고 그러한 행동들이 지어낸 것이었는가? 아니면 자연스럽게 그렇게 되시었는가?

여기까지 수련하여온 그대가 수련을 시작하기 전과 다름없이 살고 있다면 다시 하시라. 수련을 처음부터 다시 하시라. 당신은 깨닫지 못했다. 깨달음은 아는 것과는 다르다. 아는 것은 말로만 하지만, 깨달은 것은 말과 행동이 하나이다. 지어서 그렇게 하는 것이 아니다. 마음이 달라진 것이어서 마음으로 그렇게 사는 것이다. 그러므로 아직도 부대낌이 많고 마음에 걸리는 것이 많다면, 혹은 진실과 다르게 지어내서 하는 바가 있다면 당신은 이 단계까지 온 것이 정말로 아니다. 목소리를 지우지 못했더라도 이곳은 이미 시비분별이 없다. 모두가 하나인 것을 아는 자리인데 시비하고 분별하겠는가. 내가 사는 이유가 그 하나를 살림하는 일임을 아는데 내가 할 것을 미루겠는가, 남이 하는 것을 모른 척할 것인가. 나의 하루를 잘 점검해 보시라. 내가 정말 깨닫고 살고 있는지 아닌지. 사소한 것에 화가 나고 옳지 못한 것에 마음이 난다면 그리고 분별이 많고 아직도 따지는 것이 많다면 처음서부터 다시 하시라. 왜냐하면 제대로 되어지지 않은 사람은 이 목소리를 비워낼 수가 없다.

생활에서 화가 전연 나지 않는다는 소리가 아니다. 예전과는 다른 모습으로 사시는지를 물은 것이다. 당신이 달라졌다면 아마도 주위의 많은 이들이 확인을 해주었으리라. "요새 좋은 일 있으세요? 왜 매일 싱글벙글 웃어요?" "얼굴이 많이 편안해지셨네요." "얼굴이 환해졌어요." "이상해. 예전에는 신경질이 많더니 달라졌어." "좋아 보여요." "어디서 많이 본 듯하네요." "당신과 함께 있으면 편안합니다." "감사합니다." "고맙습니다." 등등.

그대의 안을 다시 들여다보시라. 목소리가 아직도 많은가, 오직 하나인가? 목소리가 많은 사람은 생각이 많다. 단순해지시라. 다시 처음부터 수련하시라.

되어짐도 다 인연이다. 인연은 만나는 때가 있다. 되어지는 때인 것이다. 수련하고 수련하여 단순, 무식, 지극하게 수련하시라. 하다 보면 어느 순간에 비어지는 때가 있을 것이다. 그러면 그 순수하게 없는, 없음도 없는 채로 사시라. 마치 어미의 뱃속에서 열 달이 차야 몸 나가 낳아지듯, 되어진 그것으로 성심껏 살다보면 그렇게 마음 나가 낳아지리라.

지극하게 하시라.

다시 수련합니다.

1. 자세를 바르게 하고 앉는다.

2. 호흡을 가다듬고 몸을 이완시켜 편안하게 한다.

3. 죽는다. 살아온 기억을 모두 버린다.

4. 지구에서 산 삶의 인식을 모두 버린다.

5. 인식의 껍데기를 머리로부터 홀랑 벗어버리고 우주 허공이 된다.

6. 우주 허공으로 명상한다.

하나인 목소리를 비우는 명상이다. 떠오르는 것은 다 버린다. 부처를 만나면 부처를 죽이고, 신을 만나면 신을 죽이고, 하느님을 만나면 하느님을 죽여야 하는 자리이다. 경계를 만나면 경계를 죽이고, 목소리를 만나면 목소리를 죽이시라. 우주를 만나면 우주를 죽이고, 허공을 만나면 허공을 죽이시라. 비우고 또 비워야 한다. 조급해 하지 말고 꾸준히 하시라. 몇 시간이 걸릴지, 며칠이 걸릴지 혹은 몇 년이 걸릴지도 모른다. 그러나 하다 보면 엷어지고 사라진다.

우주 나에서 우주 나를 빼었습니다.
이 단계의 그림은 이렇습니다.

기호 =의 다음 그림을 보기 위하여 페이지를 넘겨보십시오.

그림을 보셨나요?

아, 그래요. 바로 이 그림입니다.

처음에는 찰나의 순간만 사라질 것이다. 그 다음에는 잠깐 동안 사라질 것이다. 그 잠깐으로 있기도 어렵다. 그러나 자꾸 해보면 사라진 상태를 지속하는 시간이 조금씩 길어진다. 나중에는 없는 상태를 계속 유지할 수 있을 것이다.

마음껏 없음도 없는 상태를 유지할 수 있을 때, 비로소 순수 허공인 공(空)의 자리에 든 것이다. 이때부터는 순수 허공이 되어 순수 허공으로 명상한다.

여기에서는 느낄 것도 없다. 아무것도 없다. 아무것도 느껴지지 않는다는 뜻이 아니다. 그 자체가 나이므로 그냥 그 상태를 유지하면 된다는 뜻이다. 그냥 유지하고 있노라면 저절로 되어진다.

공의 자리는 완벽한 평온이다. 없음도 없다. 그렇다고 허(虛)한 것이거나 무(無)한 것이 아니다. 그 자체로 그냥 완전한 것이다. 완전함. 완벽함. 지고지순한 평화로움. 없는 데가 없음…. 空의 자리를 설명한 말은 많지만, 空은 경험적인 것이어서 마치 단맛을 설명하자면 어떻게 표현하여야 할지 난감한 것처럼, 말로 그려내기가 어렵다. 아니, 사실상 불가능하다. 단맛이야 살면서 여러 가지로 경험할 수 있어 비유라도 들 수 있지만, 공은 그렇지 않기 때문이다. 굳이 말로 표현하자면 나는 '완전함'이라는 말을 쓰고 싶다. 당신이 완전한 것임을 누려보시라. 그 완전한 空의 자리를 지속하는 것이 곧 수련이고 수행이다. 그러니 그것도 단순, 무식, 지극하게 하여야 한다. 그래야 마음 나가 난다.

그래야 거듭 낳아진다.

여덟 번째 경계
마음 나(거듭나기)

순수 허공인 쏜의 자리가 본 나이다. 본 나 되기는 정말 어렵다. 그러나 된다. 그러니 한눈팔지 말고 단순, 무식, 지극하게 수련하시라. 본 나로 살 때에는 정말로 어머니의 자궁과 같다는 생각이 든다. 우선은 평안 그 자체이고, 또한 달이 차야 아기의 탄생이 이루어지는 그런 것으로 인하여.

없음도 없는 공(쏜)으로 살다보면 은연중에 마음 나가 있다. 낳아진 것이다.

거듭난 것이다.

몸 나로 났던 내가 마음 나로 다시 난 것이다. 그때까지 하여야 한다. 마음 나가 홀연히 나타날 때까지 하여야 한다. 마음 나가 낳아지면 당신이 안다. 내가 거듭났음을. 그러나 여기가 끝이 아니다. 더구나 마음 나는 겨우 갓난애이다. 서둘지 말고 마음 나로서의 삶을 또 살아보시라. 애써 익혀야 할 것이 많으니 아주 부지런히 그리고 성심껏 사시라.

우선 마음 나로서의 감각을 익혀야 한다. 마음 나를 만져보시라. 느낌으로 안다. 이것이 몸 나인지 마음 나인지. 몸 나가 느껴지거든 다시 수련하여 마음 나로 낳아지시라. 그런 다음 다시 만져보시라. 마음 나의 감각이 살아날 때까지 하여야 한다. 이때 많은 기(氣)적인 경험을 하게 된다. 무서워 말고, 두려워하지도 말고 지나가게 놓아두시라. 기적으로 오는 현상은 하나의 되는 과정이다. 다 되면 사라진다. 여기서의 기적 현상은 잘못하면 주화입마가 되는 기적 현상과는 다르다. 그러니 아무 염려하지 말고 지나가게 그냥 겪으시라. 이것이 아마도 수련하는 자가 가장 염두에 두어야 할 것이 아닌가 한다. 이 과정은 그냥 과정이다. 자신이 신이 된 기분에 사로잡혀 과정에 머물러서는 안 된다. 어느 과정이나 이루고 나면 다 된 것과 같은 지만심에 빠진다. 몇 단계의 과정이 있다는 것을 모르고 한순간의 깨달음으로 다 이루어지는 줄 알고 수련하는 사람은 더욱 그렇다. 그러므로 수련하는 자가 가져야 할 덕목은 바로 겸손이다. 과정마다 이야기하지만, 된 자는 겸손하다. 이 세상의 사람으로 태어난 누가 당신과 다를 것인가. 이미 우리는 하나인 그 자리에서 왔음을 안다. 단지 인연 따라 당신이 더 먼저 되었을 따름임을 명심하시라. 우리는 누구나 다 되어가는 도정에 있다.

마음 나로는 어떻게 살아야 하는가? 더욱 열심히 수련하고 수행하면서 사시라. 우리는 늘 수련하여야 한다. 그리고 수행하여야 한다. 나는 수행이라는 말을 '일상생활을 수련으로 사는 것' 으로 사용한다. 모든 생활을 진실로 하시라. 모든 행동을 진심으로 하시라. 그렇게 살고 있다면 역시 의도적으로 지어서 하는지, 아닌지를 점검하시라. 지어서 의도적으로 하는 것은 진심으로 하는 것이 아니다. 당신에게 거짓이 있을 수 있다면 역시 이 자리까지 깨달은 사람이 아니다. 당신의 일상이 순수하고 유연하며 향기로워야 한다. 모두가 하나인 자리에서 나온 이가 너와 나의 구별이 있을 수 없다. 마음 나는 네가 나인 것을 안다. 이 세상이 다 사랑인 것을 알고, 이 세상에서 내가 해야 할 일이 사랑하는 것 즉, 자비임을 이제는 안다. 어찌 야박하고 몰이해 할 수 있을 것인가? 내 이익과 편리로 어찌 마음에 얽힘과 엮임이 있을 수 있을 것인가. 오늘 나의 생활에서 추호라도 그런 면이 있었다면 다시 깊이 명상하시라. 화를 냈으되 당신의 마음에 남아 있는 것인지, 그렇지 않은 것인지 당신이 안다. 걸림이 있거든 다시 우주 허공이 되어 하나인 마음을 회복하시라. 순수 허공에 들어 마음 나로 다시 나시라. 이제는 마음으로 살 줄 알아야 한다. 당신은 되었다. 되지 못한 행동이 하난들 나올 것인가. 되지 못한 마음이 하난들 있을 수 있는가 말이다. 네가 나인 줄을 아는데 잘난 척을 할 것이며, 내가 너인 줄을 체험으로 경험하여 확연히 아는데 비난할 수 있을 것인가. 이제는 진리 그 자체가 내 마음인데. 그렇다, 진리 자체가 내 마음이다.

그러나 아직 진리와 하나 된 마음에 살이 나지 않았으므로 더욱 수련과 수행에 정진하여야 한다. 그래서 몸도 진리가 되어야 한다. 다만

한 가지, 이 되어짐도 성숙하는 데에 시간이 걸린다. 그러므로 겸손하여야 한다. 내가 되었다는 마음을 내지 마시라. 처음 되어진 줄 깨닫고 나서는 의식적으로 더욱더 겸손하게 시간을 보내시라. 그러면 오만하고 교만한 거짓 마음을 경계할 수 있을 것이다.

자, 보십시오. 마음 나로 거듭났습니다.

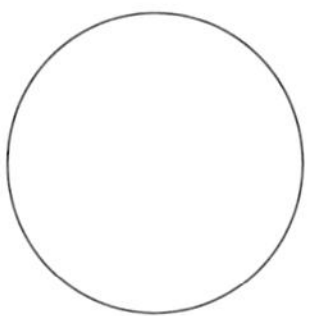

아홉 번째 경계
참 나(살 나기)

마음 나로 열심히 살다보면 또다시 경계를 만나게 된다. 나는 영원불변한 마음으로 사는데, 분명히 진리와 하나 된 마음 나로 사는데, 그런데 나는 죽는다. 몸 나로 살 때에는 몸이 진짜였다. 그리고 마음은 실체가 아닌 가짜이고, 마음이 어디에 있는지도 몰랐다. 지금 마음 나로 다시 태어나 살고 있는 당신에게 똑같은 현상이 벌어진다. 가짜인 몸 나가 있기는 있는데 어디에 있는지도 모른다. 어쩌면 이 책을 읽으면서 수련하고 있는 사람에게는 이 과정이 아주 쉬울지도 모르겠다. 어디에 있는지를 다 가르쳐주고 찾으라고 하는 데야 얼마나 찾기 쉬운가. 하지만 나는 너무 어려웠다. 도대체 몸 나가 어디에 있는지를 모르겠어서 몸 나로 살던 세상으로 되돌아가야 했다. 가서 그때 몸을 죽이고 마음 나를 찾을 때와 똑같은 과정을 걸어야 했다. 하지만 당신은 쉬이 찾을 수 있으리라. 나처럼 마음 나를 저미고, 레이저체로 거르고, 짓이기고 하지 않아도 될 수 있으리라 믿는다. 그것이 잘 안된다면 하는 수 없다. 당신도 마음 나를 저미고, 체로 거르고, 짓이기시라. 또는 버리고 또 버리시라. 그래서 살을 내야 한다. 살을 내시라. 살은 몸이다. 몸 나의 감각을 회복하시라. 다시 살이 나오면 마음과 몸이 비로소 통하여 하나가 된다. 음인 몸과 마음인 양이 합쳐지는 것이다. 이것이 성통이다. 비로소 참사람이 된 것이다.

자, 그러면 이제 눈을 뜨시라. 그리고 보시라. 참사람이 되어 눈을 뜨고 보는, 여기가 바로 참세상이다.

마음 나가 살을 낸 사람. 진리에서 진리로 낳아진 마음 나가 살을 낸 사람. 진리는 참이니, 이것이 '참 살 앎' 이다.

참살앎. 참살앎한 자, 그가 참사람이다.

참사람은 몸과 마음이 하나이나. 마음과 몸으로 산다. 마음 따로 몸 따로가 아니어서 마음에 걸리는 것이 없다. 마음이 가고자 하면 그대로 몸이 가고, 몸이 가야 할 때면 마음이 가고자 한다. 지어서 살지 않고 그냥 자연스럽게 산다.

무엇하러 벽을 통과하고자 할까, 문을 열고 나가면 되는 것을.

몸이 하지 못하는 것을 마음으로도 짓지 않는다. 마음이 낸 것은 몸도 그대로 한다. 그러니 마음에 걸리는 것이 있을까, 남는 것이 있을까? 없다. 거짓이 없다. 진실도 없다. 그냥 자연스럽다. 여기에는 변명도 없고 할 말도 없다. 몸과 마음이 하나이고, 안과 밖이 하나이고, 그 하나는 진리가 아니던가. 여기에 진리가 아닌 것이 있는가 말이다. 그러니 보이는 대로, 들리는 대로 그대로 산다. 그렇게 살고 계시는가?

드디어 참사람 그림입니다.

너무 웃게 그렸나? 석굴암 본존불의 미소처럼 그리려고 했는데….

열 번째 경계
참사람으로 살기

당부하고 싶은 것이 있어서….

잘 자고, 잘 깨어나고, 잘 사시라고.

1. 잘 자기

잠은 인류가 아직도 과학으로 풀지 못한 메커니즘이다. 그러나 잠을 잘 자지 못하면 몸이 피곤하고 정신도 몽롱한 것은 안다. 잠은 몸과 마음의 충전지라고 생각해도 된다. 잠은 순수 허공에 들었을 때와 비슷하다. 꿈을 꿀 때를 제외하면 어쩌면 순수 허공, 쏹의 자리 즉, 본 나의 느낌과 지극히 작은 일면이지만 하여간에 같은 면이 있다. 수련하는 사람은 잠을 잘 자야 한다. 많은 양의 잠을 자라는 것이 아니고 충실한 잠을 자라는 것이다. 수련을 할 때 명상의 정도나 과정은 잠으로 끊어지는 법이 없었다. 수련하다가 잠이 들면 자는 동안에 어떤 작용이 있었는지는 모르지만, 자는 동안에도 계속 수련을 한 것과 같은 효과가 있었다. 그런 것이 아니더라도 잠을 잘 자야 피곤이 풀리지 않던가. 그래서….

어떤 사람은 잠조차도 아무렇게나 저절로 들어주기를 바란다. 등불을 켜둔 채로, TV도 틀어놓은 채로 바보상자라고 하는 TV에 넋을 놓고 있다가 스르르 잠이 나를 점령해버리도록 한다. 제발 그렇게 잠들지 마시라. 수련을 하거나 안 하거나를 막론하고 그렇게 자는 버릇을 가지고 있는 사람은 이제부터 잠 제대로 자기 습관을 들여야 한다. 등불을 끄고, TV도 끄고, 조용하고 어두운 가운데 잠이 들도록 하시라. 잠 잘 준비를 하고 주무시라. 베개도 숙면에 중요한 역할을 한다. 목과 머리를 잘 받쳐주는 것이 좋다. 수련하기는 침대 보다는 요이불이 좋았다. 그러나 취향대로 하시라. 매일 아침 개키고 정리하는 불편함을 싫어하는 사람도 많으니.

나는 자리에 눕기 전에 수련을 한다. 그리고 누워서도 눈을 감고 수련에 들어간다. 과정이 다섯 번째 경계 정도에 이르러도 명상을 하다가 저절로 잠이 들기는 어렵다. 한 20 내지 30분 정도 수련하고 마쳐야 한다. 여기서의 수련은 본 나(쏘)가 되는 수련이다. 그리고 잠이 들되 잠이 드는 감각을 느껴보시라. 그 감각을 익히시기 바란다.

2. 잘 깨어나기

나는 의식이 들어오면 곧바로 눈을 뜨지 않는다. 눈을 뜨지 않은 채로 명상을 한다. 참사람으로 처음 살 때에는 머리에 의식을 모으고 명상을 하면 빛과 내가 합쳐지고 안이 밝아졌다. 그 광명으로 가슴과 아랫배까지 밝히면 손끝과 발끝까지 감각이 살아온다. 온몸의 세포가 하나하나 다 깨어난다. 그리고 온몸에 화안한 기가 잡힌다. 아주 따듯하고 포근한 열감이 나를 감싼다. 온전한 평온. 그렇게 있다보면 어느 순간 저절로 눈이 떠진다. 처음에는 그렇게 깨어나서 늘 얼굴을 만져보았다. 얼굴 피부가 어린 아기의 피부처럼 장난 아니게 보드라웠다. 모닝콜이나 알람을 설정하지 않아도 일찍 일어나지고 피곤하면 좀 늦어지기는 했어도, 예전에 알람소리에 잠이 깰 때보다는 늘 일찍 일어난다. 일어나면 잠시 동안 수련을 한다.

지금은 예전과는 수련이 조금 다르다. 깊은 자리에 들기 위하여 내가 아는 방법은 다 적용한다. 명상과 관음수련, 단전호흡과 때로는 주문이나 기도까지. 잠에서 깨어나 명상을 시작하면 곧 내면의 빛에 이른다. 온전한 나를 인식하는 작업이다. 수련하는 동안에 그 광명으로 지극한 평온 속에 있게 되고 의식이 더없이 선명해지면서 눈이 떠진다. 그러면 비로소 일어나 눈 뜨기 명상이 아닌 본격적인 명상을 하고 일상을 시작한다. 빛으로 온전히 있는 것. 그것은 일상생활 속에서 쉬운 일은 아니지만, 이제는 깊은 산속이 아닌 생활터전이 곧 수행처가 되어야 하는 때이다. 그 온전한 평온으로 지금 여기에 깨어서 사는 것이 수행이라고 생각한다.

3. 잘살기

여기에서는 "움직이는 것은 바람도 아니고 깃발도 아닌 당신의 마음이다"라고 한 뜻을 알고 사는 것이 아니라, 그것으로 산다. 그래야 한다. 여기까지 와서도 휘둘리지 마시라. 본 나로부터 마음 나로 나서 살이 났으니 참사람 마음으로 살아야 한다. 참사람 나의 마음은 본 나의 마음이다.

다 아시는 비밀을 하나 가르쳐 드릴까?☺ 과정을 정리한 페이지로 가보시라. 거기에서 과정마다 붙어있는 '나'는 바로 마음이다. 과정마다의 나를 마음으로 바꿔서 읽어보시라. 본 나는 본 마음이다. 본 마음은 쏘이었다. 참 나의 참은 진리이고, 진리는 본 나의 자리이다. 그러니 참 나인 참사람의 마음은 공이다. 공심(空心)인 것이다. 이것은 아무것도 없다는 의미가 아니다. 허공은 허공이고, 깃발은 깃발이고, 바람은 바람이라는 뜻이다. 있는 모든 것들이 있는 그대로 온전히 있다. 둥근 것은 둥근 대로 온전히, 찌그러진 것은 찌그러진 대로 온전히, 뾰족한 것은 뾰족한 대로 온전히.

여기는 보이는 것은 하나도 달라진 것이 없다. 그러나 매우 다르다. 마음이 달라졌으니 인식체계가 다르다. 너무나 오묘하여 한 치의 어긋남이 없는 완벽함. 비가 온 다음 맑고 선명해진 풍경과 같은 명료함. 조화로움. 처음에는 비현실감마저 들었었다. 어찌나 그렇게 신비롭게 되어지는지. 그 이치가 마치 기적(奇蹟) 같았다. 이제는 나를 알며, 내가 되었으며, 참 나로 산다. 여기에 내가 왜 있는지를 알고 내가 갈 길을 안다. 그래서 그냥 자연스럽게 산다.

참사람으로 나고 나서도 버리지 못한 것이 있다면 살면서 경계를 다시 만나리라. 가슴의 더욱 깊은 차원에서 존재하고 있는, 버리지 못한, 그 버려야 할 것을 까부수는 파괴력을 가진 강도 높은 시험이므로, 그 경계는 예전과는 또 다르리라는 것을 미리 경고하는 바이

다. 메가톤급 폭탄의 위력이 얼만한지 몰라도 당신에게 남아있는 쓸
데없는 자존심을 날려버릴 위력을 가진 것이니만큼 파괴력이 클수록
감사하라.

　명상센터를 떠나온지 반년 정도가 지난 어느 날 직장 상사와 뜻밖
의 갈등이 발생하여 나에게 남아있던 자존심이 아주 박살이 나서 무
참하게 그리고 철저히 파괴되는 경계를 만났다. 자존심이야말로 가
장 경계하여야 할 거짓 마음이다. 그 사건은 내 마음 깊은 속에 묻혀
있던 자존심을 갈가리 찢어내는 듯하였다. 단지 말이었는데, 눈물로
범벅이 된 채 분을 삭이느라 이를 악물어 입술이 다 터지는 지경에서
온밤을 거의 수련으로 지새운 그 어느 날의 새벽, 나는 깊은 명상에
들었다. 문득 화소 수가 낮은 사진기로 찍은 사진 같았던 광명과 내
가 한순간 딸각하면서 아주 선명하게 고화질로 상이 맞아떨어지는
경험을 하였다. 그런데 세상에나! 그 속에서 아주 오래 전에 꿈속에
서 나를 불러들였던 그 빛이 바로 나라는 깨달음이 왔다. 어쩌면 이
럴 수가! 어떻게 이럴 수가! 그 빛이 바로 나였다니!

　아아, 그 빛이 바로 나였구나. 내가 진짜 빛이었구나….

　비로소 영기통 수련에서 알음한 것을 경험하였다. 내 맨 밑바닥의
숨겨져 있던 자존심을 깨부수고 나서야 비로소 그 빛이 되는 체험을
한 것이다.

　그 새벽에 온전한 빛으로, 그 온전한 평온으로 머물다 조용히 미소
한 채로 눈을 떠보니 1년 전에 새로 구입한 청초한 하늘색 바둑판무늬
누비이불에 입체로 수놓인 도라지꽃이 너무나 선연하게 그리고 살아
있는 것처럼 환하고 생생하게 피어있었다. 이불을 살 때의 우여곡절이

떠오르고 나는 감탄하였다. 아, 이럴 수도 있는 거구나.

  이런 인연이 있었던 거로구나!

  깨달은 자는 겸손하고 또 겸손하다. 그럴 수밖에 없다. 깨달은 삶은 고난이 없는 삶이 아니다. 그것이 그냥 있는, 마음이 평온한 삶이다. 선택적인 삶이 아니라 다 그대로 있는 삶이다. 비교의 삶이 아니라 다 그냥 온전히 있는 삶이다. 내가 남보다 더 나은 것이 있을까, 더 못한 것이 있을까. 남 또한 그렇다. 그러니 당신에게서 거짓이나 허세가 드러난다면 당신은 아직 갈 길이 멀다. 깨달은 사람은 다른 눈(본 나의 눈)으로 나를 볼 줄 알며, 겸손이 나약함이 아니라 된 모습인 것도 안다. 그러니 나를 일으키지 마시라. 여기는 무사하고, 태평하고, 몸이 편하고, 정신이 안일한 곳이라고 생각해서는 안 된다. 참 나를 망각하고 거짓 나가 일어나면 예전과는 아주 다른 결과를 맞는다. 그야말로 철저히 되어지는 혹독한 과정을 겪을 수도 있는 것이다. 그러나 여기까지 온 사람이라면 그 원인과 결과를 다 안다. 그것 또한 경계이며, 그리로 다시 되어지는 과정인 것이다. 과정이 길이고, 길이 바로 도(道) 아니던가. 지극한 겸손으로 자연스럽게 가는 길을 제대로 알고 가는 이가 다름 아닌 도인(道人)이다.

  사실 여기서의 잘살기는 또 하나의 시작이다. 살다보면 그것도 다 깨우치리라 믿는다. 이 시작을 통하여 어떤 이는 더 되어질 것이고, 또 어떤 이는 그보다도 더 되어질 것이다. 왜냐하면 우리는 한번의 깨달음으로 완전히 그것이 되어지는 것은 아니기 때문이다. 더 되어짐. 그것은 당연히 더욱더 본 나가 되어짐을 뜻한다. 더욱더 엷어지고 더욱더 사라지는, 더욱더 온전히 쏙이 되는.

당신은 어떤가? 완성하셨는가? 완성하였다는 대답이 나왔거든 경계하시라. 참살앎으로 살기가 열 번째 경계라는 사실을. ☺ 지금 여기도 여전히 과정이라는 사실을 기억하시라. 당신이 완성이라면 당신은 이 세상에 오지도 않았으며, 이 세상에 있지도 않았다는 사실을 기억하시라. 그리고 당신은 이 말이 무슨 뜻인지도 다 안다.

참세상이라는 것은 지금 여기에 온전히 존재하는 세상이다. 참사람은 지금 여기에서 참으로 사는 사람이다. 깨달음이란 바로 그것을 깨닫는 것이다. 참 살이란 지금에 깨어있는 것이고, 참살하면 여기는 온전한 평온함이란 것을 아는 것이 '참 살 앎' 이다. 그러니 당신이 깨달은 그것으로 참 살이 하면 된다. 온전히 참사람으로 사시라. 겸손하고 또 겸손하게. 진솔하고 또 진솔하게. 그래서 그냥 참되게. 잘 살림하면서. 그것이 그냥 자연스럽게. 그렇게 나아가면서.

여기까지 읽어온 당신이 아니라, 여기까지 따라서 수련하고 수행을 해온 당신. 당신은 이제는 그냥 사시라. 당신이 이 모든 것을 다 안다. 그대로 사시라.

당신은 참으로 대견한 사람이다.

당신은 진실로 대견하다. 이제는 당신이 이 길로, 길을 찾는 다른 이를 여기까지 안내할 수 있으리라. 그래서 당신을 따라 여기까지 온 그 대견한 이가 또 다른 이를 안내하고 또 그 대견한 이가 다른 이를 안내하고….

　그러면 언젠가는 모든 이가 참사람으로 나서 참세상에서 사는 날
이 오리라.

　여기까지 그냥 읽어온 당신께는 수련하실 것을 권하며….

　왜냐하면, 당신은 빛이니까.

참살을 안지 이제 1년이 넘었다. 지난봄에 원고를 쓰고 추석에 즈음하여 그 원고를 책 모양새로 갖추어 50권을 만들어 주변의 인연 있는 분들과 나누었다. 그러다보니 더 많은 분들과 나누고 싶은 마음을 내게 되었는데, 이것이 잘한 일인지 아닌지는 나도 잘 모르겠다. 책은 또 하나의 물건형상으로 났으니 그저 제 인연 따라 나아가는 길이 잘 살림하는 길이기를 바랄 뿐이다.

이 자리에 살면서 보니, 여기에는 앞서간 선현들의 발자취가 많이 있다. 쏘心이 아니고서는 알아볼 수 없는 자취라서 그것을 알아볼 수 있음을 감사드린다. 여기서는 쏘心이 아닌 심줄이, 심줄의 흔적 같은 것이라도 마음 안에 있을 때마다 경계를 만났다. 경계에 이르게 하는 사건들이 있고, 어떤 경계에는 매듭을 풀 수 있도록 도와주는 인연들도 있었다. 내가 가지고 있는 줄도 모르고 가지고 있는 경계로 나를 몰아붙인 인연이나, 그것을 내려놓도록 도와준 인연이나 똑같이 소중한 인연이므로 그 모든 분들께 진심으로 감사드린다.

　마지막까지 당부하고 싶은 것은 이 말이다. "깨어나시라." 행복하지 못한 사람들을 보면서 안타까운 마음을 금할 길이 없다. 부디 깨닫고 사시라. 아무것도 아닌 것을 가지고 너무 속을 상하면서들 산다. 정견하면 정말로 아무것도 아닌 것이고, 더욱이 자신이 낸 것들을 가지고 속을 끓이면서 사는 모습은 가슴이 아프다. 정말이지 간곡히 당부하건데 수련하시라. 그래서 깨어나시라. 지금 여기에서 온전하게, 그냥 자연스러운 온전함으로 사시기를 기원한다.

이 책은 읽는 책이 아닙니다.

이 책을 다 사용하신 분은 당신이 아는 이 책과 인연이 있는 분께

넘겨주신다면 좋은 나눔이 될 것 같습니다. 이렇게요....^^*

[   ] 님께 이 책을 드립니다.